唐宋传奇选

张友鹤

选注

应急管理出版社
·北京·

图书在版编目（CIP）数据

唐宋传奇选/张友鹤选注．－－北京：应急管理出版社，
2023

ISBN 978 - 7 - 5020 - 9972 - 5

Ⅰ.①唐… Ⅱ.①张… Ⅲ.①传奇小说—小说集—中
国—唐宋时期 Ⅳ.①I242.1

中国国家版本馆 CIP 数据核字（2023）第 094637 号

唐宋传奇选

选　　注	张友鹤	
责任编辑	姜　婷	
封面设计	薛　芳	

出版发行　应急管理出版社（北京市朝阳区芍药居 35 号　100029）
电　　话　010 - 84657898（总编室）　010 - 84657880（读者服务部）
网　　址　www.cciph.com.cn
印　　刷　天津睿意佳彩印刷有限公司
经　　销　全国新华书店

开　　本　710mm × 1000mm$^1/_{16}$　**印张**　18$^1/_2$　**字数**　256 千字
版　　次　2023 年 10 月第 1 版　2023 年 10 月第 1 次印刷
社内编号　20230336　　　　　**定价**　45.00 元

目 录

离 魂 记

陈玄祐[1]

　　天授[2]三年，清河张镒，因官家于衡州[3]。性简静，寡知友。无子，有女二人。其长早亡；幼女倩娘，端妍绝伦[4]。镒外甥太原[5]王宙，幼聪悟，美容范。镒常器重，每曰："他时当以倩娘妻之。"后各长成。宙与倩娘常私感想于寤寐[6]，家人莫知其状。后有宾寮之选者[7]求之，镒许焉。女闻而郁抑；宙亦深恚恨[8]。托以当调[9]，请赴京，止之不可，遂厚遣之[10]。宙阴[11]恨悲恸，决别[12]上船。日暮，至山郭数里。夜方半，宙不寐，忽闻岸上有一人行声甚速，须臾至船。问之，乃倩娘徒行跣足[13]而至。宙惊喜发狂，执手问其从来。泣曰："君厚意如此，寝梦相感。今将夺[14]我此志，又知君深情不易[15]，思将杀身奉报，是以亡命[16]来奔[17]。"宙非意所望，欣跃特甚。遂匿倩娘于船，连夜遁去。倍道兼行[18]，数月至蜀[19]。凡五年，生两子，与镒绝信。其妻常思父母，涕泣言曰："吾曩日[20]不能相负，弃大义而来奔君[21]。向今[22]五年，恩慈间阻[23]。覆载之下[24]，胡颜独存也？"宙哀之[25]，曰："将归，无苦。"遂俱归衡州。既至，宙独身先至镒家，首谢其事。镒曰："倩娘病在闺中数年，何其诡说也[26]！"宙曰："见[27]在舟中！"镒大惊，促[28]使人验之。果见倩娘在船

1

中，颜色怡畅，讯使者曰："大人安否？"家人异之，疾[29]走报镒。室中女闻喜而起，饰妆更衣，笑而不语，出与相迎，翕然[30]而合为一体，其衣裳皆重。其家以事不正，秘之。惟亲戚间有[31]潜知之者。后四十年间，夫妻皆丧。二男并孝廉擢第[32]，至丞、尉[33]。玄祐少常闻此说，而多异同，或谓其虚。大历末，遇莱芜县令[34]张仲规[35]，因备述其本末。镒则仲规堂叔祖[36]，而说极备悉，故记之。

注释

[1]作者陈玄祐，唐代宗时人，事迹无可考。

"倩女离魂"是一篇美丽动人的故事，表达了青年女子反对包办婚姻，力争自由恋爱的强烈感情，反映了反封建的进步思想。

尽管这是想象的故事，其细节却以现实生活为基础，这就在虚幻之中，予人以现实的感觉。这篇传奇表达了作者构思和描写两方面的擅长。

元人郑德辉所作《迷青琐倩女离魂》杂剧，就是根据这一故事编写的。

[2]天授：唐武后则天皇帝（武曌〔zhào〕）的年号（公元六九○至六九二年）。

[3]因官家于衡州：因为到衡州做官，就在那里住家。"衡州"，也称衡阳郡，约辖今湖南衡山、常宁间的湘水流域，和耒阳以北的耒水、洣（mǐ）水流域。州治在今衡阳县。

[4]端妍绝伦：端庄而美丽，没有人比得上。

[5]太原：唐府名，当时的北都，也称并州，约辖今山西阳曲以南、文水以北的汾水中游地区，州治在今太原市。

[6]常私感想于寤寐：私下里彼此常常在睡梦里都互相想念着。

[7]宾寮之选者：幕僚里将赴吏部选官的人。"寮"，同"僚"字。"选"，选部，指吏部。"之"，往、赴。

[8]恚（huì）恨：恼恨。

[9]托以当调：推托说应该调任官职。

[10]厚遣之：送很多的财礼打发他走。

[11]阴：暗地里、私下。

[12]决别：离别。"决"，同"诀"字，也是"别"的意思。

[13]跣（xiǎn）足：赤脚，指没有穿鞋子。唐代风俗，人们在室内只穿袜子，入室时，就把鞋子脱放门外。这里是形容倩娘偷着逃出来，因为匆忙，连鞋子也没有来得及穿。

[14]夺：强迫别人改变意志叫做"夺"。

[15]不易：不变更。

[16]亡命：逃亡。"命"，指名籍（户口簿）。古时对逃亡的人，把他的名字从户口簿中勾销，所以称逃亡为"亡命"。

[17]奔：封建时代，把男女间没有经过礼教规定的手续而私相结合叫做"奔"，一般指女子往就男子而言。凡是私自结合的，不能取得法律地位，因而不能算是正妻，白居易诗中就有"聘则为妻奔是妾"的话。

[18]倍道兼行：比平常加倍地赶路。

[19]蜀：四川一带地方的古称。

[20]曩日：昔日、从前。

[21]弃大义而来奔君：封建时代认为，私奔是背弃礼义、违反伦常的行为，所以这样说。

[22]向今：至今。

[23]恩慈间（jiàn）阻：和父母隔离了。"恩慈"，指父母。

[24]覆载之下：在生存于天地之间的情况下。"覆载"，天覆地载，即天地之间。

[25]哀之：可怜她。

[26]何其诡说也：为什么这样胡说呢。

[27]见：同"现"字。

[28]促：急忙。

[29]疾：赶快。

[30]翕然：很快就合在一起的样子。后文《霍小玉传》篇"翕然推伏"，翕然，是形容动容的样子。

[31]间（jiàn）有：或有、偶有。

[32]孝廉擢第：以孝廉的资格，考取了明经或进士。汉代有郡国荐举孝廉的办法，唐初也有"孝廉"这一科，但不久就废止了。这里"孝廉"是泛指州郡荐举应考的人。

[33]至丞、尉：官做到县丞、县尉。县丞，辅佐县令处理政务的官员。"尉"，专管维持"治安"、缉拿盗贼的官员，是封建统治阶级镇压人民的爪牙。

[34]莱芜县令："莱芜"，今山东莱芜。"县令"，县的长官，就是后来的知县、县长。

[35]张仲规："规"，原作"规"。字书无"规"字，据虞本改。

[36]镒则仲规堂叔祖：原无"祖"字。按天授至大历末，历时八十馀年，则此处作"堂叔祖"较合理，据虞本增。

任 氏 传

沈既济[1]

任氏，女妖也。有韦使君[2]者，名崟[3]，第九[4]，信安王祎[5]之外孙。少落拓[6]，好饮酒。其从父[7]妹婿曰郑六，不记其名。早习武艺，亦好酒色。贫无家，托身于妻族；与崟相得[8]，游处不间[9]。天宝[10]九年夏六月，崟与郑子偕行于长安陌中[11]，将会饮于新昌里[12]。至宣平之南，郑子辞有故，请间去，继至饮所[13]。崟乘白马而东[14]。郑子乘驴而南，入升平之北门。偶值三妇人行于道中，中有白衣者，容色姝丽。郑子见之惊悦，策[15]其驴，忽先之，忽后之[16]，将挑[17]而未敢。白衣时时盼睐[18]，意有所受[19]。郑子戏之曰："美艳若此，而徒行[20]，何也？"白衣笑曰："有乘不解相假[21]，不徒行何为[22]？"郑子曰："劣乘不足以代佳人之步，今辄以[23]相奉。某得步从，足矣。"相视大笑。同行者更相眩诱，稍已狎暱。郑子随之东，至乐游园[24]，已昏黑矣。见一宅，土垣车门[25]，室宇甚严[26]。白衣将入，顾曰："愿少踟蹰[27]。"而入。女奴从者一人，留于门屏间[28]，问其姓第[29]。郑子既告，亦问之。对曰："姓任氏，第二十。"少顷，延入。郑子絷驴于门[30]，置帽于鞍。始见妇人年三十馀，与之承迎，即任氏姊也。列烛置膳，举酒数觞[31]。

任氏更妆而出，酣饮极欢。夜久而寝，其妍姿美质，歌笑态度，举措皆艳，殆非人世所有。将晓，任氏曰："可去矣。某兄弟名系教坊[32]，职属南衙[33]，晨兴将出，不可淹留[34]。"乃约后期而去。既行，及里门，门扃未发[35]。门旁有胡人[36]鬻[37]饼之舍，方张灯炽炉[38]。郑子憩其帘下，坐以候鼓[39]，因与主人言。郑子指宿所以问之曰："自此东转，有门者，谁氏之宅？"主人曰："此隤墉[40]弃地，无第宅也。"郑子曰："适[41]过之，曷以云无[42]？"与之固争。主人适悟，乃曰："吁！我知之矣。此中有一狐，多诱男子偶宿，尝三见矣。今子亦遇乎？"郑子赧而隐[43]曰："无。"质明[44]，复视其所，见土垣车门如故。窥其中，皆蓁荒[45]及废圃耳。既归，见崟。崟责以失期[46]。郑子不泄，以他事对。然想其艳冶，愿复一见之，心尝存之不忘。经十许日，郑子游，入西市[47]衣肆，瞥然[48]见之，曩女奴从。郑子遽呼之。任氏侧身周旋于稠人中[49]以避焉。郑子连呼前迫，方背立，以扇障其后，曰："公知之，何相近焉？"郑子曰："虽知之，何患[50]？"对曰："事可愧耻，难施面目[51]。"郑子曰："勤想如是，忍相弃乎？"对曰："安敢弃也，惧公之见恶耳。"郑子发誓，词旨益切。任氏乃回眸去扇，光彩艳丽如初。谓郑子曰："人间如某之比者非一，公自不识耳，无独怪也。"郑子请之与叙欢。对曰："凡某之流，为人恶忌者，非他[52]，为其伤人耳。某则不然。若公未见恶，愿终己以奉巾栉[53]。"郑子许与谋栖止[54]。任氏曰："从此而东，大树出于栋间者，门巷幽静，可税[55]以居。前时自宣平之南，乘白马而东者，非君妻之昆弟[56]乎？其家多什器[57]，可以假用。"——是时崟伯叔从役[58]于四方，三院什器，皆贮藏之。——郑子如言访其舍，而诣崟假什器。问其所用。郑子曰："新获一丽人，已税得其舍，假具以备用。"崟笑曰："观子之貌，必获诡陋，何丽之绝也[59]！"崟乃悉假帷帐榻席之具，使家童之惠黠[60]者，随以觇之。俄而奔走返命，气吁汗洽[61]。崟迎问之："有乎？"又问："容若何？"曰："奇怪也！天下未尝见之矣！"崟姻族广茂[62]，且夙从逸

6

游，多识美丽。乃问曰："孰若某美[63]？"童曰："非其伦[64]也！"崟遍比其佳者四五人，皆曰："非其伦。"是时吴王[65]之女有第六者，则崟之内妹[66]，秾艳[67]如神仙，中表[68]素推第一。崟问曰："孰与吴王家第六女美？"又曰："非其伦也。"崟抚手[69]大骇曰："天下岂有斯人乎？"遽命汲水澡颈，巾首膏唇[70]而往。既至，郑子适出。崟入门，见小童拥彗[71]方扫，有一女奴在其门，他无所见。征[72]于小童。小童笑曰："无之。"崟周视室内，见红裳出于户下。迫而察焉，见任氏戢身匿于扇间[73]。崟引出就明而观之，殆过于所传矣。崟爱之发狂，乃拥而凌之[74]，不服。崟以力制之，方急，则曰："服矣。请少回旋[75]。"既缓，则捍御[76]如初。如是者数四[77]。崟乃悉力急持之。任氏力竭，汗若濡雨。自度不免[78]，乃纵体不复拒抗，而神色惨变。崟问曰："何色之不悦？"任氏长叹息曰："郑六之可哀也！"崟曰："何谓[79]？"对曰："郑生有六尺之躯，而不能庇一妇人，岂丈夫哉！且公少豪侈，多获佳丽，遇某之比者众矣。而郑生，穷贱耳，所称惬者，唯某而已。忍以有余之心，而夺人之不足乎？哀其穷馁，不能自立，衣公之衣，食公之食，故为公所系[80]耳。若糠糗可给[81]，不当至是。"崟豪俊有义烈，闻其言，遽置之。敛衽而谢[82]曰："不敢。"俄而郑子至，与崟相视咍乐[83]。自是，凡任氏之薪粒牲饩[84]，皆崟给焉。任氏时有经过，出入或车马举步，不常所止[85]。崟日与之游，甚欢。每相狎昵，无所不至，唯不及乱[86]而已。是以崟爱之重之，无所恡惜[87]，一食一饮，未尝忘焉。任氏知其爱己，因言以谢曰："愧公之见爱甚矣。顾以陋质，不足以答厚意；且不能负郑生，故不得遂公欢[88]。某，秦[89]人也，生长秦城。家本伶伦[90]，中表姻族，多为人宠媵[91]，以是长安狭斜[92]，悉与之通[93]。或有姝丽，悦而不得者，为公致之可矣。愿持此以报德。"崟曰："幸甚！"鄽中[94]有鬻衣之妇曰张十五娘者，肌体凝洁，崟常悦之。因问任氏识之乎。对曰："是某表娣妹[95]，致之易耳。"旬馀，果致之。数月厌罢。任氏曰："市人易致，不足以展效[96]。或有幽绝[97]之难谋者，试言之，愿得尽智力焉。"崟曰："昨者寒食[98]，与二三子[99]游于千福寺[100]。见刁将军缅张乐[101]于殿堂。有善吹笙者，年二八，双鬟垂耳，娇姿艳绝。当[102]识之乎？"任氏曰："此宠奴也。其母，即妾之内姊[103]也。求之可也。"崟拜于席下。任氏许之。乃出入刁家。月馀，崟促问其计。任氏愿得双缣[104]以为贿。崟依给焉。后二日，任氏与崟方食，而缅使苍头控青骊[105]以迓任氏。任氏闻召，笑谓崟曰："谐矣[106]。"初，任氏加宠奴以病，针饵莫减[107]。其母与缅忧之方甚，将征诸巫[108]。任氏密赂巫者，指其所居，使言从就为吉。及视疾，巫曰："不利在家，宜出居东南某所，以取生气[109]。"缅与其母详其地[110]，则任氏之第在焉。缅遂请居。任氏谬[111]辞以偏狭，勤请而后许。乃辇[112]服玩，并其母偕送于任氏。至，则疾愈。未数日，任氏密引崟以通之，经月乃孕。其母惧，遽归以就缅，由是遂绝。他日[113]，任氏谓郑子曰："公能致钱五六千乎？将为谋利。"郑子曰："可。"遂假求于人，获钱六千。任氏曰："有人鬻马于市者[114]，马之股有疵，可买入居之[115]。"郑子如市[116]，果见一人牵马求售者，疵[117]在左股。郑子买以归。其妻昆弟皆嗤之[118]，曰："是弃物也。买将何为？"无何，任氏曰："马可鬻矣。当获三万。"郑子乃卖之。有酬[119]二万，郑子不与。一市尽曰："彼何苦而贵买，此何爱而不鬻？"郑子乘之以归；买者随至其门，累增其估[120]，至二万五千也。不与，曰："非三万不鬻。"其妻昆弟聚而诟[121]之。郑子不获已，遂卖，卒不登三万[122]。既而密伺买者，征其由[123]，乃昭应县[124]之御马疵股者，死三岁矣，——斯吏不时除籍[125]——官征其估[126]，计钱六万。设其以半买之，所获尚多矣；若有马以备数，则三年刍粟之估[127]，皆吏得之，且所偿盖寡，是以买耳。任氏又以衣服故弊，乞衣于崟。崟将买全彩[128]与之。任氏不欲，曰："愿得成制者。"崟召市人张大为买之，使见任氏，问所欲。张大见之，惊谓崟曰："此必天人[129]贵戚，为郎所窃；且非人间所宜有者。愿速归之，无及于祸。"其容色之动人也如此。竟买衣之成者而不自纫缝也，不晓其意。后岁馀，郑子武调[130]，授槐里府果毅尉[131]，在金城县[132]。时郑子方有妻室，虽昼游于外，而夜寝于内，多恨不得专其夕[133]。将之官[134]，邀与任氏俱去。任氏不欲往，曰："旬月同行，不足以为欢。请计给粮饩，端居以迟归[135]。"郑子恳请，任氏愈不可。郑子乃求崟资助。崟与更劝勉，且诘其故。任氏良久，曰："有巫者言某是岁不利西行，故不欲耳。"郑子甚惑也，不思其他，与崟大笑曰："明智若此，而为妖惑，何哉！"固请之。任氏曰："傥[136]巫者言可征，徒为公死，何益？"二子曰："岂有斯理乎？"恳请如初。任氏不得已，遂行。崟以马借之，出祖于临皋[137]，挥袂[138]别去。信宿[139]，至马嵬[140]。任氏乘马居其前；郑子乘驴居其后；女奴别乘，又在其后。是时西门圉人[141]教猎狗于洛川[142]，已旬日矣。适值于道，苍犬腾出于草间。郑子见任氏歘然[143]坠于地，复本形而南驰。苍犬逐之。郑子随走叫呼，不能止。里余，为犬所毙。郑子衔涕[144]出囊中钱，赎以瘗[145]之，削木为记[146]。回睹其马，啮[147]草于路隅，衣服悉委于鞍上，履袜犹悬于镫[148]间，若蝉蜕然[149]。唯首饰坠地，余无所见。女奴亦逝矣。旬余，郑子还城。崟见之喜，迎问曰："任子无恙乎？"郑子泫然[150]对曰："殁矣！"崟闻之亦恸[151]，相持于室，尽哀。徐问疾故。答曰："为犬所害。"崟曰："犬虽猛，安能害人？"答曰："非人。"崟骇曰："非人，何者？"郑子方述本末。崟惊讶叹息不能已。明日，命[152]驾与郑子俱适马嵬，发瘗视之，长恸而归。追思前事，唯衣不自制，与人颇异焉。其后郑子为总监使[153]，家甚富，有枥马十余匹。年六十五，卒。大历[154]中，既济居钟陵[155]，尝与崟游，屡言其事，故最详悉。后崟为殿中侍御史，兼陇州刺史，遂殁而不返。嗟乎！异物之情也有人道焉！遇暴不失节，徇人以至死[158]，虽今妇人，有不如者矣。惜郑生非精人，徒悦其色而不征其情性；向使渊识之士，必能揉变化之理，察神人之际，著文章之美，传要妙之情，不止于赏玩风态而已[159]。惜哉！建中[160]二年，既济自左拾遗[161]于[162]金吾将军[163]裴冀、京兆少尹[164]孙成、户部郎中[165]崔需、右拾遗陆淳，皆适居东南[166]，自秦徂[167]吴，水陆同道。时前拾遗朱放因旅游而随焉。浮颍涉淮[168]，方舟[169]沿流，昼燕[170]夜话，各征其异说。众君子闻任氏之事，共深叹骇，因请既济传[171]之，以志异云。沈既济撰。

注释

[1]作者沈既济，唐苏州吴（今苏州市）人。一说吴兴武康（今浙江武康县）人。德宗时曾任左拾遗、史馆修撰、礼部员外郎等官职。长于经史之学，著有《建中实录》十卷。

晋人已有关于狐仙的记载，但比较完整地描述狐仙的故事，这是较早的一篇。作者用浪漫主义的手法，藉神怪的故事，表达了当时广大妇女们的愿望。

作者笔下的狐仙，实际上是人间的一个勇敢机智、善良的女性。她自愿和贫苦无依的青年郑六结合，帮助他成家立业，却不甘受豪门子弟韦崟的凌辱压迫，坚决和他作斗争，终于战胜了他。这表达了她对爱情的坚贞专一，为了自由和幸福，决不屈服于暴力。这是一种高贵的品质。

另一方面，她有报恩思想，由于韦崟待她很好，她就代为设计诱骗别的女性来供他玩弄蹂躏。己所不欲，施之于人，这种行为与她的性格并不调和。这是作者失败的地方，也正反映了他思想上不健康的一面。

故事很曲折，人物也塑造得相当生动。尤其是借家童口里，用烘云托月的方法，衬托出任氏的美丽，写得颇为成功。

[2]使君：古时称刺史为"使君"。韦崟后来做了陇州刺史，所以称为使君。

[3]崟：读如yín。

[4]第九：兄弟里排行第九。下文"第二十""第六"，也指排行。唐人习惯，对人以行第（就是排行）相称，不说名字；这种行第是根据祖、曾祖辈所生的子弟进行排列，所以往往有排行到好几十的。

[5]信安王祎：指李祎，封信安郡王，曾任礼部尚书。

[6]落拓：放荡不羁的样子。

[7]从（zòng）父：伯父、叔父。

[8]相得：相处得好。

[9]不间（jiàn）：不离开。

[10]天宝：唐玄宗（李隆基）的年号（公元七四二至七五六年）。

[11]陌（mò）中：街市里。"陌"，本有田间道路和市中街道两种解释，这里是后一义。

[12]新昌里：就是新昌坊。唐时里即坊，下文"宣平""升平"，《李娃传》篇"宣阳""安邑"，《无双传》篇"兴化"等，都是当时长安坊名。唐代长安有若干条纵横大道，把全城隔成一百多个方块形的区域，这区域叫做"坊"；坊的四面有围墙，有东西两面开门的，有东南西北四面开门的；两面开门的坊内有一条贯穿东西门的街，四面开门的有东西门和南北门两条十字形的街。里面还有许多小街巷。坊内大部分是住宅，也有寺观名胜和茶楼、饭店、旅馆以及其他各种行业。

[13]辞有故，请间（jiàn）去，继至饮所：推说有事，请求暂时离开，等一会再到饮酒的地方去。

[14]东：往东去；下文"南"，往南去：都作动词用。

[15]策：鞭打。

[16]忽先（xiān）之，忽后之：忽然走在前面，忽然跟在后面。

[17]挑：挑逗引诱。

[18]盼睐（lài）：眼睛斜睨着。

[19]意有所受：有接受郑六对她爱慕之情的意思。

[20]徒行：步行。

[21]有乘（shèng）不解相假："乘"，坐骑。"不解相假"，不懂得借给人用。这是任氏挖苦、开玩笑的话，意思说郑六不识意趣，不主动。

[22]何为：怎么办。

[23]辄以：即以。

[24]乐游园：就是"乐游原"，也称"乐游庙"，在长安风景区曲江的北面，秦宜春苑旧址，是唐代封建统治阶级在农历每月月底或上巳、重九等节令时登临游赏的地方。

[25]车门：古时富贵人家车驾出入的专门；这种门比普通门为大，门内即停车地方。

[26]室宇甚严：房屋很高大整齐。

[27]少踟（chí）蹰（chú）："踟蹰"，要进不进的样子。"少踟蹰"，引申作稍为等待一下解释。

[28]门屏间："屏"，当门的小墙。"门屏间"，门与门墙之间。

[29]姓第："姓"，姓名。"第"，兄弟间的排行。

[30]郑子絷驴于门：原无"子"字。按文中前后均作"郑子"，此处似不应独异，据虞本增。

[31]举酒数（shuò）觞："数"，屡次。"觞"，本是酒器，这里当动词用，劝人饮酒的意思。"举酒数觞"，举起杯来，再三劝酒。

[32]名系教坊："教坊"，唐代管理娼优（封建时代轻视艺人，往往把他们和娼妓并列，称为娼优）和乐工的机构。"名系教坊"，就是归教坊管辖的意思。

[33]职属南衙：唐代皇帝的禁卫军分为南北两衙。教坊设在禁中，由南衙或北衙管辖，所以说"职属南衙"。

[34]淹留：迟留、久留。

[35]门扃（jiōng）未发：门关锁着还没有开。"扃"，门上环钮、门闩一类的东西。

[36]胡人：古时称北方少数民族为"胡"；唐代更泛称当时北方、西边一带地方的回纥等少数民族和西方各国的人为"胡"。这些国家、民族的人，当时很多到长安、扬州等地杂居，做生意买卖。

[37]鬻（yù）：卖。

[38]张灯炽炉：点着灯火，生起炉子。

[39]候鼓：唐代在长安各大街道上都设有街鼓，以击鼓为号，每晚敲八百下后，人民都要回到坊里去，锁闭坊门，不许外出；等到第二天天快亮时，又敲动晨鼓，才开放里坊的栅门，准许通行。这时天还没有亮，所以要"候鼓"。

[40]隤墉：坏墙。"隤"，同"颓"字。

[41]适：这里和下文"主人适悟"的"适"，都是方才的意思。"适值于道"，"适"却作恰好解释。

[42]曷以云无：为什么说没有。

[43]赧（nǎn）而隐：因为怕难为情而隐瞒着不说出实情。"赧"，因害羞而脸红的样子。

[44]质明：天大亮的时候。

[45]蓁（zhēn）荒：长满了野草的荒地。

[46]失期：失约。

[47]西市：这里和后文《李娃传》篇的"东市"，是唐代长安城内占地最广（各约占两坊地位）、规模最大的两个有名的市场。东市有珠宝行、肉行、铁行等，西市有衣肆、绢行、鞍辔行、药行等一共好几百个行业；此外还有供外国商人堆货的货栈。

[48]瞥然：一眼看见的样子。

[49]稠（chóu）人中：密集的人群里。

[50]何患：有什么关系。

[51]难施面目：没有脸相见。后文《李娃传》篇"何施面目"，有什么脸面的意思。

[52]非他：没有别的原因。

[53]愿终己以奉巾栉：愿意自己终身服侍你，做你的妻子。"奉巾栉"，照料梳洗的意思。"栉"，梳篦的总名。后文《霍小玉传》篇"奉

箕帚"，指做洒扫工作；《莺莺传》篇"侍巾帻（zé）"，指侍候穿衣戴帽。这些都是做妻子的客气话。封建社会里认为妻子是应该服侍丈夫的，就有了这些反映"男尊女卑"的旧礼教名词。

[54]谋栖止：找一个住处，就是同居的意思。

[55]税：租赁。

[56]昆弟：兄弟。后文《李使君》篇"昆仲"，义同，但一般系称人之词。《谢小娥传》篇"宗昆弟"，指同族兄弟、堂兄弟。

[57]什器：常用的器物，指家具。

[58]从役：指做事或做官。

[59]观子之貌，必获诡陋，何丽之绝也：看你的那副形相，一定只能找到一个丑女人，哪里会有什么绝色的美人。

[60]惠黠（xiá）：聪明伶俐。"惠"，同"慧"字。

[61]奔走返命，气吁汗洽：赶着回来报告，跑得气喘吁吁，汗流遍体。

[62]姻族广茂：亲戚众多。

[63]孰若某美："孰"，谁。"若"，和、跟。全句是说，任氏和某女两人相比，哪个美。

[64]非其伦：不是同等——比不上任氏的意思。"伦"，同流、同等。

[65]吴王：名李琨，信安王祎的父亲。上文说韦崟是李祎的外孙，这里李祎的妹妹却又成了韦崟的内妹，辈分是不合的。又如后文《霍小玉传》篇说霍小玉是霍王的小女，其实霍王是唐高祖（李渊）的儿子，距离大历中已有一百几十年，这时候是不会还有一个年轻的女儿的。由于这是小说家言，虚虚实实，是不能也不必要求符合历史的真实的。其他篇里这一类的例子很多，不再一一说明。

[66]内妹：妻妹。

[67]秾（nóng）艳：花木茂盛为"秾"，这里以"秾艳"指女人的美丽。

[68]中表：表兄弟（姊妹）。"中表"，内外的意思。父亲姊妹的儿子为外兄弟，母亲兄弟姊妹的儿子为内兄弟，故称"中表"。

[69]抚手：拍手，本是表示欢乐，这里却指惊异。

[70]巾首膏（gào）唇：戴头巾，搽唇膏。"巾""膏"，都作动词用。"唇膏"，即口脂，是当时一种防止口唇干燥冻裂的药物，并不完全作为化妆品，也不限于妇女使用。唐代皇帝就曾以之赐给臣僚，《酉阳杂俎》："腊日赐北门学士口脂蜡脂。"杜甫诗里也有"口脂面药随恩泽"之句。

[71]拥彗：拿着扫帚。

[72]征：询问。下文"傥巫者言可征"，可征，是可信的意思。

[73]戢身匿于扇间：把身子躲藏在门扇、门板后面。"戢"，收敛。

[74]凌：侵犯。原作"凌"，似作"凌"是，据虞本改。

[75]少回旋：稍为放松一下。

[76]捍御：抵抗。

[77]数（shuò）四：再三再四，好几次。

[78]自度（duò）不免：自己揣量不能避免遭受侮辱。

[79]何谓：怎么说。

[80]系：掌握、摆布。

[81]糠糗（qiǔ）可给：能够自己有一碗饭吃，也就是自己能够维持起码生活的意思。"糠糗"，粗粮。

[82]敛衽（rèn）而谢："衽"，衣襟。"敛衽"，把衣襟拉扯整齐，古人表示恭敬的礼节。"谢"，道歉。

[83]咍（hāi）乐：喜笑高兴。

[84]薪粒牲饩（xì）：柴米和肉食。"饩"，活的牲口。

[85]出入或车马举步，不常所止：来来往往，有时乘车，有时骑马，有时乘舆，有时步行，没有一定的方式。"举"，同"舆"字。

[86]不及乱：没有达到淫乱的地步。

[87]恡：同"吝"字。原作"怪"，似作"恡"是，据沈本改。

[88]不得遂公欢：不能够如你的愿，和你欢好。"遂"，顺从的意思。

[89]秦：陕西一带的古称。

[90]伶伦：优伶一流人物。

[91]宠媵（yìng）：宠爱的姬妾。

[92]狭斜：原意指小路、曲巷。由于妓院多隐蔽地设在小路、曲巷之内，所以后来就以"狭斜"指妓院，称狎妓为"狭斜游"。《古乐府·长安有狭斜行》中有"相逢狭路间，道隘不容车"和"堂上置尊酒，作使邯郸倡"之句，典本此。

[93]通：有来往的意思。下文"密引鋆以通之"，"通"，指私通。

[94]鄽（chán）中：街市、市场。"鄽"，同"廛"字。

[95]表娣妹：表弟媳的妹妹。

[96]不足以展效：不能够发挥自己的本领来帮忙效劳。

[97]幽绝：深藏、隐藏。

[98]昨者寒食："昨者"，不一定专指昨天，而是泛指前些日子。农历清明节前两天为"寒食"。古时在这一天不举火，据说是为了纪念春秋时晋人介之推的隐居不出，焚死绵山。唐、宋时，剥削阶级是以这一天为游赏的节日的。

[99]二三子：两三个朋友。

[100]千福寺：在唐代长安西北隅的安定坊，宣宗时改名兴元寺。

[101]张乐：陈列乐队。后文《柳毅传》篇"张广乐"，指陈列盛大的乐队。

[102]当：这里是可能、或者的意思。

[103]内姊：表姊。

[104]双缣："缣"，质重而略带黄色的丝织物。古代用作馈赠礼品，有时也代货币用。"双缣"，两匹或两段缣。

[105]使苍头控青骊：叫仆人驾驭着两匹青马拉的车子。两马驾一车叫做"骊"。又黑马称"骊"，也以"骊"泛指马匹。后文《霍小玉传》篇"青骊驹"，即指青色马匹。"苍"，深青色。汉代规定奴仆要用苍色的

16

头巾包头，后来就称仆人为"苍头"。"控"，驾驭。

[106]谐矣：成功了、解决了。

[107]针饵莫减：扎针服药都没有使病减轻。

[108]巫：古时以祈祷鬼神降福消灾的迷信方术为业的人。后文《霍小玉传》篇"师巫"，义同。

[109]以取生气："生气"，指万物生长发育之气。古人认为，病人住在某一方向，吸取这一方向的生气，就有利于恢复健康，是一种迷信的说法。

[110]详其地：审察研究那个地方。

[111]谬：假意。

[112]辇（niǎn）：用车子装运。

[113]他日：有这么一天。

[114]有人鬻马于市者：原无"有人"二字，文义不顺，据虞本增。

[115]居之：豢（huàn）养着。也可作居奇解释，就是把它当作奇货，留着卖大价钱。

[116]如市："如"，往。"如市"，到市场里去。

[117]眚（shěng）：毛病。

[118]嗤（chī）之：讥笑他。

[119]酬：同"酬"字，给价的意思。

[120]累增其估：一次一次的加价。

[121]诟（gòu）：怒骂。

[122]卒不登三万：到底没有卖上三万。

[123]征其由：打听他的原因。

[124]昭应县：在长安县东，今陕西临潼县。

[125]斯吏不时除籍："斯吏"，指养马的吏役。"不时除籍"，不等到任满就要解职了。

[126]官征其估：官府向他征收赔偿马匹的折价。

[127]三年刍粟之估：三年来喂马的粮草的估计数字。

[128]全彩：整匹的绸子。

[129]天人：天上神仙一样的人，形容极美。

[130]武调：调任武官。

[131]授槐里府果毅尉：任命到槐里府去做果毅尉。"槐里"，隋代以前的县名，在今陕西兴平县东南；"槐里府"却是作者随意捏造的，实际并没有这个府名。"果毅尉"，"果毅都尉"的简称，唐代在某些地方设军府，府置左右果毅都尉，武官名。

[132]金城县：今甘肃兰州市。

[133]不得专其夕：不能够每天晚上都在一起欢会。

[134]之官：上任。"之"，往、赴。

[135]端居以迟归：安安稳稳地住着以等待归来。

[136]傥：同"倘"字。

[137]出祖于临皋：在临皋这个地方为他们饯行。古时迷信说法：道路的神叫做"祖神"。出门的人，临行时都要祭一祭祖神，以求保佑一路平安。后来就称饯行的酒宴为"祖饯"，简称做"祖"。这里作动词用。"临皋"，当指当时陕西的小镇市，与湖北省的临皋无涉。

[138]挥袂（mèi）："袂"，袖子。"挥袂"，挥动袖子，就是招手示意，有如今日为人送行的挥动手帕。

[139]信宿：两夜。古时称一宿为"舍"，再宿为"信"。

[140]马嵬（wéi）：马嵬城，也称马嵬镇，在今陕西兴平县西。传说晋人马嵬在此处筑马嵬城，故名。

[141]西门圉（yǔ）人："圉人"，养马的官员。唐代设置专管养马的官署，下面有东南西北四使。"西门圉人"，可能指养马的西使。

[142]洛川：唐县名，今陕西洛川县。

[143]欻（xū）然：忽然。"欻"，同"歘"字。

[144]衔涕：含着眼泪。

[145]瘗（yì）：埋葬。

[146]削木为记：意思是砍一根木头，插在坟前，以为标志。

[147]啮（niè）：咬嚼。

[148]镫：马旁的脚踏。

[149]若蝉蜕然：就好像蝉的蜕壳一样。

[150]泫然：形容流泪的样子。

[151]恸（tòng）：极度悲哀。

[152]命：运用、指挥的意思。"命"字用法很广泛，这里"命驾"指叫车夫驾车，后文《霍小玉传》篇"命酒馔"，指摆设酒宴；《莺莺传》篇"命篇"，指作为诗篇的题目。

[153]总监使：唐代主管盐池、宫苑、养牧的官员。

[154]大历：唐代宗（李豫）的年号（公元七六六至七七九年）。

[155]钟陵：唐县名，在今江西进贤县西北。既济居钟陵："既"上原有"沈"字。除文末"沈既济撰"，合于通常体例外，文中称己名，似无加姓理，据虞本删。

[156]殿中侍御史：唐代主管宫殿仪礼，并巡察京城、取缔不法官吏的官员。

[157]陇州：也称汧（qiān）阳郡，约辖今陕西汧水流域和甘肃平凉市南部地区，州治在今陕西汧阳县。

[158]徇人以至死：为了所爱的人而牺牲自己的性命。"徇"，同"殉"字，为了某一种目的而以身相从叫做"徇"。

[159]以上六句的意思是说：如果是很有见识的人，就一定能研究它变化的道理，查察它和人有什么不同，写出很好的文章来，把其中精微奥妙的情况传布于世，不仅仅只知道玩赏它的风情媚态而已。"精人"，精细明理的人。"渊识之士"，有高深见解的人。"揉"，研究。"要妙"，精微奥妙。"风态"，风情媚态。

[160]建中：唐德宗（李适〔读如kuò，不是"适"的简体字〕）的年

号（公元七八〇至七八三年）。

[161]左拾遗：唐代的谏官，有左拾遗和右拾遗，分属门下、中书两省。皇帝如有过失，可以进行讽劝，使他察觉自己言行上的遗失，所以叫做"拾遗"。官阶很低，但责任颇重。

[162]于：这里是"与""和"的意思。

[163]金吾将军：唐代掌管巡查宫内和京城，并侍从皇帝出行的武官，属左右金吾卫。

[164]京兆少尹：京兆尹的副职。

[165]郎中：唐代中央政府六部下面设若干司，司的主官为郎中。

[166]适居东南：当时沈既济由左拾遗谪贬到处州为司户参军，所以说"适居东南"。"适"，同"谪"字。

[167]徂（cú）：往。

[168]浮颍涉淮：乘船经过颍水和淮水。颍水，发源河南登封县西颍谷，流经安徽境内，至正阳关入淮。淮水，发源河南桐柏山，流经河南、安徽、江苏，至涟水县入海，但金、元以后曾改道。后文《南柯太守传》篇"淮浦"，即淮水。

[169]方舟：两只船并着航行。

[170]燕：同"宴"字。

[171]传（zhuàn）：记载。

柳 氏 传

许尧佐[1]

天宝中，昌黎韩翊[2]，有诗名。性颇落托[3]，羁滞[4]贫甚。有李生者，与翊友善，家累[5]千金，负气[6]爱才。其幸姬曰柳氏，艳绝一时，喜谈谑，善讴咏[7]。李生居之别第，与翊为宴歌之地。而馆[8]翊于其侧。翊素知名，其所候问[9]，皆当时之彦[10]。柳氏自门窥之，谓其侍者曰："韩夫子[11]岂长贫贱者乎！"遂属意[12]焉。李生素重翊，无所怪惜。后知其意，乃具馔请翊饮。酒酣，李生曰："柳夫人容色非常，韩秀才[13]文章特异。欲以柳荐枕[14]于韩君，可乎？"翊惊悚，避席[15]曰："蒙君之恩，解衣辍食[16]久之，岂宜夺所爱乎？"李坚请之。柳氏知其意诚，乃再拜，引衣接席。李坐翊于客位，引满[17]极欢。李生又以资三十万，佐翊之费。翊仰柳氏之色，柳氏慕翊之才，两情皆获，喜可知也。明年，礼部[18]侍郎杨度擢翊上第[19]，屏居间岁[20]。柳氏谓翊曰："荣名及亲，昔人所尚[21]。岂宜以濯浣之贱，稽采兰之美乎[22]？且用器资物，足以待君之来也。"翊于是省家于清池[23]。岁余，乏食，鬻妆具以自给[24]。天宝末，盗覆二京[25]，士女奔骇。柳氏以艳独异，且惧不免，乃剪发毁形，寄迹[26]法灵寺。是时侯希逸自平卢节度淄青[27]，素藉[28]翊名，请为书记[29]。洎宣皇帝以神武返正[30]，

21

翊乃遣使间行[31]求柳氏，以练囊[32]盛麸金[33]，题之曰："章台柳[34]，章台柳！昔日青青今在否？纵使长条似旧垂，亦应攀折他人手。"柳氏捧金呜咽，——左右凄悯，——答之曰："杨柳枝，芳菲节[35]，所恨年年赠离别。一叶随风忽报秋，纵使君来岂堪折！"无何，有蕃将[36]沙吒利者，初立功，窃知柳氏之色，劫以归第，宠之专房[37]。及希逸除左仆射[38]，入觐[39]，翊得从行。至京师，已失柳氏所止，叹想不已。偶于龙首冈[40]见苍头以驳牛[41]驾辎輧[42]，从两女奴。翊偶随之。自车中问曰："得非韩员外乎[43]？某乃柳氏也。"使女奴窃言失身沙吒利，阻同车者[44]，请诘旦[45]幸相待于道政里门。及期而往，以轻素结玉合[46]，实以[47]香膏，自车中授之，曰："当遂永诀[48]，愿寘诚念[49]。"乃回车，以手挥之，轻袖摇摇，香车辚辚[50]，目断意迷，失于惊尘[51]。翊大不胜情。会淄青诸将合乐酒楼，使人请翊。翊强应之，然意色皆丧，音韵凄咽。有虞候[52]许俊者，以材力自负，抚剑言曰："必有故。愿一效用[53]。"翊不得已，具以告之。俊曰："请足下数字[54]，当立致之。"乃衣缦胡[55]，佩双鞬[56]，从一骑[57]，径造[58]沙吒利之第。候其出行里馀，乃被衽执辔[59]，犯关排闼[60]，急趋而呼曰："将军中恶[61]，使召夫人！"仆侍辟易[62]，无敢仰视。遂升堂，出翊札示柳氏，挟之跨鞍马，逸尘断鞅[63]，倏忽[64]乃至。引裾[65]而前曰："幸不辱命[66]。"四座惊叹。柳氏与翊执手涕泣，相与罢酒[67]。是时沙吒利恩宠殊等，翊、俊惧祸，乃诣希逸[68]。希逸大惊曰："吾平生所为事，俊乃能尔乎[69]？"遂献状[70]曰："检校尚书[71]、金部员外郎[72]兼御史韩翊，久列参佐，累彰勋效[73]，顷从乡赋[74]。有妾柳氏，阻绝凶寇，依止名尼。今文明抚运，遐迩率化[75]。将军沙吒利凶恣挠法[76]，凭恃微功，驱有志之妾，干无为之政[77]。臣部将兼御史中丞许俊，族本幽、蓟[78]，雄心勇决，却夺柳氏，归于韩翊。义切中抱[79]，虽昭感激之诚[80]；事不先闻，固乏训齐之令[81]。"寻[82]有诏：柳氏宜还韩翊，沙吒利赐钱二百万。柳氏归翊；翊后累迁至中书舍人[83]。然即柳氏，志防闲而不克[84]者；许俊，慕感激而不达[85]者也。向使柳氏以色选，则当熊、辞辇[86]之诚可继；许俊以才举，则曹柯、渑池之功[87]可建。夫事由迹彰，功待事立。惜郁堙不偶[88]，义勇徒激，皆不入于正。斯岂变之正[89]乎？盖所遇然[90]也。

注释

[1]作者许尧佐，唐德宗时人，曾任太子校书郎、谏议大夫等官职。

本篇故事，也见于唐人孟棨的《本事诗》，可能是根据真人实事而加工的。

作者描写韩翃和柳氏的悲欢离合，情节曲折动人。李生见柳氏爱上了韩翃，就促成他们的结合，使"有情人终成眷属"；许俊是一个勇敢而又机智的豪侠之士，他不畏艰险，代韩翃夺回柳氏，具有舍己为人的高尚品质。他们都是作者笔下的正面人物。

另一方面，我们也可以看出，在封建社会里，妇女是没有独立的人格的。尽管李生同情柳氏和韩翃的相恋，只不过把她像货物一样地赠送给韩翃；当韩翃要去求取功名时，也就置柳氏于不顾。柳氏在变乱中欲求保身而不可得，竟被沙吒利强行劫去；后来，又被许俊夺了回来。任人摆弄，毫无自主之权，这一遭到侮辱与损害的女性的形象，真实地反映了当时妇女悲惨的命运。

此外，作者所写的军人，是那样地飞扬跋扈。一个立有战功的武将，就可以在京师横行无忌。当柳氏被夺回，事情败露之后，封建最高统治者并不敢予以处分，反而给予大量的金钱以为"抚慰"。这又暴露了当时封建统治阶级的黑暗情况。

明人吴长儒、清人张国寿，曾根据这一故事，先后编写了《练囊记》和《章台柳》两剧。

[2]昌黎韩翃："昌黎"，古郡名，约辖今辽宁辽河以西大小凌河中下游地区，郡治在今辽宁义县。"韩翃"，一作"韩竑（hóng）"，唐代名诗人，字君平，南阳（今河南南阳县）人。北朝时，韩姓为昌黎郡望族，

所以这里称为"昌黎韩翊"。

[3]落托：同"落拓"，见前《任氏传》篇"落拓"注。

[4]羁滞：流浪在外而不得意、没有办法。

[5]累（lěi）：积累、积蓄。

[6]负气：以气节自负的意思。

[7]善讴（ōu）咏：会歌唱。

[8]馆：招待吃住的意思，作动词用。

[9]所候问：来拜访问候的人。

[10]彦（yàn）：英俊豪杰之士。

[11]夫子：对人的敬称。

[12]属意：看中了。

[13]秀才：唐代秀才的地位高于明经、进士，但这一科目于高宗时废止，后来却以秀才通称一般文士和应考进士的人。

[14]荐枕：犹如说侍寝。

[15]避席：古人席地而坐，"避席"，就是离开座位，表示恭敬、客气。

[16]解衣辍食："解衣"，脱衣，意思是把自己的衣服给人穿；"辍食"，停食，意思是把自己的食物给人吃：形容待人有恩惠。

[17]引满：把酒斟满在酒杯里，举起酒杯来，都可以叫做"引"。"引满"，把杯里斟满的酒喝干了。

[18]礼部：唐代中央政府里的六部之一，是主管礼仪和学校贡举的官署。

[19]上第：唐代考选制度，明经依成绩分上上第、上中第、上下第、中上第四等，进士依成绩分甲第、乙第两等。这里"上第"，指明经的上上第或进士的甲第。

[20]屏（bǐng）居间（jiàn）岁：闲住、隐居了一年。

[21]荣名及亲，昔人所尚：由于自己闻名，使得父母妻子也分享光荣，这从来就是人们所重视、希冀的事。意指中举做官，父母妻子就可以

获得封赠了。

[22]岂宜以濯浣之贱,稽采兰之美乎:"濯浣",洗衣一类的事情。"濯浣之贱",做洗衣一类下贱工作(封建时代轻视体力劳动,所以这样说)的女人,柳氏自指的客气话。"稽",迟留,引申作耽误解释。"采兰",比喻皇帝征用贤士。《晋书·皇甫谧传》,皇甫谧辞不做官,在给皇帝的奏疏里有"陛下披榛采兰,并收蒿艾"的话,典本此。这两句的意思是说:不要因为我一个女人,耽误了你的上进做官。

[23]清池:唐县名,在今河北沧州东北。

[24]自给:自己养活自己。

[25]天宝末,盗覆二京:"盗",指安禄山,胡人,当时的平卢、范阳、河东节度使,掌握兵权,很得唐玄宗宠信。"覆",颠覆、攻陷。"二京",长安和洛阳,唐代的西京和东京。天宝十四年,安禄山起兵攻下长安和洛阳,自称"雄武皇帝",国号"燕"。唐玄宗逃往四川避难。

[26]寄迹:存身。

[27]侯希逸自平卢节度淄青:"侯希逸",唐营州(今辽宁锦州市西北)人。"平卢""淄青",均唐代方镇名。平卢治所在营州,领平卢、卢龙二军,榆关守捉、安东都护府,约在今河北滦河下游以东,辽宁大凌河以西地区。淄青治所在青州,后移郓州,辖淄、青、齐、棣、登、莱六州,约在今山东黄河下游稍西以东,泰山、鲁山、沂山及安邱、高密二县北部以北地区。侯希逸原为平卢节度使,肃宗(李亨)末年,因受史朝义的压逼,就南保青州,为淄青节度使,但名义仍包括平卢在内,称淄青平卢节度使。

[28]素藉:"藉","狼藉"的省词,形容纵横交错,到处散布的样子。《史记·蒙恬传》:"藉于诸侯",就是指声名狼藉(同"狼藉")散布到各国。这里"藉"引申作听说、知道解释,"素藉",犹如说久仰。

[29]书记:唐代管理函牍章奏之类文件的幕僚,有如后来的秘书、

文书。

[30]洎（jì）宣皇帝以神武返正："洎"，等到。"宣皇帝"，指唐肃宗，他死后的"尊号"里有一个"宣"字。"以神武返正"，意思是由于他的"神明英武"，因而恢复政权，回到长安为帝。

[31]间（jiàn）行：微行、暗地里行动。

[32]练囊：丝织的提囊。

[33]麸金：碎金、砂金。

[34]章台柳："章台"，汉代长安街名。当时柳氏留在长安，这里以"章台柳"喻柳氏，语意是双关的。

[35]芳菲节："芳菲"，指花草。"芳菲节"，花草芳香盛开的时节，指春季。

[36]蕃将：唐代任用各族投降的将领为将，称为"蕃将"。"蕃"，同"番"字。

[37]宠之专房：最蒙宠爱，独获宠幸的意思。语出《后汉书·安思阎皇后纪》："后专房妒忌。"

[38]左仆射（yè）：唐代设左右仆射，是尚书省的副长官（尚书省的长官为尚书令，因为唐太宗〔李世民〕做秦王时，曾任这一官职，后来就不再设置），和侍中、中书令共同主持中央政务，通常是宰相的位置。

[39]入觐：到京城里谒见皇帝的专词。普通人相见也可称"觐"，如后文《南柯太守传》篇"又不令生来觐。"

[40]龙首冈：即龙首山，也称龙首原，长安县北一座不高的土山。汉、唐时，在上面建筑城郭宫殿，山地就更平坦了。有横冈很多。

[41]驳（bó）牛：杂色的牛。

[42]辎（zī）軿（píng）：后面有门的车子叫做"辎"，没有门的车子叫做"軿"。"辎軿"，泛指车辆。

[43]得非韩员外乎：岂不是韩员外吗。"员外"，本是唐代编制以外的官名，后来也作为对人的敬称。

[44]阻同车者：被阻于同车的人，意思是因为同车的另有他人，所以不便深谈。

[45]诘旦：第二天早晨。

[46]合：同"盒"字。

[47]实以：填满了。

[48]永诀：永别。

[49]愿寘（zhì）诚念：希望留着做一个永久的纪念，也可作希望放弃想我的念头解释。"寘"，有安放、废止二义。

[50]辚辚：车行声。

[51]失于惊尘：在尘土飞扬里消失了。

[52]虞候：本隋代东宫禁卫官名，唐代藩镇以亲信武官为都虞候、虞候，有如后来的侍从副官。

[53]愿一效用：愿意为你帮一下忙。

[54]请足下数字：请你写几个字，指写一张便条或一封信，意谓这样才可以取信于柳氏。"足下"，对人的敬称。

[55]衣缦胡："缦胡"，武士系帽的绳子。"衣缦胡"，犹如说穿了军装。

[56]鞬（jiān）：弓囊箭袋。

[57]从一骑：跟随着一个骑马的卫士。

[58]造：到。

[59]被衽执辔："被"，同"披"字。"被衽"，披着衣襟。"执辔"，拉着马缰绳。

[60]犯关排闼："关"，指大门。"闼"，指里面的小门。"犯关排闼"，冲进大门，又闯进里面的小门。

[61]中恶：得了急病。

[62]辟易：因惊恐而后退。

[63]逸尘断鞅：马在尘土飞扬中奔驰，连马鞅也断了，形容马跑得

快。"鞅"，夹贴在马颈两旁的皮条。

[64]倏（shū）忽：很快的样子。

[65]裾（jū）：衣的前襟。

[66]幸不辱命：幸而没有辱没你的使命，犹如说没有给你丢脸。

[67]相与罢酒：大家为了这件事，连酒也喝不下去了。

[68]诣希逸：到侯希逸那里去，意思是把事情经过告诉他，请求他帮忙、庇护。

[69]吾平生所为事，俊乃能尔乎：意思是说：行侠仗义，是我平生所做的事，许俊也能够这样做吗。"尔"，如此、这样。

[70]状：向上陈报事实的文书叫做"状"。

[71]检校尚书："检校官"是品级高于本职的加衔。"检校尚书"为检校官中的一种。唐代制度，对任某一实职而有功绩的官员，可以另加给品级高于其实职的官衔，是一种有荣誉而无实权的政治待遇。例如六品官可以给予一种特定的五品职加衔，实际上他还是执行六品官的职务，但却取得五品官的资格，而且可以穿着五品官员的制服。当时对外官，尤其是武将，往往多给予京官的加衔，以示荣宠。这里"检校尚书"和下文"金部员外郎""御史"，都是韩翃以书记的资格取得的加衔。

[72]金部员外郎：户部里主管库藏金宝和度量等事务的官员。

[73]久列参佐，累彰勋效：做了僚属很久，而且屡次表现功绩。

[74]乡赋：唐代由州郡保送士人进京参加考试叫做"乡赋"，就是"乡贡"。

[75]文明抚运，遐迩率化：由于国家的"文教"昌盛，安抚百姓，使得远近的人都被"感化"了。这是恭维封建最高统治者的话。"遐迩"，远近。

[76]凶恣挠（náo）法：任意凶横，扰乱法令。

[77]驱有志之妾，干无为之政："驱"，逼迫，引申作强劫解释。"有志之妾"，指柳氏，她剪发毁形，图避强暴，故称为"有志"。

"干"，冒犯、破坏。封建时代，统治者以"德"服人，不用刑罚，政事简化，叫作"无为而治"，也就是"无为之政"，统治阶级人物就把这种统治政策说成是一种最"理想"的政治，这里是恭维皇帝的话。这两句的意思是说：由于沙吒利劫掠妇女的行为，把当时的"无为之政"破坏了。

[78]族本幽、蓟（jì）：本是幽、蓟一带的人。"幽"，幽州，也称范阳郡，约辖今北京市、武清和霸县等地区，州治在今北京市。"蓟"，蓟州，也称渔阳郡，约辖今河北遵化、丰润以西和蓟县以南等地区，州治在今蓟县。

[79]义切中抱：怀着仗义之心。"中抱"，中怀、内心。

[80]虽昭感激之诚：虽然表现了激于义愤的心意。

[81]固乏训齐之令：自然是缺少严明的教令。还是侯希逸责备自己不能事先约束部下的话。

[82]寻：不久。

[83]中书舍人：唐代中书省里为皇帝起草诏书、诰命等文件的官员。

[84]志防闲而不克：心想守着礼教，不为外界所诱惑，而没有能做到。"防闲"，防备阻止。

[85]慕感激而不达：只知道向往义愤的行为，却不通晓事理，就是下文"不入于正"的意思。

[86]当熊、辞辇：皇帝坐的车子叫做"辇"。历史故事：汉元帝（刘奭〔shì〕）看斗兽，有一头熊忽然跑出来了，冯倢伃（女官名）就急忙上前，当着熊站着，免得它伤害元帝。又汉成帝（刘骜）要和班倢伃同车游园。班倢伃推辞说：古来贤君都有名臣在侧，只有桀、纣这些亡国之君，才宠幸女色。如果我和你同车，岂不是同他们差不多吗？均见《汉书·外戚列传》。

[87]曹柯、渑（miǎn）池之功：指曹沫、蔺相如立功的故事。"曹"，曹沫。"柯""渑池"，均古地名。柯城在今河南内黄县东北，渑池在今河南渑池县西。《史记·刺客曹沫传》：春秋时，鲁国和齐国打

29

仗，鲁国打败了，割地求和，与齐国在柯地会盟。当时鲁将曹沫拿着匕首和齐桓公讲理，结果齐国把侵夺鲁国的土地都归还了。又《史记·廉颇蔺相如列传》：战国时，秦王和赵王在渑池相会。当时秦强赵弱，秦王当场叫赵王鼓瑟，以示羞辱。赵臣蔺相如随即也威胁秦王，要他击缶，不然，就要和他拼命。秦王没有办法，只好照做。秦国到底没有占到上风。

[88]郁堙不偶：埋没不得意的意思。"偶"，偶数（双数）。古人迷信，认为偶数吉利，奇（jī）数（单数）不吉利，因而把运气不好叫做"不偶"。

[89]变之正："变"，权变、从权的意思。"变之正"，由于环境的关系，从权办理，是权变中的正道。

[90]所遇然：由于受到环境的影响以致这样。

柳 毅 传

李朝威[1]

仪凤[2]中，有儒生柳毅者，应举下第[3]，将还湘滨[4]。念乡人有客于泾阳者[5]，遂往告别。至六七里，鸟起马惊，疾逸道左[6]；又六七里，乃止。见有妇人，牧羊于道畔。毅怪视之，乃殊色[7]也。然而蛾脸不舒[8]，巾袖无光[9]，凝听翔立[10]，若有所伺。毅诘之曰："子何苦而自辱如是[11]？"妇始楚[12]而谢，终泣而对曰："贱妾不幸，今日见辱问于长者[13]。然而恨贯肌骨，亦何能愧避，幸一闻焉。妾，洞庭龙君小女也。父母配嫁泾川[14]次子，而夫婿乐逸[15]，为婢仆所惑，日以厌薄[16]。既而将诉于舅姑[17]，舅姑爱其子，不能御[18]。迨诉频切，又得罪舅姑。舅姑毁黜以至此[19]。"言讫，歔欷[20]流涕，悲不自胜[21]。又曰："洞庭于兹，相远不知其几多也？长天茫茫[22]，信耗莫通。心目断尽，无所知哀[23]。闻君将还吴[24]，密通洞庭。或以尺书[25]，寄托侍者[26]，未卜[27]将以为可乎？"毅曰："吾义夫也。闻子之说，气血俱动，恨无毛羽，不能奋飞。是何可否之谓乎[28]！然而洞庭，深水也。吾行尘间[29]，宁可致意邪[30]？唯恐道途显晦[31]，不相通达，致负诚托，又乖恳愿[32]。子有何术，可导我邪？"女悲泣且谢，曰："负载珍重[33]，不复言矣。脱获回耗[34]，虽死必谢。君不许，何敢言；既许而问，则洞庭之与京邑，不足为异也[35]。"毅请闻之。女曰："洞庭之阴[36]，有大橘树焉，乡人谓之'社橘'[37]。君当解去兹带，束以他物，然后叩树三发，当有应者。因而随之，无有碍矣。幸君子书叙之外，悉以心诚之话倚托，千万无渝[38]！"毅曰："敬闻命矣。"女遂于襦[39]间解书，再拜以进，东望愁泣，若不自胜。毅深为之戚[40]。乃置书囊中，因复问曰："吾不知子之牧羊，何所用哉？神祇岂宰杀乎？"女曰："非羊也，雨工也。""何为雨工？"曰："雷霆之类也。"毅顾视之，则皆矫顾怒步[41]，饮龁[42]甚异；而大小毛角，则无别羊焉。毅又曰："吾为使者，他日归洞庭，幸勿相避。"女曰："宁止不避，当如亲戚耳。"语竟，引别东去。不数十步，回望女与羊，俱亡[43]所见矣。其夕，至邑而别其友。月馀，到乡。还家，乃访于洞庭。洞庭之阴，果有社橘。遂易带[44]向树，三击而止。俄有武夫出于波间，再拜请[45]曰："贵客将自何所至也[46]？"毅不告其实，曰："走谒大王耳。"武夫揭水[47]指路，引毅以进。谓毅曰："当闭目，数息[48]可达矣。"毅如其言，遂至其宫。始见台阁相向，门户千万，奇草珍木，无所不有。夫乃止毅，停于大室之隅，曰："客当居此以伺焉。"毅曰："此何所也？"夫曰："此灵虚殿也。"谛视[49]之，则人间珍宝，毕尽于此：柱以白璧[50]，砌[51]以青玉，床以珊瑚，帘以水精[52]，雕琉璃于翠楣[53]，饰琥珀于虹栋[54]。奇秀深杳，不可殚言[55]。然而王久不至。毅谓夫曰："洞庭君安在哉？"曰："吾君方幸[56]玄珠阁，与太阳道士讲《火经》，少选当毕。"毅曰："何谓《火经》？"夫曰："吾君，龙也。龙以水为神，举一滴可包陵谷。道士，乃人也。人以火为神圣，发一灯可燎阿房[57]。然而灵用不同，玄化[58]各异。太阳道士精于人理，吾君邀以听焉。"语毕而宫门辟[59]。景从云合[60]，而见一人，披紫衣，执青玉。夫跃曰："此吾君也！"乃至前以告之。君望毅而问曰："岂非人间之人乎？"毅对曰："然。"毅遂设拜[61]，君亦拜，命坐于灵虚之下。谓毅曰："水府幽深，寡人暗昧[62]，夫子不远千里[63]，将有为乎？"毅曰："毅，大王之乡人也。长于楚[64]，游学于秦。昨下第，闲驱泾水之涘[65]，见大王爱女牧羊于野，风鬟雨鬓[66]，所不忍视。毅因诘之。

谓毅曰：'为夫婿所薄，舅姑不念[67]，以至于此。'悲泗淋漓[68]，诚怛[69]人心。遂托书于毅。毅许之，今以至此。"因取书进之。洞庭君览毕，以袖掩面而泣曰："老父之罪，不能鉴听[70]，坐贻聋瞽[71]，使闺窗孺弱，远罹构害。公，乃陌上人[72]也，而能急之[73]。幸被齿发[74]，何敢负听！"词毕，又哀咤[75]良久。左右皆流涕。时有宦人[76]密侍君者[77]，君以书授之，令达宫中。须臾，宫中皆恸哭。君惊，谓左右曰："疾告宫中，无使有声，恐钱塘所知。"毅曰："钱塘，何人也？"曰："寡人之爱弟。昔为钱塘长，今则致政[78]矣。"毅曰："何故不使知？"曰："以其勇过人耳。昔尧遭洪水九年[79]者，乃此子一怒也。近与天将失意[80]，塞其五山[81]。上帝以寡人有薄德[82]于古今，遂宽其同气之罪[83]。然犹縻系[84]于此，故钱塘之人，日日候焉。"语未毕，而大声忽发，天拆[85]地裂，宫殿摆簸，云烟沸涌。俄有赤龙长千余尺，电目血舌，朱鳞火鬣，项掣金锁，锁牵玉柱，千雷万霆，激绕其身，霰[86]雪雨雹，一时皆下。乃擘[87]青天而飞去。毅恐蹶仆地。君亲起持之曰："无惧。固无害[88]。"毅良久稍安，乃获自定。因告辞曰："愿得生归，以避复来。"君曰："必不如此。其去则然，其来则不然。幸为少尽缱绻[89]。"因命酌互举，以款人事[90]。俄而祥风庆云，融融怡怡[91]，幢节玲珑[92]，箫韶[93]以随。红妆[94]千万，笑语熙熙[95]，中有一人[96]，自然蛾眉[97]，明珰[98]满身，绡縠参差[99]。迫而视之，乃前寄辞者[100]。然若喜若悲，零泪[101]如丝。须臾，红烟蔽其左，紫气舒其右，香气环旋，入于宫中。君笑谓毅曰："泾水之囚人至矣。"君乃辞归宫中。须臾，又闻怨苦[102]，久而不已。有顷，君复出，与毅饮食。又有一人，披紫裳，执青玉，貌耸神溢[103]，立于君左。君谓毅曰："此钱塘也。"毅起，趋拜之。钱塘亦尽礼相接，谓毅曰："女侄不幸，为顽童所辱。赖明君子信义昭彰，致达远冤；不然者，是为泾陵之土矣[104]。飨[105]德怀恩，词不悉心[106]。"毅扬退[107]辞谢，俯仰唯唯[108]。然后回告兄曰："向者辰[109]发灵虚，已至泾阳，午战于彼，未还于此。中间驰至九天[110]，以告上帝。帝知其冤，而宥其失，前所谴责，因而获免。然而刚肠[111]激发，不遑[112]辞候，惊扰宫中，复忤[113]宾客。愧惕[114]惭惧，不知所失[115]。"因退而再拜。君曰："所杀几何？"曰："六十万。""伤稼乎？"曰："八百里。""无情郎安在？"曰："食之矣。"君怃然曰："顽童之为是心也，诚不可忍。然汝亦太草草[116]。赖上帝显圣，谅其至冤[117]。不然者，吾何辞焉[118]。从此已去[119]，勿复如是。"钱塘复再拜。是夕，遂宿毅于凝光殿。明日，又宴毅于凝碧宫。会友戚，张广乐，具以醪醴[120]，罗以甘洁[121]。初，笳角鼙鼓[122]，旌旗剑戟，舞万夫于其右。中有一夫前曰："此《钱塘破阵乐》[123]。"旌铤杰气，顾骤悍栗[124]，坐客视之，毛发皆竖。复有金石丝竹[125]，罗绮珠翠，舞千女于其左。中有一女前进曰："此《贵主还宫乐》。"清音宛转，如诉如慕[126]，坐客听之，不觉泪下。二舞既毕，龙君大悦，锡以纨绮[127]，颁于舞人。然后密席贯坐[128]，纵酒极娱[129]。酒酣，洞庭君乃击席而歌曰："大天苍苍[130]兮，大地茫茫。人各有志兮，何可思量。狐神鼠圣兮，薄社依墙[131]。雷霆一发兮，其孰敢当！荷贞人[132]兮信义长，令骨肉兮还故乡。齐言[133]惭愧兮何时忘！"洞庭君歌罢，钱塘君再拜而歌曰："上天配合兮，生死有途。此不当妇兮，彼不当夫。腹心[134]辛苦兮，泾水之隅。风霜满鬓兮，雨雪罗襦。赖明公[135]兮引素书，令骨肉兮家如初。永言珍重兮无时无[136]。"钱塘君歌阕[137]，洞庭君俱起，奉觞于毅。毅踧踖[138]而受爵[139]，饮讫，复以二觞奉二君。乃歌曰："碧云悠悠[140]兮，泾水东流。伤美人兮，雨泣花愁。尺书远达兮，以解君忧。哀冤果雪兮，还处其休[141]。荷和雅兮感甘羞[142]。山家[143]寂寞兮难久留。欲将辞去兮悲绸缪[144]。"歌罢，皆呼万岁。洞庭君因出碧玉箱，贮以开水犀[145]；钱塘君复出红珀盘，贮以照夜玑[146]：皆起进毅。毅辞谢而受。然后宫中之人，咸以绡彩珠璧，投于毅侧，重叠焕赫[147]，须臾埋没前后。毅笑语四顾，愧揖不暇。洎酒阑[148]欢极，毅辞起，复宿于凝光殿。翌日[149]，又宴毅于清光阁。钱塘因酒，作色[150]，踞[151]谓毅曰："不闻猛石[152]可裂不可卷，义士可杀不可羞邪？愚有衷曲[153]，欲一陈于公。如可，则俱在云霄；如不可，则皆夷粪壤[154]。足下以为何如哉？"毅曰："请闻之。"钱塘曰："泾阳之妻，则洞庭君之爱女也。淑性茂质[155]，为九姻[156]所重。不幸见辱于匪人。今则绝矣。将欲求托高义[157]，世为亲戚。使受恩者知其所归，怀爱者知其所付，岂不为君子始终之道者？"毅肃然而作[158]，欻然而笑曰："诚不知钱塘君孱困[159]如是！毅始闻跨九州[160]，怀五岳，泄其愤怒；复见断金锁[161]，擘玉柱，赴其急难：毅以为刚决明直，无如君者。盖犯之者不避其死，感之者不爱其生[162]，此真丈夫之志。奈何箫管方洽，亲宾正和，不顾其道，以威加人？岂仆之素望哉！若遇公于洪波之中，玄山[163]之间，鼓以鳞须，被以云雨，将迫毅以死，毅则以禽兽视之，亦何恨哉！今体被衣冠，坐谈礼义，尽五常之志性，负百行之微旨[164]，虽人世贤杰，有不如者，况江河灵类乎？而欲以蠢然之躯，悍然之性，乘酒假气[165]，将迫于人，岂近直哉[166]！且毅之质，不足以藏王一甲之间[167]，然而敢以不伏之心，胜王不道之气。惟王筹[168]之！"钱塘乃逡巡[169]致谢曰："寡人生长宫房，不闻正论。向者词述疏狂，妄突高明[170]。退自循顾，戻不容责。幸君子不为此乖间[171]可也。"其夕，复欢宴，其乐如旧。毅与钱塘，遂为知心友。明日，毅辞归。洞庭君夫人别宴毅于潜景殿。男女仆妾等，悉出预会[172]。夫人泣谓毅曰："骨肉受君子深恩，恨不得展愧戴[173]，遂至睽别[174]。"使前泾阳女当席拜毅以致谢。夫人又曰："此别岂有复相遇之日乎？"毅其始虽不诺钱塘之请，然当此席，殊有叹恨之色。宴罢，辞别，满宫凄然。赠遗[175]珍宝，怪不可述。毅于是复循途出江岸，见从者十馀人，担囊以随，至其家而辞去。毅因适广陵[176]宝肆，鬻其所得；百未发一，财已盈兆[177]。故[178]淮右[179]富族，咸以为莫如。遂娶于张氏，亡。又娶韩氏，数月，韩氏又亡。徙家金陵[180]。常以鳏旷[181]多感，或谋新匹[182]。有媒氏告之曰："有卢氏女，范阳[183]人也。父名曰浩，尝为清流宰[184]。晚岁好道，独游云泉[185]，今则不知所在矣。母曰郑氏。前年适[186]清河张氏，不幸而张夫早亡。母怜其少，惜其慧美，欲择德以配[187]焉。不识何如？"毅乃卜日就礼[188]。既而男女二姓，俱为豪族，法用礼物[189]，尽其丰盛。金陵之士，莫不健仰[190]。居月馀，毅因晚入户，视其妻，深觉类[191]于龙女，而逸艳丰厚，则又过之。因与话昔事。妻谓毅曰："人世岂有如是之理乎？"经岁馀，有一子[192]。毅益重之。既产，逾月，乃秾饰[193]换服，召毅于帘室[194]之间[195]，笑谓毅曰："君不忆余之于昔也？"毅曰："夙非姻好，何以为忆[196]？"妻曰："余即洞庭君之女也。泾川之冤，君使得白，衔[197]君之恩，誓心求报。洎钱塘季父[198]论亲不从，遂至睽违，天各一方，不能相问。父母欲配嫁于濯锦小儿[199]某。遂闭户剪发，以明无意。虽为君子弃绝，分[200]无见期；而当初之心，死不自替[201]。他日父母怜其志[202]，复欲驰白于君子。值君子累娶，当[203]娶于张，已而又娶于韩。洎张、韩继卒，君卜居于兹，故余之父母乃喜余得遂报君之意。今日获奉君子，咸善终世[204]，死无恨矣！"因呜咽，泣涕交下。对毅曰："始不言者，知君无重色之心；今乃言者，知君有爱子之意。妇人匪薄[205]，不足以确厚永心[206]，故因君爱子，以托相生[207]。未知君意如何？愁惧兼心[208]，不能自解。君附书之日，笑谓妾曰：'他日归洞庭，慎无相避。'诚不知当此之际，君岂有意于今日之事乎？其后季父请于君，君固[209]不许。君乃诚将不可邪，抑忿然邪？君其话之！"毅曰："似有命者。仆始见君于长泾之隅，枉抑[210]憔悴，诚有不平之志。然自约其心[211]者，达君之冤，馀无及也。以言慎勿相避者，偶然耳，岂有意哉。洎钱塘逼迫之际，唯理有不可直[212]，乃激人之怒耳。夫始以义行为之志，宁有杀其婿而纳其妻者邪？一不可也。某素以操贞为志尚[213]，宁有屈于己而伏于心者乎？二不可也。且以率肆胸臆，酬酢纷纶，唯直是图，不遑避害[214]。然而将别之日，见君有依然[215]之容，心甚恨之。终以人事扼束，无由报谢。呼！今日，君，卢氏也，又家于人间，则吾始心未为惑矣[216]。从此以往，永奉欢好，心无纤虑也。"妻因深感娇泣，良久不已。有顷，谓毅曰："勿以他类，遂为无心[217]，固当知报耳。夫龙寿万岁，今与君同之[218]。水陆无往不适。君不以为妄也？"毅嘉[219]之曰："吾不知国容乃复为神仙之饵[220]。"乃相与觐洞庭。既至，而宾主盛礼，不可具纪。后居南海[221]，仅四十年，其邸第、舆马、珍鲜、服玩，虽侯伯之室，无以加也。毅之族咸遂濡泽[222]。以其春秋积序[223]，容状不衰，南海之人，靡不惊异。泊开元中，上[224]方属意于神仙之事，精索道术。毅不得安，遂相与归洞庭。凡十馀岁，莫知其迹。至开元末，毅之表弟薛嘏为京畿令[225]，谪官东南。经洞庭，晴昼长望，俄见碧山出于远波。舟人皆侧立[226]，曰："此本无山，恐水怪耳。"指顾之际[227]，山与舟相逼，乃有彩船自山驰来，迎问于嘏。其中有一人呼之曰："柳公来候耳。"嘏省然[228]记之，乃促至山下，摄衣[229]疾上。山有宫阙如人世，见毅立于宫室之中，前列丝竹，后罗珠翠[230]，物玩之盛，殊倍人间。毅词理益玄，容颜益少。初迎嘏于砌，持嘏手曰："别来瞬息[231]，而发毛已黄。"嘏笑曰："兄为神仙，弟为枯骨，命也。"毅因出药五十丸遗嘏，曰："此药一丸，可增一岁耳。岁满复来，无久居人世以自苦也。"欢宴毕，嘏乃辞行。自是已后，遂绝影响[232]。嘏常以是事告于人世。殆四纪，嘏亦不知所在。陇西[233]李朝威叙而叹曰：五虫之长，必以灵著，别斯见矣[234]。人，裸[235]也，移信鳞虫[236]。洞庭含纳[237]大直，钱塘迅疾磊落[238]，宜有承焉[239]。嘏咏而不载，独可邻其境[240]。愚义之，为斯文。

注释

[1]作者李朝威，事迹无可考；根据篇中自述，知道他是唐陇西郡人。

这是一篇布局谨严，情节曲折，写得优美生动，富于浪漫主义色彩的作品。

龙女对受到夫家种种虐待所提出的控诉，正是封建社会里妇女们普遍的遭遇。她性情虽然善良，但也不甘于任人摆布，力图挣脱这残酷的枷锁。一旦遇到自己所爱的人，就热情地向往着，追求自己终身的幸福。这又表达了受压迫的妇女们的内心感情。

钱塘君性情开朗，刚直而勇猛，嫉恶如仇。尽管有时态度显得有些蛮横，然而一经说服，就不再固执己见。是一个可敬爱的人物。

柳毅是封建社会里一个身世潦倒而行为正直的知识分子的典型。他之代龙女传书，完全出于同情，激于义愤，胸怀坦白，毫无自私之心。尽管内心对龙女是爱慕的，但却能够克制私情，在暴力威胁之下毅然拒绝了婚事。这种光明磊落的行为是可贵的。

作者把几个主要人物的个性，刻画得鲜明而突出：龙女的形态，表面是屈抑可怜，实际却热情坚定；柳毅不屈不挠，遇事能冷静思考，作出适当处理；钱塘君则恰恰相反，在感情冲动下，就不顾一切地做了再说；洞庭君却显出一副忠厚长者像。这些写来都恰如其分。又如钱塘君"擘青天而飞去"那一段，不过寥寥六七十字，却写得那样有声有色，令人惊心动魄，其表现手法经济而又巧妙。

由于故事具有意义而又富于戏剧性，一向脍炙人口。后来元人尚仲贤的《洞庭湖柳毅传书》、李好古的《沙门岛张生煮海》、明人黄说中的《龙箫记》、清人李渔的《蜃中楼》等等杂剧、传奇，以及现代《龙女牧羊》《张羽煮海》等剧，都自本篇脱胎演变而来，可见其影响之久远。

[2]仪凤：唐高宗（李治）的年号（公元六七六至六七八年）。

[3]应举下第："应举"，应州郡保举到京城里参加考试。"下第"，犹如说落榜，就是没有考取。

[4]湘滨：湘水边，唐时指江南西道一带地方，即今湖南省境。湘水也称湘江，是湖南境内最大的一条河流。源出广西兴安县海洋山西麓，流至湖南，经衡阳、湘潭、长沙，至湘阴县濠河口入洞庭湖。

[5]有客于泾阳者：有在泾阳作客的人。"客"，作动词用。"泾阳"，唐县名，在今陕西长安县北。

[6]疾逸道左："疾"，快。"逸"，奔。"道左"，泛指路旁。

[7]殊色：绝色、非常美丽。

[8]蛾脸（jiǎn）不舒："蛾"，蛾眉，形容女子的眉毛细而且长，像蚕蛾的触须一样。"脸"，同"睑"，古时指目下颊上的地方。"蛾脸"，眉目之间。"蛾脸不舒"，眉目间不开朗，犹如说面带愁容。

[9]巾袖无光：指穿戴的衣服颜色很黯淡，也就是敝旧而不华丽。

[10]凝听翔立：站在那里出神地听着。

[11]子何苦而自辱如是：你有什么苦恼，使得自己委屈到这种地步呢。

[12]楚：悲哀的样子。

[13]见辱问于长（zhǎng）者："见"，被的意思。"辱问"，委屈了自己的身分来下问；"长者"，指柳毅，都是客气话。

[14]泾川：就是泾河，源出宁夏六盘山东麓，流经甘肃，经陕西泾阳南面，至三原入渭河。下文"长泾"，也指泾水。

[15]乐逸：欢喜游荡。

[16]日以厌薄：一天比一天地厌恶薄待我。

[17]舅姑：公婆。

[18]不能御：不能阻止、无法控制。

[19]毁黜（chù）以至此：糟蹋到这个地步。

[20]歔欷：形容伤心气咽的样子。

[21]悲不自胜（shēng）：悲伤得使自己受不了。

[22]茫茫：无边无际的样子。

[23]无所知哀：没有人知道我内心的悲哀痛苦。

[24]吴：通常是指现在江苏一带地方，这里却指湖南。三国时吴国的疆界包括湖南在内，所以湖南也可以称做"吴"。

[25]尺书：信件。古时没有纸，起先把信写在尺把长的木简上，有了绢帛的时候，又写在绢帛上，所以后来就把书信叫做"尺牍""尺书""尺素书"。下文"素书"，就是"尺素书"。

[26]寄托侍者：意思是不敢劳动柳毅本人，只好请托侍奉他的人代为递信，客气话。"侍者"，左右侍奉的人。

[27]未卜：不知道，问词。古人迷信，以卜卦的吉凶为行动的趋向，所以"未卜"就是不知道的意思。"卜"，引申作选择解释，下文"卜日"，指选择吉日良辰。"卜居"，指选择住所。

[28]是何可否之谓乎：这哪里谈到什么可以不可以呢。意思是说，这是应该做到，不用考虑的事。

[29]尘间：尘世间、人间。

[30]宁可致意邪（yé）：怎么能够传达你的意思呢。"宁可"，岂可、怎么能够。"邪"，疑问的语助词，也作"耶"。

[31]道途显晦："显晦"，明暗。"道途显晦"，犹如说幽明路隔，指人世间和神仙境界两个不同的环境。

[32]又乖恳愿：又违背了自己的诚心诚意。

[33]负载珍重："负载"，指接受委托。"珍重"，善加保重。"负载珍重"，意思是承你接受了我的委托，请你一路上自己好好保重吧。后文《飞烟传》篇"珍重佳人赠好音"，珍重，却是非常宝贵的意思。

[34]脱获回耗：倘若得到回信。

[35]洞庭之与京邑，不足为异也：洞庭和京城并没有什么不同。意思是说，洞庭里同样是可以去的。

[36]阴：南岸。

[37]社橘：唐代风俗，乡间选择大树下举行"社祭"（祭地神）；"社橘"，指那样的大橘树。

[38]无渝：不要改变。

[39]襦（rú）：短袄。

[40]戚：悲哀。

[41]矫顾怒步：昂着头，走得很神气。

[42]龁（hé）：咬嚼。

[43]亡：同"无"字。

[44]易带：解带、脱带。

[45]请：请问。

[46]将自何所至也：刚才是从什么地方来的。

[47]揭水：分开水。

[48]数息：呼吸几次，形容时间的迅速。

[49]谛视：仔细地看。

[50]柱以白璧：柱子是用白玉做成的。下三句句法相同。

[51]砌：台阶。

[52]水精：即水晶。

[53]雕琉璃于翠楣：翠绿色的门上横木，上面镶嵌着琉璃。

[54]饰琥珀于虹栋：彩色如虹的屋梁，以琥珀为饰。

[55]不可殚（dān）言：说不尽、说不完。"殚"，尽的意思。

[56]幸：封建时代，皇帝到什么地方去叫做"幸"。龙君是帝王的身分，所以也用"幸"来指它的行动。

[57]阿（ē）房（páng）：宫名，秦始皇造，规模甚大，周围三百馀里，秦末项羽入关时，放火烧毁。前殿遗址在今西安市西南阿房村。

[58]玄化：神奇变化。

[59]辟：同"闢"字。

[60]景从云合："景"，同"影"字。"景从"，如影之随形。《易经·乾卦》："云从龙"。这里形容龙君出来，所以说"云合"。后世多以"云从龙"指君臣的遇合，这里也把龙君人格化了。"景从云合"，意指臣僚多人簇拥而来的样子。

[61]设拜：行礼。

[62]寡人暗昧：我很糊涂。"寡人"，龙君的自称。

[63]不远千里：不以千里为远，长途辛苦而来。

[64]楚：湖南、湖北一带的古称。

[65]闲驱泾水之涘（sì）：随便走到泾水边上。"涘"，水边。

[66]风鬟雨鬓：形容龙女抛头露面，遭受风吹雨打的样子。

[67]不念：不体恤的意思。

[68]悲泗淋漓：哭得满脸眼泪鼻涕的样子。"泗"，鼻涕。

[69]怛（dá）：伤痛。

[70]不能鉴听：原作"不诊坚听"，费解，据沈本改。

[71]不能鉴听，坐贻聋瞽：没有了解这种情况，使自己犹如聋子瞎子一样。"坐贻"，因而造成的意思。

[72]陌上人：路上人，非亲非故的意思。

[73]急之：救人的急难。

[74]幸被齿发："被"，具有的意思。人有齿有发，"幸被齿发"，意谓幸而属于人类，不比禽兽无知。文中把龙君人格化了，所以这样说。

[75]哀咤（zhà）：悲叹。

[76]宦人：宦官、太监。

[77]时有宦人密侍君者："侍"，原作"视"，费解。疑音近误刻，据虞本改。

[78]致政：退休、解除管理政务的职责。

[79]尧遭洪水九年："尧"，古帝名。他和舜、禹，实际都是我国原始时代部落联盟的领袖。《史记·五帝本纪》：尧时洪水泛滥成灾，叫鲧（gǔn）去治水，历时九年，都没有成功。

[80]失意：闹意见、不和睦。

[81]塞其五山："塞"，窒碍的意思，这里指发大水来淹没。"五山"，指五岳：泰山、华山、霍山、恒山、嵩山。下文"怀五岳"，"怀"，包藏的意思，也引申作水淹解释。

[82]薄德：很少的功劳、微薄的贡献。

[83]宽其同气之罪：饶恕了同胞兄弟的罪过。"同气"，指同胞兄弟。

[84]縻系：拘禁。

[85]拆：开裂，同"坼"字。

[86]霰（xiàn）：雪珠。

[87]擘（bò）：打破、分开。

[88]无害：没有关系。

[89]少尽缱绻（qiǎn quǎn）：稍为尽一点情意。后文各篇，也以缱绻指男女间的要好。

[90]命酌互举，以款人事：叫仆人安排酒宴，彼此举杯劝酒，以尽招待客人的情谊。

[91]融融怡怡：形容一片和乐的气氛。

[92]幢（chuáng）节玲珑："幢节"，旗帜和旌节，指仪仗。"玲珑"，细致精巧的样子。

[93]箫韶：本是古帝虞舜时的乐曲名，这里指音乐、乐队。

[94]红妆：妇女妆饰多红色，称"红妆"，就作为青年妇女的代称。

[95]笑语熙熙：说说笑笑，十分和悦的样子。

[96]中有一人："中"，原作"后"。"中"字似较胜，据虞本改。

[97]自然蛾眉："蛾眉"，泛指美丽的容貌。"自然蛾眉"，天生的美貌。

[98]明珰：明珠做的耳饰，这里泛指饰物。

[99]绡（xiāo）縠（hú）参（cēn）差（cī）："绡"，生丝织成的绸子。"縠"，绉纱。"绡縠"，指绸衣。"参差"，不整齐。"绡縠参差"，指绸衣因行动而飘拂的样子。

[100]乃前寄辞者：就是以前委托带信的人。

[101]零泪：落泪、垂泪。

[102]怨苦：指龙女向家人诉说遭受虐待的怨苦声。

[103]貌耸神溢：容貌出众，精神奕奕的意思。"耸"，高出的样子。

[104]是为泾陵之土矣：人死埋葬，化为尘土，所以"是为泾陵之土矣"，就是要死在泾陵的意思。

[105]飨：受。

[106]词不悉心：言语无法表达出内心的感激。

[107]扬（huī）退：谦退。

[108]俯仰唯唯：作揖打躬地连声答应。"唯唯"，恭敬地答应，犹如

说"是是是"。

[109]辰："辰"和下文"巳、午、未"，都是十二支之一，指时间。午前七时、八时为"辰"，九时、十时为"巳"，十一时、十二时为"午"，午后一时、二时为"未"。

[110]九天：九重天上，神话中天帝居住的地方。

[111]刚肠：指激烈的性情。

[112]不遑：来不及。

[113]忤（wǔ）：冒犯。

[114]惕（tì）：也是惧的意思。

[115]不知所失：不知道自己犯了多大的过失。

[116]草草：这里是粗暴的意思。

[117]至冤：极度的冤屈。

[118]吾何辞焉：我有什么话可说呢，意思是上帝责问起来，自己将无话可答。也可作我怎么能推卸责任解释。

[119]从此已去：从今以后。"已"，同"以"字。

[120]具以醪（láo）醴（lǐ）：具备着美酒。"醪"，醇酒。"醴"，不太厉害的甜酒。

[121]罗以甘洁："罗"，排列、布满。"甘洁"，味美而洁净的食物。

[122]笳角鼙（pí）鼓："笳"，胡笳，古时胡人所吹、一种木管（旧说是卷芦叶而成）的乐器。"角"，画角，古军中一种形如竹筒的吹器，早晚吹此以振奋士气。"笳角"，犹如后来的军号、喇叭。"鼙鼓"，战鼓。后文《长恨传》篇也作"鞞鼓"，"鞞"，同"鼙"字。

[123]《钱塘破阵乐》：《破阵乐》，本唐初乐曲名，唐太宗为秦王时破刘周武军时所作，后改为表现战阵的武舞，由一百二十人披甲执戟而舞。这里因钱塘君战胜泾川龙君回来，故借称为《钱塘破阵乐》。

[124]旌铠杰气，顾骤悍栗："铠"，字书无此字，疑指上文所说剑戟一类的武器。"栗"，同"慄"字。这两句的意思是说：旌旗剑戟之舞，

44

其势激昂豪迈；武士们顾盼驰骤的行动，使人看了心惊胆战。

[125]金石丝竹："金石"，指钟磬等；"丝"，指琴瑟等；"竹"，指箫笛等。统指乐器、乐队。

[126]清音宛转，如诉如慕：幽雅的乐声，抑扬顿挫，听上去有时好像在低声诉说，有时又好像在怨慕号泣。怨慕号泣是古帝虞舜的故事。据说他曾在田间向天号泣，怨自己不能获得父母的欢心，因而更增加思慕父母的情绪。见《孟子·万章》。

[127]锡以纨绮："锡"，赐与。"纨绮"，绫绸。

[128]密席贯坐：紧紧地一个挨一个地坐着。

[129]纵酒极娱：尽量喝酒，非常快乐。

[130]苍苍：深青色。

[131]狐神鼠圣兮，薄社依墙："圣"，在这里作神怪解释。"社"，古时祭土神的地方。"薄"，依附。狐狸依着城墙，老鼠依着祭社做巢穴，比喻坏人有所倚恃而猖獗，不便加以制裁，略有"投鼠忌器"一类的含义，指泾川龙君次子倚仗着父母的宠爱而胡作非为。典出《晋书·谢鲲传》：王敦告诉谢鲲说：刘隗为人奸邪，将要危害国家。我打算把这个皇帝面前的小人除掉。谢鲲回说：刘隗固然是一个祸首，但他却是"城狐社鼠"。意指刘隗追随着皇帝，如果清除他，就会惊动皇帝，如同掘狐怕坏了城墙，熏鼠怕烧了祭社一样。

[132]贞人：正人君子。

[133]言：语助词。下文"永言"的"言"，作"乃"字解释。

[134]腹心：犹如说骨肉，指龙女；也可作龙女的内心解释。

[135]明公：对尊贵者的敬称。

[136]无时无：没有哪一时候不是这样，也就是时时刻刻的意思。

[137]歌阕（què）：唱完了。

[138]踧（cù）踖（jí）：恭敬而又不安的样子。

[139]爵：古时一种三脚的酒器。

[140]悠悠：形容遥远的样子。

[141]还处其休：回家过着团聚快乐的生活。"休"，美好、喜庆的意思。

[142]荷和雅兮感甘羞："荷和雅"，承蒙殷勤的招待。"甘羞"，美味的食物。

[143]山家：称自己家里的客气话。

[144]悲绸缪（móu）：在情意缠绵的情况下而要离别，感到伤感。

[145]开水犀：可以把水分开的犀牛角，古代传说中的宝物。《埤雅》：犀角可以破水。

[146]照夜玑：夜明珠。"玑"，本指不圆的珠子，这里作为珠子的通称。

[147]焕赫：光采耀目的样子。

[148]酒阑：酒喝得差不多了，有些人还留在席上，有些人已经离开了，叫做"酒阑"。

[149]翌（yì）日：第二天。

[150]因酒，作色：借着酒意，板起了脸，作出一本正经的样子。

[151]踞：蹲着，形容很随便的样子。

[152]猛石：坚硬的石头。

[153]衷曲：心事，内情。

[154]如可，则俱在云霄；如不可，则皆夷粪壤：如果你答应，大家如在天上——都很幸福；如果不答应，彼此如陷到粪土里——都要倒霉。"夷"，平灭的意思。

[155]淑性茂质：和善的性情，美好的品质。

[156]九姻：就是九族，外祖父、外祖母、姨母的儿子、妻父、妻母、姑母的儿子、姊妹的儿子、外孙、自己的同族。

[157]求托高义："求托"，请把龙女相付托，就是给柳毅做妻子的意思。"高义"，行为高尚有义气的人，指柳毅。

[158]肃然而作：态度严肃地站起来。

[159]孱（càn）困：卑鄙恶劣。

[160]九州：古代分天下（指中国）为"九州"，有《禹贡》九州、《尔雅》九州、《周礼》九州的分别。一般指《周礼》九州：扬、荆、豫、青、兖、雍、幽、冀、并。

[161]镆：同"锁"字。

[162]犯之者不避其死，感之者不爱其生：对触犯自己的人，不避死亡的危险去报复、抵抗他；对使自己感动（有恩或激于义愤）的人，不惜拼着性命去报答或打抱不平。

[163]玄山：黄黑色的山，指上文所说的"五岳"。

[164]尽五常之志性，负百行（xìng）之微旨：古代以仁、义、礼、智、信为"五常"。"常"，指平常应遵行的道理。这些本来都是好的行为，但封建统治者利用为本阶级服务，用以麻醉人民，因而往往变了质，反而成为束缚人民的枷锁。"百行"，指各种德行、好的行为。语出《诗经·卫风·氓》："士有百行。""微旨"，精微奥妙的道理。"负百行之微旨"，秉赋、实践各种德行的精妙道理。这两句的意思是说：钱塘君尽管是龙，但富有人性，它懂得并且坚持"五常""百行"这一些好的品德。

[165]乘酒假气：仗着酒意，借着气势。

[166]岂近直哉：这哪里合乎正道呢。

[167]且毅之质，不足以藏王一甲之间：而且我的身体，放在你的一片鳞甲之间，也不会填满，意思是就外形而言，自己十分渺小而钱塘君非常魁梧。"质"，指身体。

[168]筹：考虑。

[169]逡（qūn）巡：向后退，局促不安的表示。后文其他篇里，也作不久解释。

[170]妄突高明："妄"，胡乱的意思。"突"，唐突，犹如说冒犯、

得罪。"高明"，对人的敬称。

[171]乖间（jiàn）：疏远。

[172]预会：参加宴会。

[173]展愧戴：表达惭愧、爱戴的感激心情。

[174]睽（kuí）别：离别。

[175]赠遗（wèi）：赠给。"遗"，也是赠的意思。

[176]广陵：唐郡名，也称扬州，约辖今江苏扬州、泰州、高邮、宝应等地区，州治在今扬州市。唐代广陵是一所商业繁盛的大城市，很多外国或外族人在那里经营珠宝买卖。

[177]兆：百万。

[178]故：原来、旧有的。

[179]淮右：就是淮西，即淮水以西，今安徽合肥、凤阳一带地方。

[180]金陵：唐代的上元县，一度改名"金陵"，今江苏南京市。

[181]鳏（guān）旷：有了相当年纪还没有妻子叫做"鳏旷"。

[182]匹：配偶。

[183]范阳：唐郡名。参看前《柳氏传》篇"幽、蓟"注。

[184]清流宰："清流"，唐县名，今安徽滁县。"宰"，县令。

[185]独游云泉：独自一人到山中去修道的意思。

[186]适：嫁给。

[187]择德以配：挑选一个品德好的人嫁给他。

[188]就礼：举行婚礼。

[189]法用礼物：指结婚仪式中应有的礼物。

[190]健仰：非常美慕。

[191]类：相似。

[192]经岁馀，有一子：原作"然君与余有一子"，与上文词意不接，据虞本改。

[193]称饰：打扮得如花似玉。

[194]帘室：门上有帘的屋子，指内室。

[195]召毅于帘室之间：原作"召亲戚相会之间"。按夫妇私语，似不应在召亲戚相会时，据虞本改。

[196]夙非姻好，何以为忆：原作"夙为洞庭君女传书，至今为忆"，似答非所问，据虞本改。

[197]衔：心里感激的意思。

[198]季父：叔父。

[199]濯锦小儿："濯锦"，江名，就是四川成都市的浣花溪。"濯锦小儿"，指濯锦江龙君的儿子。

[200]分（fèn）：料想、自以为。

[201]死不自替：至死不忘，至死不变。"替"，消灭、衰减的意思。

[202]遂闭户剪发，以明无意。虽为君子弃绝，分无见期；而当初之心，死不自替。他日父母怜其志：原作"惟以心誓难移，亲命难背。既为君子弃绝，分无见期；而当初之冤，虽得以告诸父母，而誓报不得其志"。按"心誓难移，亲命难背"，语意似涉模棱两可；"闭户剪发，以明无意""当初之心，死不自替"，则表达龙女坚决不移之意志，似较合理，据虞本改。

[203]当：当初、前些时。

[204]咸善终世：彼此在一起好好地过一生，犹如说"白头偕老"。

[205]匪薄：身分微贱的意思。"知君有爱子之意"："爱子"，原作"感余"。据下文，似作"爱子"是，据虞本改。"妇人匪薄"："匪"字费解，疑"菲"字形似误刻。

[206]不足以确厚永心：不能够切实巩固、加强你永远爱我的心意。

[207]以托相生：借以达到在一起生活的愿望。

[208]愁惧兼心：又忧愁又恐惧的心情。"兼"，也可作积累解释，"愁惧兼心"，心里积存着愁惧的念头。

[209]固：坚决。

[210]枉抑：冤屈。

[211]自约其心：自己约束、控制着自己爱慕龙女的心情。

[212]理有不可直：道理上说不过去。

[213]某素以操贞为志尚：我平时以坚持正道为自己的抱负。"某"，原作"善"，费解。"贞"，原作"真"，似"贞"字较胜。据虞本改。

[214]率肆胸臆，酬酢（zuò）纷纭，唯直是图，不遑避害："胸臆"，指内心。"纷纭"，繁乱的样子。这四句的意思是说：当着酒宴应酬纷乱的时候，自己直率地发表意见，只知道照着正理去做，却不管会不会给自己带来祸害。指上文对钱塘君拒婚而言。

[215]依然：恋恋不舍的样子。

[216]这几句的意思是说：龙女既已姓卢，又住在人间，就不是原来的身分，因而和她结婚，并不违反自己的初意，自己原来的主张并不错误。"惑"，本是迷乱的意思，这里引申作错误解释。

[217]勿以他类，遂为无心：不要以为我是龙不是人类，就认为没有人心。

[218]同之：共同享受。

[219]嘉：赞许。

[220]吾不知国容乃复为神仙之饵："国容"，犹如说国色，指非常美丽的容貌。以利诱人叫做"饵"，这里是导致物的意思。这句话的意思是说：我没有想到，由于娶了龙女这样美丽的妻子，却获得成仙得道的机会。"国容乃复为神仙之饵"："容"，原作"客"。按此句接上文龙女"龙寿万岁，与君同之"一语而来，指娶龙女可以导致成仙，则作"容"字似较胜，疑形似误刻，据沈本改。

[221]南海：唐郡名，也称广州，约辖今广东全省除西南部以外的地区，州治在今广州市。

[222]咸遂濡（rú）泽：都沾了光。"濡泽"，润湿，引申作恩惠解释。

[223]春秋积序："春秋"，指时间，错举四时而言，引申作年龄解

释。"春秋积序",年龄一年又一年地增加。

[224]上:对皇帝的尊称。

[225]京畿(jī)令:唐代以长安、万年、河南、洛阳、太原、晋阳六县县令为"京县令",京兆、河南、太原三府所辖各县县令为"畿县令",合称"京畿令"。京畿令的品级较一般县令为高。京城附近的地方为"畿"。

[226]侧立:斜着身子站着,恐惧的表示。

[227]指顾之际:手指目视之间,形容迅速。

[228]省(xǐng)然:忽然想起的样子。

[229]摄衣:撩起衣裳。

[230]珠翠:指插戴着珠翠首饰的侍女们。

[231]瞬息:"瞬",霎眼;"息",呼吸,形容极短的时间。

[232]遂绝影响:就再没有消息了。

[233]陇西:唐郡名,也称渭州,约辖今甘肃陇西、定西、武山等地区,州治在今陇西县。

[234]五虫之长(zhǎng),必以灵著,别斯见矣:"虫",动物的通称。"五虫",指倮虫(人类)、羽虫(鸟类)、毛虫(兽类)、鳞虫(鱼类)、介虫(龟类)。古人认为:毛虫之精者曰麟,羽虫之精者曰凤,介虫之精者曰龟,鳞虫之精者曰龙,倮虫之精者曰圣人。"五虫之长",即指麟、凤、龟、龙、圣人。"长",就是所谓"精者"。"别",区别、分别。这几句的意思是说:五虫之长一定有它特殊的灵性,和一般虫类不同,从这里就可以看得出它们的分别。指龙君能显示灵异,不同于普通的鳞虫。

[235]倮:同"倮"字。赤身露体叫做"倮"。人身上没有羽毛鳞甲,所以古时把人类列为倮虫。

[236]移信鳞虫:把人类讲信义的道理用来对于鳞虫——指柳毅负责代龙女传书事。

51

[237]含纳：有涵养、有度量。

[238]迅疾磊落：行动敏捷，胸怀坦白。

[239]宜有承焉："承"，禀承、禀赋，指它们（龙君）好的品德是有所禀承的。也可作"继承"解释，"宜有承焉"，应该有人继承它们这种好的品德。

[240]嘏（gǔ）咏而不载，独可邻其境："咏"，指含有赞美意味的议论。"载"，知识。这两句的意思是说：薛嘏时常向人谈起柳毅做神仙的事情，加以夸赞，可是他自己并不知道怎样才可以成仙。不过因为他和柳毅是亲戚，柳毅送给他仙药，所以他却能够达到神仙的境界。另一解释：薛嘏虽然和柳毅接近了，知道了成仙的方法，但是他只肯随便谈谈这件事，而不愿把它详细记录下来，因而别人无法了解，只有他自己一人能够达到神仙的境界。

南柯太守传[1]

李公佐

东平淳于棼，吴、楚游侠之士[2]。嗜酒使气[3]，不守细行[4]。累巨产，养豪客。曾以武艺补淮南军裨将[5]，因使酒[6]忤帅，斥逐落魄[7]，纵诞[8]饮酒为事。家住广陵郡东十里。所居宅南有大古槐一株，枝干修密，清阴[9]数亩。淳于生日与群豪，大饮其下。贞元七年九月，因沉醉致疾。时二友人于坐扶生归家，卧于堂东庑[10]之下。二友谓生曰："子其寝矣！余将秣饭马[11]濯足，俟子小愈而去。"生解巾就枕，昏然忽忽[12]，髣髴若梦。见二紫衣使者，跪拜生曰："槐安国王遣小臣致命奉邀。"生不觉下榻整衣，随二使至门。见青油小车，驾以四牡[13]，左右从者七八，扶生上车，出大户，指古槐穴而去。使者即驱入穴中。生意颇甚异之，不敢致问。忽见山川、风候[14]、草木、道路，与人世甚殊[15]。前行数十里，有郛郭城堞[16]。车与人物，不绝于路。生左右传车者[17]传呼[18]甚严，行者亦争辟于左右[19]。又入大城，朱门重楼，楼上有金书，题曰"大槐安国"。执门者[20]趋拜奔走。旋有一骑传呼曰："王以驸马远降，令且息东华馆。"因前导而去。俄见一门洞开，生降车而入。彩槛雕楹；华木珍果，列植于庭下；几案茵褥，帘帏餐膳，陈设于庭上。

53

生心甚自悦。复有呼曰："右相[21]且至。"生降阶祗奉。有一人紫衣象简[22]前趋，宾主之仪敬尽焉。右相曰："寡君[23]不以弊[24]国远僻，奉迎君子，托以姻亲。"生曰："某以贱劣之躯，岂敢是望。"右相因请生同诣其所。行可百步，入朱门。矛戟斧钺，布列左右，军吏数百，辟易道侧。生有平生酒徒周弁者，亦趋其中。生私心悦之，不敢前问。右相引生升广殿，御卫严肃，若至尊[25]之所。见一人长大端严，居正位，衣素练服，簪[26]朱华冠。生战栗，不敢仰视。左右侍者令生拜。王曰："前奉贤尊[27]命，不弃小国，许令次女瑶芳，奉事[28]君子。"生但俯伏而已，不敢致词。王曰："且就宾宇[29]，续造仪式[30]。"有旨，右相亦与生偕还馆舍。生思念之，意以为父在边将，因殁[31]虏中，不知存亡。将谓父北蕃交通[32]，而致兹事。心甚迷惑，不知其由。是夕，羔雁币帛[33]，威容仪度，妓乐丝竹，殽膳灯烛，车骑礼物之用，无不咸备。有群女，或称华阳姑，或称青溪姑，或称上仙子，或称下仙子，若是者数辈。皆侍从数十，冠[34]翠凤冠，衣金霞帔，彩碧金钿，目不可视。遨游戏乐，往来其门，争以淳于郎为戏弄。风态妖丽，言词巧艳，生莫能对。复有一女谓生曰："昨上巳日[35]，吾从灵芝夫人过禅智寺，于天竺院观石延舞《婆罗门》[36]。吾与诸女坐北牖[37]石榻上，时君少年，亦解骑来看。君独强来亲洽，言调笑谑。吾与穷英妹结绛巾，挂于竹枝上，君独不忆念之乎？又七月十六日，吾于孝感寺侍上真子，听契玄法师[38]讲《观音经》[39]。吾于讲[40]下舍[41]金凤钗两只，上真子舍水犀合子一枚。时君亦讲筵中于师处请钗合视之。赏叹再三，嗟异良久。顾余辈曰：'人之与物，皆非世间所有。'或问吾氏，或访吾里。吾亦不答。情意恋恋，瞩盼不舍。君岂不思念之乎？"生曰："中心藏之，何日忘之[42]。"群女曰："不意今日与君为眷属。"复有三人，冠带甚伟，前拜生曰："奉命为驸马相者[43]。"中一人与生且故[44]。生指曰："子非冯翊[45]田子华乎？"田曰："然。"生前[46]，执手叙旧久之。生谓曰："子何以居此？"子华曰："吾放游[47]，获受知于右相武成侯段公，因以栖托[48]。"生复问曰："周弁在此，知之乎？"子华曰："周生，贵人也。职为司隶[49]，权势甚盛。吾数蒙庇护。"言笑甚欢。俄传声曰："驸马可进矣。"三子取剑佩冕服，更衣之。子华曰："不意今日获睹盛礼，无以相忘也。"有仙姬数十，奏诸异乐，婉转清亮，曲调凄悲，非人间之所闻听。有执烛引导者，亦数十。左右见金翠步障[50]，彩碧玲珑，不断数里。生端坐车中，心意恍惚，甚不自安。田子华数言笑以解之。向者群女姑姊[51]，各乘凤翼辇[52]，亦往来其间。至一门，号"修仪宫"。群仙姑姊亦纷然在侧，令生降车辇拜，揖让升降，一如人间。彻障去扇[53]，见一女子，云号"金枝公主"。年可十四五，俨若神仙[54]。交欢之礼，颇亦明显。生自尔情义日洽，荣曜日盛。出入车服，游宴宾御，次于王者[55]。王命生与群寮备武卫，大猎于国西灵龟山。山阜峻秀，川泽广远，林树丰茂，飞禽走兽，无不蓄之。师徒大获，竟夕而还。生因他日，启王曰："臣顷[56]结好之日，大王云奉臣父之命。臣父顷佐边将，用兵失利，陷没胡中。尔来绝书信十七八岁矣。王既知所在，臣请一往拜观。"王遽谓曰："亲家翁职守北土，信问不绝。卿但具书状知闻[57]，未用便去。"遂命妻致馈贺之礼，一[58]以遣之。数夕还答。生验书本意，皆父平生之迹。书中忆念教诲，情意委曲，皆如昔年。复问生亲戚存亡，闾里兴废。复言路道乖远[59]，风烟阻绝。词意悲苦，言语哀伤。又不令生来观，云："岁在丁丑，当与女[60]相见。"生捧书悲咽，情不自堪。他日，妻谓生曰："子岂不思为政[61]乎？"生曰："我放荡不习政事。"妻曰："卿但为之，余当奉赞[62]。"妻遂白于王。累日，谓生曰："吾南柯政事不理，太守黜废。欲藉卿才，可曲屈[63]之。便与小女同行。"生敦授教命[64]。王遂勑有司[65]备太守行李。因出金玉、锦绣、箱奁、仆妾、车马，列于广衢[66]，以饯公主之行。生少游侠，曾不敢有望，至是甚悦。因上表曰："臣将门馀子，素无艺术[67]，猥当大任[68]，必败朝章[69]。自悲负乘，坐致覆餗[70]。今欲广求贤哲，以赞不逮[71]。伏见司隶颍川[72]周弁，忠亮刚直，守法不回，有毗佐之器[73]。处士[74]冯翊田子华，清慎通变，达政化之源。二人与臣有十年之旧，备知才用，可托政事。周请署[75]南柯司宪[76]，田请署司农[77]。庶使臣政绩有闻，宪章不紊也。"王并依表以遣之。其夕，王与夫人饯于国南。王谓生曰："南柯国之大郡，土地丰壤[78]，人物豪盛，非惠政不能以治之。况有周、田二赞[79]。卿其勉之，以副国念[80]。"夫人戒公主曰："淳于郎性刚好酒，加之少年。为妇之道，贵乎柔顺。尔善事之，吾无忧矣。南柯虽封境[81]不遥，晨昏有间[82]。今日瞵别，宁不沾巾。"生与妻拜首[83]南去，登车拥骑，言笑甚欢。累夕达郡。郡有官吏、僧道、耆老[84]、音乐、车舆、武卫、銮铃[85]，争来迎奉。人物阗咽[86]，钟鼓喧哗，不绝十数里。见雉堞台观，佳气郁郁[87]。入大城门，——门亦有大榜，题以金字，曰"南柯郡城"。——见朱轩棨户[88]，森然[89]深邃。生下车，省风俗，疗病苦，政事委以周、田，郡中大理。自守郡二十载，风化广被[90]，百姓歌谣，建功德碑[91]，立生祠宇。王甚重之。赐食邑[92]，锡爵位，居台辅。周、田皆以政治著闻，递迁大位。生有五男二女。男以门荫[93]授官，女亦娉[94]于王族。荣耀显赫，一时之盛，代莫比之[95]。是岁，有檀萝国者，来伐是郡。王命生练将训师以征之。乃表周弁将兵三万，以拒贼之众于瑶台城。弁刚勇轻敌，师徒败绩[96]。弁单骑裸身潜遁，夜归城。贼亦收辎重铠甲[97]而还。生因囚弁以请罪。王并舍之。是月，司宪周弁疽[98]发背，卒。生妻公主遘疾[99]，旬日又薨。生因请罢郡[100]，护丧赴国[101]。王许之。便以司农田子华行[102]南柯太守事。生哀恸发引[103]，威仪在途，男女叫号，人吏奠馔，攀辕遮道[104]者不可胜数。遂达于国。王与夫人素衣哭于郊，候灵舆之至。谥[105]公主曰："顺仪公主。"备仪仗羽葆鼓吹[106]，葬于国东十里盘龙冈。是月，故司宪子荣信，亦护丧赴国。生久镇外藩[107]，结好中国，贵门豪族，靡不是洽[108]。自罢郡还国，出入无恒，交游宾从，威福日盛。王意疑惮之。时有国人上表云："玄象谪见[109]，国有大恐[110]。都邑迁徙，宗庙崩坏。衅起他族，事在萧墙[111]。"时议以生侈僭[112]之应也。遂夺生侍卫，禁生游从，处之私第。生自恃守郡多年，曾无败政[113]，流言怨悖[114]，郁郁不乐。王亦知之。因命生曰："姻亲二十馀年，不幸小女夭枉[115]，不得与君子偕老，良用痛伤。"夫人因留孙自鞠育[116]之。又谓生曰："卿离家多时，可暂归本里，一见亲族。诸孙留此，无以为念。后三年，当令迎卿。"生曰："此乃家矣，何更归焉？"王笑曰："卿本人间，家非在此。"生忽若惛[117]睡，瞢然[118]久之，方乃发悟前事，遂流涕请还。王顾[119]左右以送生。生再拜而去，复见前二紫衣使者从焉。至大户外，见所乘车甚劣，左右亲使御仆，遂无一人，心甚叹异。生上车，行可数里，复出大城。宛是昔年东来之途，山川原野，依然如旧。所送二使者，甚无威势。生逾怏怏[120]。生问使者曰："广陵郡何时可到？"二使讴歌自若[121]，久乃答曰："少顷即至。"俄出一穴，见本里闾巷，不改往日，潸然[122]自悲，不觉流涕。二使者引生下车，入其门，升其阶，已身卧于堂东庑之下。生甚惊畏，不敢前近。二使因大呼生之姓名数声，生遂发寤如初。见家之僮仆拥篲于庭，二客濯足于榻，斜日未隐于西垣，馀樽尚湛于东牖[123]。梦中倏忽，若度一世矣。生感念嗟叹，遂呼二客而语之。惊骇，因与生出外，寻槐下穴。生指曰："此即梦中所经入处。"二客将谓狐狸木媚[124]之所为祟。遂命仆夫荷斤斧[125]，断拥肿[126]，折查枿[127]，寻穴究源。旁可袤丈[128]，有大穴，洞然[129]明朗，可容一榻。根上有积土壤，以为城郭台殿之状[130]。有蚁数斛，隐聚其中。中有小台，其色若丹。二大蚁处之，素翼朱首，长可三寸；左右大蚁数十辅之，诸蚁不敢近：此其王矣。即槐安国都也。又穷[131]一穴，直上南枝，可四丈，宛转方中[132]，亦有土城小楼，群蚁亦处其中，即生所领南柯郡也。又一穴：西去二丈，磅礴空圬[133]，嵌窗[134]异状。中有一腐龟壳，大如斗。积雨浸润，小草丛生，繁茂翳荟[135]，掩映振壳[136]，即生所猎灵龟山也。又穷一穴：东去丈馀，古根盘屈，若龙虺[137]之状。中有小土壤，高尺馀，即生所葬妻盘龙冈之墓也。追想前事，感叹于怀，披阅穷迹，皆符所梦。不欲二客坏之，遽令掩塞如旧。是夕，风雨暴发。旦视其穴，遂失群蚁，莫知所去。故先言"国有大恐，都邑迁徙"，此其验矣。复念檀萝征伐之事，又请二客访迹于外。宅东一里有古涸涧，侧有大檀树一株，藤萝拥织[138]，上不见日。旁有小穴，亦有群蚁隐聚其间。檀萝之国，岂非此耶。嗟乎！蚁之灵异，犹不可穷，况山藏木伏之大者所变化乎？时生酒徒周弁、田子华并居六合县[139]，不与生过从[140]旬日矣。生遽遣家僮疾往候之。周生暴疾已逝，田子华亦寝疾于床。生感南柯之浮虚，悟人世之倏忽，遂栖心道门[141]，绝弃酒色。后三年，岁在丁丑，亦终于家。时年四十七，将符宿契之限[142]矣。公佐贞元十八年秋八月，自吴之洛，暂泊淮浦，偶觌淳于生儿楚[143]，询访遗迹，翻覆再三，事皆摭实[144]，辄编录成传，以资好事[145]。虽稽神语怪，事涉非经[146]，而窃位著生[147]，冀将为戒。后之君子，幸以南柯为偶然，无以名位骄于天壤间云。

前华州参军李肇赞[148]曰：

贵极禄位[149]，权倾国都[150]，达人[151]视此，蚁聚何殊。

注释

[1]作者是唐代中叶人。当时政治腐败，藩镇割据，局势混乱，官僚们争权夺利，互相倾轧，往往有朝为贵官，夕遭贬戮的。作者以其简练朴质的文笔，概括地描写了一个想往上爬的读书人的一生经历，暴露了封建统治阶级内部的黑暗，给予热衷利禄的人以讽刺。作者在篇后说，"窃位著生，冀将为戒"，而且比"贵极禄位，权倾国都"的统治集团为"蚁聚"，这就说明了作者十分鄙视追求利禄的名利之徒。

从写作的技巧方面说来，它不是平铺直叙地来描述梦里的一生，而是把梦境和现实结合起来，醒后从蚁穴中穷究根源，一切都符合梦境，使人有真实的感觉。所以鲁迅先生说它："假实证幻，馀韵悠然。"

但是这篇故事也反映了"浮生若梦"的人生观，这是在当时士大夫相率崇奉道教、佛教的风气影响下而产生的虚无主义的出世思想，对读者起了麻醉作用，是有害的。

在李公佐所作的四篇传奇中，这一篇最有名，而且对后世影响较深。"南柯一梦"的成语，就是由此而来。根据此篇演为戏曲的，有明人汤显祖的《南柯记》、车任远的《南柯梦》（《四梦记》之一）等。

[2]游侠之士：指一种爱交朋友、讲求信义，为了救困扶危，可以不顾自己身家性命的人。

[3]使气：指感情冲动时，不顾后果地任性而为。

[4]不守细行：不拘细节。

[5]补淮南军裨将："补"，补充官员缺额的专称。"淮南"，唐道名，约辖今湖北长江以北，汉水以东，江苏、安徽长江以北，淮河以南的地区。"淮南军"，指淮南节度使所属的军队。"裨将"，副将。

[6]使酒：倚仗着酒意乱说乱动，发酒疯。

[7]落魄：飘泊无依。

[8]纵诞：放浪不拘，随随便便的样子。

[9]阴（yìn）：覆荫、遮蔽。

[10]庑（wǔ）：走廊。

[11]秣（mò）马：喂马。后文《裴航》篇"秣马"，"秣"，同"秣"字。

[12]昏然忽忽：形容昏昏沉沉，糊里糊涂的样子。后文《长恨传》篇"忽忽不乐"，"忽忽"，指心情不愉快、不得意。

[13]四牡：四匹马。"牡"，公兽，这里泛指马匹。

[14]风候：风俗和气候。

[15]甚殊：大为不同。下文"蚁聚何殊"，"何殊"，有什么不同。

[16]郛郭城堞："郛郭"，城外筑为保卫之用的外城。"堞"（即下文的"雉堞"），女墙，就是城上有射孔的小墙。

[17]传车者：古代官员出行，由公家供给驿马；每三十里设一驿站，供休息和换马之用，叫做"乘传"。最早时不用马而用车，称为"传

车"。"传车者"，指这一类供应车马、随从照料的人。

[18]传呼：喝道。封建时代，大官僚出行时，由侍卫高呼行人避让的一种"威仪"，是警戒性质的举动。

[19]争辟于左右：抢着向道路两边躲让。

[20]执门者：看门的人。

[21]右相：唐代以中书令为右相。

[22]紫衣象简："紫衣"，唐代三品以上大官的服装（前文"紫衣吏"所穿的紫衣，只是吏从的普通衣服）。"简"，朝笏，就是手板，臣僚朝见皇帝时，拿在手里，作指划或记事之用的东西。"象简"，象牙制成的简，是大臣所用的。

[23]寡君：寡德的君王，对别国的人自称本国皇帝的客气话。

[24]弊：同"敝"字。

[25]至尊：对皇帝的尊称。

[26]簪：戴，作动词用。

[27]贤尊：对人父亲的敬称。

[28]奉事：服侍、伺候的意思，引申作嫁给解释。参看前《任氏传》篇"奉巾栉"注。

[29]且就宾宇：暂时到宾馆里去。

[30]续造仪式："续"，下一步。"造"，举行、办理。"仪式"，指婚礼。

[31]殁：同"没"字，指陷没。

[32]北蕃交通："北蕃"，唐时指契丹、奚、黑水靺鞨等少数民族。"交通"，勾结、暗中来往的意思。"将谓父北蕃交通"："通"，原作"逊"，费解，据沈本改。

[33]羔雁币帛："羔"，小羊。"币帛"，指玉、马、皮革、丝织品一类的东西。"羔雁币帛"，都是古人见面或结婚时赠送的礼物。

[34]冠（guàn）：戴，作动词用。

[35]上巳日：古代风俗，以三月初三日为"上巳"，这一天要到郊外游玩洗濯。最初本有提倡清洁卫生的含义，后来传说这样可以把坏运气洗掉，就成为一种迷信的行为了。

[36]石延舞《婆罗门》："石"，原作"右"。唐代西域石国人住在长安的很多，他们多以"石"为姓，擅长舞蹈。"石延"，大约是当时石国有名的舞蹈家。疑形似误刻，据虞本改。"舞婆罗门"，指当时婆罗门国的舞蹈，据说可以倒行用脚来舞蹈，也可以一人伏着伸出手来，由另外两人踏在上面，旋转不已。一说《婆罗门舞》就是《霓裳羽衣舞》。

[37]牖（yǒu）：窗户。

[38]法师：本指精通经典、善于说法的佛教徒，后来成为对一般和尚的尊称。

[39]《观音经》：就是《观世音经》，指《法华经》里《观世音菩萨普门品》（佛经称篇章为"品"）。唐代因避唐太宗李世民的讳，故简称《观世音经》为《观音经》。

[40]讲：讲座、讲席，就是下文的"讲筵"，也称"俗讲"，指和尚讲佛经故事。唐代佛教盛行，长安城里的寺庙很多，通常于每月三、八日由高僧讲佛经中的故事，社会各阶层的人都可以自由前去听讲。所讲的大都通俗易懂，往往采取连说带唱、散文和韵文结合的方式，也叫"变文"。后来除取材佛经外，也讲历史故事和民间传说。

[41]舍：布施。

[42]中心藏之，何日忘之：这两句是引自《诗经·小雅·隰桑》。

[43]相者：导引宾客、赞助行礼的人。

[44]故：老朋友。

[45]冯翊：唐郡名，也称同州，约辖今陕西渭水以北、洛水以东、黄梁河以南地区，州治在今陕西大荔县。

[46]前：向前，作动词用。

[47]放游：浪游、任意出游。

[48]因以栖托：因此获得存身的地方。

[49]司隶：古代负巡察京畿治安、缉捕盗贼的官员，在唐代相当于京畿采访使一类的官职。

[50]步障：官僚贵族出行时，作挡风寒、遮尘土之用的屏风。

[51]向者群女姑姊："姊"，原作"娣"。"姊"字似较胜，下文亦作"群女姑姊"，疑形似误刻，据沈本改。

[52]辇：皇帝乘的车子叫做"辇"，这里泛指贵族的车子。

[53]扇：纱扇，结婚时新妇用来披在头上的纱巾。

[54]俨若神仙：态度庄严得像神仙一样。

[55]次于王者：仅仅比皇帝低一等。

[56]顷：前不久。下文"顷"字，义同。

[57]具书状知闻：可以写信去告知的意思。

[58]一：专。

[59]乖远：距离很远。

[60]女：同"汝"字。

[61]为政：做官。

[62]奉赞：犹如说给你帮忙。

[63]曲屈：委屈，客气话。

[64]敦（duī）授教命：接受国王以政事相托付的命令。"敦"，投掷、迫促，引申作掷付、委托解释。

[65]有司：主管官吏。

[66]广衢：大街。

[67]艺术：指学术和行政经验。

[68]猥（wěi）当大任："猥"，有胡乱地、马马虎虎地一类的含义。"猥当大任"，指没有才具而勉强负担重要的职务。

[69]必败朝章：一定会搞坏了国家的政事。

[70]覆餗（sù）："餗"，鼎里煮的食物。"覆餗"，把鼎里的食物打

62

翻了，比喻由于力不胜任而搞糟了事情。

[71]以赞不逮：以帮助我照料顾不到的地方。

[72]颍川：唐郡名，也称许州，约辖今河南许昌、长葛、鄢陵、扶沟等地区，州治在今许昌县。

[73]有毗佐之器：具有佐理政务的才具。"毗佐"，辅佐的意思。

[74]处（chǔ）士：品学俱优而隐居不做官的人称"处士"。

[75]署：任官含有试用性质的称"署"。

[76]司宪：掌管司法的官员，这里指郡的司法参军一类官职。

[77]司农：掌管钱谷的官员，这里指郡的司仓参军一类官职。

[78]土地丰壤：土地肥沃的意思。"壤"，疑"穰"字之误，谷物有好收成叫做"丰穰"。"壤"与"土地"意重复，且此四字与下文"人物豪盛"系对句，疑"壤"字系"穰"字形似误刻。

[79]赞：辅佐官。

[80]以副国念：以体念、满足国家的期望。

[81]封境：疆界。

[82]晨昏有间（jiàn）：和父母隔离了的意思。"晨昏"，"昏定晨省"的省词。古礼：儿女每天晚上要为父母铺陈卧具，早上要向父母问安，叫做"昏定晨省"。

[83]拜首：磕头。

[84]耆老：六十岁的老人为"耆"；"耆老"，泛指年高有德的人。

[85]銮铃：皇帝乘的车子，前面饰有鸾鸟的形状，口中衔铃，叫做"銮铃"，也称"青鸾"。一说是在驾车的马勒头旁系铃，响声有如鸾鸣，所以叫做"銮铃"。"銮"，通"鸾"字。古人称似凤、五彩而多青色的鸟为鸾。这里指太守乘的车马。

[86]人物阗咽：人多气盛，声音杂乱。

[87]佳气郁郁："佳气"，吉祥的气象。"郁郁"，形容旺盛。下文"郁郁不乐"，"郁郁"，是心里烦闷的样子。

[88]棨（qǐ）户："棨"，棨戟，也叫"门戟"，一种木制无刃的戟，把它架在宫殿、官署和大官僚私人住宅门前，用以表示威严的仪物（唐代规定，三品以上的官员，门前才许立戟）。"棨户"，指这一类的门第。

[89]森然：形容威严整肃的样子。

[90]风化广被：移风易俗的教令普遍推行。

[91]功德碑：颂扬功绩、德行的石碑。下文"生祠宇"，是为活人塑像的祠堂。

[92]食邑：也叫"采地"。封建时代，最高统治者把某一地方若干户封给功臣或贵族，准许他们向封地人民征收租税，靠着剥削收入来挥霍吃喝，所以叫做"食邑"。

[93]门荫：唐代制度，贵族和大官的亲戚或子孙，可以按等授给官位；把这种资格叫做"门荫"或"门资"。这是封建统治阶级想长期维持它们集团利益的一种手段。

[94]娉：同"聘"字。

[95]代莫比之：当时没有人能比得上。

[96]败绩：打了大败仗。

[97]辎重铠甲：军队里的器械、粮草以及各种材料，统称"辎重"。"铠甲"，古时战士披在身上以击敌人武器的一种戎衣。铁制的称"铠"，皮制的称"甲"。

[98]疽（jū）：一种有很多疮口的毒疮，多生背上，叫做"搭手"，也称"搭背"。

[99]遘疾：害病。

[100]罢郡：解除太守的职务。

[101]护丧赴国："护丧"，主持丧事。"赴国"，到京城里去。"国"，指京城。

[102]行：兼理。

[103]发引：棺材前面牵引的绳索（后来改用白布）叫做"引"。"发

引"，就是出殡。

[104]攀辕遮道："辕"，车底连着轴、外出向前，左右各一的驾车之木。古时人民不愿较为贤明的官员乘车离任，就拉住他的车辕，遮住车道，表示挽留。后来因以"攀辕遮道"（也作卧辙）为挽留官员去职的代词。

[105]谥（shì）：大官贵族或较有社会地位的人死后，由政府或亲友根据他一生的事迹，为他立一个称号，以示表扬或批评，叫做"谥"。

[106]羽葆鼓吹（chuì）："羽葆"，绸制、用鸟毛饰成，像伞一样的华盖，是官员出行时的仪仗之一。"鼓吹"，各种吹打乐器的合奏队。

[107]久镇外藩：长久为镇守一方的大员。古时有封地的侯王称为"外藩"。淳于棼做太守而有食邑，其地位和有封地的侯王差不多，所以这样说。

[108]靡不是洽：没有不和他要好的。

[109]玄象谪见："玄象"，天象。"谪见"，指日月星辰等天象的变动。"谪"，谴责的意思。古人迷信，认为人世间发生某种不好的事情，例如皇帝失政或有危难，天象就有了感应，现出一些变异，是上天借以表示谴责或警告的。

[110]大恐：犹如说大灾难。

[111]事在萧墙："萧墙"，作为内部屏障的当门小墙。臣僚朝见皇帝时，到了萧墙下就要特别严肃恭敬，因为这里是距离皇帝很近的地方。"萧"是肃敬的意思，所以称为"萧墙"。孔子说过，"季孙之忧"在"萧墙之内"（见《论语·季氏》），意指忧患在内不在外。后来就称祸患从内部发生的为"祸起萧墙"。"事在萧墙"，义同。

[112]侈僭（jiàn）："侈"，奢侈的行为。"僭"，指超过本身所应有的享受和作为。

[113]败政：不良的政绩。

[114]流言怨悖："流言"，没有根据的话。"流言怨悖"，惑于流言而加以歧视。

[115]夭枉：少年死亡。

[116]鞠育：抚养。

[117]惛：同"惛"字，昏昏沉沉的样子。

[118]瞢（méng）然：眼睛看不清楚的样子，引申作神志不清解释。"瞢"，同"懵"字。

[119]顾：回视，引申作招呼、命令解释。

[120]生逾怏怏：淳于生心里更加不痛快、不高兴。

[121]讴歌自若："讴歌"，歌唱。"自若"，态度像平时一样地自然。

[122]潸（shān）然：形容流泪的样子。

[123]馀樽尚湛（zhàn）于东牖："湛"，本是澄清的意思。"馀樽尚湛于东牖"，东窗下的酒杯里，还有喝剩下来的酒在那里发清光。

[124]木媚：树妖。

[125]斤斧：砍木用的斧子。

[126]拥肿：指长得卷曲而不平直的树木。

[127]查枿（niè）：经砍伐后又生长出来的树枝。

[128]袤（mào）丈："袤"，指长度。"袤丈"，丈把长。

[129]洞然：空空洞洞的样子。

[130]有大穴，洞然明朗，可容一榻。根上有积土壤，以为城郭台殿之状："根"字原在"洞"字上，义不顺，据虞本改。

[131]穷：穷究、追寻到底。

[132]宛转方中：曲曲折折地从四面到正中间。

[133]磅（páng）礴（bó）空圬（wū）："磅礴"，广大无边的样子。"空圬"，空空洞洞的，四面涂抹了泥土。

[134]嵌（qiàn）窞（dàn）："嵌"，像山一样地开展；"窞"，深凹进去的洞。"嵌窞"，形容有些地方凸出来，有些地方凹进去。

[135]繁茂翳荟：为茂盛的草木所遮掩。

[136]掩映振壳：指小草遮掩飘拂而触到龟壳。

66

[137]虺（huǐ）：一种两尺多长、土色无文的毒蛇。

[138]拥织：纠缠在一起。

[139]六合县：今江苏六合县。

[140]过从：朋友间的来往。

[141]栖心道门：把心放在道门上，就是一心学道。"栖"，止息的意思。

[142]符宿契之限：符合从前约定的期限，指上文槐安国王所说"后三年当令迎卿"那句话。

[143]觌（dí）：见。"偶觌淳于生儿楚"："儿楚"，原作"棼"。按贞元十八年淳于棼已死，下文亦明言"访询遗迹"，何能再觌见本人？鲁本古籍刊行社编者校记，疑"棼"应据沈本作"貌"，是遗貌、遗容意。虽亦可通，究嫌牵强。作"儿楚"，指其子淳于楚，则完全可解矣。据虞本改。

[144]翻覆再三，事皆摭（zhí）实："翻"，同"翻"字。"摭"，拾取。这两句的意思是说：经过再三调查研究，对淳于棼梦中的故事，都取得了确证。

[145]以资好（hào）事：供爱管闲事的人作为阅读、谈论材料的意思。

[146]事涉非经：事情不合于常理。

[147]窃位著生："位"，官位。"窃位"，没有才能而做了大官，犹如偷窃得来的一般。"著"，贪嗜，迷恋。"著生"，贪恋人世的生活。

[148]赞：题赞、论赞，旧文体的一种。在字画或文章上面题几句有关的话，或在某人的传记后面附加一段评论，表示欣赏、赞扬或发抒感慨，叫做"赞"。通常都是韵文。

[149]贵极禄位：做了最大的官的意思。后文《虬髯客传》篇"极人臣"，义同。

[150]权倾国都：权力压倒都城里所有的人。

[151]达人：达观、对一切事情都能看得开的人。

谢小娥传[1]

李公佐

小娥，姓谢氏，豫章[2]人，估客[3]女也。生八岁，丧母；嫁历阳[4]侠士段居贞。居贞负气重义，交游豪俊。小娥父畜[5]巨产，隐名商贾间，常与段婿同舟货[6]，往来江湖。时小娥年十四，始及笄[7]。父与夫俱为盗所杀，尽掠金帛。段之弟兄，谢之生侄[8]，与童仆辈数十，悉沉于江。小娥亦伤胸折足，漂流水中，为他船所获，经夕而活。因流转乞食至上元县[9]，依纱果寺尼净悟之室。初，父之死也，小娥梦父谓曰："杀我者，车中猴，门东草。"又数日，复梦其夫谓曰："杀我者，禾中走，一日夫。"小娥不自解悟，常书此语，广求智者辨之[10]，历年不能得。至元和八年春，余罢江西[11]从事，扁舟东下，淹泊建业[12]，登瓦官寺[13]阁。有僧齐物者，重贤好学，与余善。因告余曰："有孀妇[14]名小娥者，每来寺中，示我十二字谜语，某不能辨。"余遂请齐公书于纸，乃凭槛书空[15]，凝思默虑。坐客未倦，了悟[16]其文。令寺童疾召小娥前至，询访其由。小娥呜咽良久，乃曰："我父及夫，皆为贼所杀。迩后尝梦父告曰[17]：'杀我者，车中猴，门东草。'又梦夫告曰：'杀我者，禾中走，一日夫。'岁久无人悟之。"余曰："若然[18]者，吾审详矣[19]。杀汝父是申兰，杀汝夫是申春。且车中猴，車字去上下各一画，是申字；又申属猴，故曰车中猴。草下有门，门中有東，乃蘭字也。又，禾中走是穿田过，亦是申字也。一日夫者，夫上更一画，下有日，是春字也。杀汝父是申兰，杀汝夫是申春，足可明矣。"小娥恸哭再拜，书申兰、申春四字于衣中，誓将访杀二贼，以复其冤。娥因问余姓氏、官族，垂涕而去。尔后小娥便为男子服，佣保[20]于江湖间。岁馀，至浔阳郡[21]，见竹户上有纸牓子[22]，云"召佣者"。小娥乃应召诣门，问其主，乃申兰也。兰引归。娥心愤貌顺，在兰左右，甚见亲爱。金帛出入之数，无不委娥。已二岁馀，竟不知娥之女人也。先是[23]，谢氏之金宝、锦绣、衣物、器具，悉掠在兰家，小娥每执旧物，未尝不暗泣移时。兰与春，宗昆弟也。时春一家住大江[24]北独树浦，与兰往来密洽。兰与春同去经月，多获财帛而归。每留娥与兰妻兰氏同守家室，酒肉衣服，给娥甚丰。或一日，春携文鲤[25]兼酒诣兰。娥私叹曰："李君精悟玄鉴[26]，皆符梦言。此乃天启其心，志将就矣[27]。"是夕，兰与春会群贼，毕至醑饮。暨诸凶既去，春沉醉，卧于内室，兰亦露寝于庭。小娥潜锁春于内，抽佩刀先断兰首，呼号邻人并至，春擒于内，兰死于外，获赃收货，数至千万。初，兰、春有党数十，暗记其名，悉擒就戮。时浔阳太守张公，善其志行[28]，为具其事上旌表[29]，乃得免死。时元和十二年夏岁也。复父夫之雠[30]毕，归本里，见亲属。里中豪族争求聘，娥誓心不嫁。遂剪发披褐，访道于牛头山，师事大士尼[31]将律师[32]。娥志坚行苦，霜春雨薪[33]，不倦筋力。十三年四月，始受具戒[34]于泗州[35]开元寺，竟以小娥为法号[36]，不忘本也。其年夏月，余始归长安，途经泗滨，过善义寺谒大德尼令。操戒新见者数十，净发鲜帔，威仪雍容[37]，列侍师之左右。中有一尼问师曰："此官岂非洪州李判官[38]二十三郎者乎？"师曰："然。"曰："使我获报家仇，得雪冤耻，是判官恩德也。"顾余悲泣。余不之识，询访其由。娥对曰："某名小娥，顷乞食孀妇也。判官时为辨申兰、申春二贼名字，岂不忆念乎？"余曰："初不相记，今即悟也。"娥因泣，具写记申兰、申春，复父夫之仇，志愿粗毕，经营终始艰苦之状。小娥又谓余曰："报判官恩，当有日矣。"岂徒然哉[39]！嗟乎！余能辨二盗之姓名，小娥又能竟复父夫之雠冤，神道不昧，昭然可知。小娥厚貌深辞[40]，聪敏端特[41]，炼指跛足[42]，誓求真如[43]。爰自入道，衣无絮帛，斋无盐酪，非律仪禅理[44]，口无所言。后数日，告我归牛头山，扁舟泛淮，云游南国[45]，不复再遇。君子曰："誓志不舍，复父夫之雠，节也；佣保杂处，不知女人，贞也：女子之行，唯贞与节能终始全之而已。如小娥，足以儆天下逆道乱常[46]之心，足以观天下贞夫孝妇之节。"余备详前事，发明隐文[47]，暗与冥会[48]，符于人心。知善不录，非《春秋》[49]之义也。故作传以旌美之。

注释

[1]这是一篇描写勇于和杀父杀夫的仇人作斗争的奇女子的传奇。她既机警，又顽强，有肝胆，有血性，凭其坚忍不拔的毅力，终于报了血海深仇。

不过，作者把谢小娥的复仇说成是"神道不昧"，而且颂扬了封建道德的"节"和"贞"，这却是由于时代的局限性而反映在作者头脑中的落后思想。

唐人李复言的《续玄怪录》中有《尼妙寂》一则，也记此事；明人凌濛初《拍案惊奇》，则演绎成《李公佐巧解梦中言，谢小娥智擒船上盗》这一篇故事。

[2]豫章：唐郡名，也称洪州，约辖今江西修水、锦水流域和南昌、丰城、进贤等地区，州治在今南昌市。

[3]估客：贩运商人。

[4]历阳：唐郡名，也称和州，约辖今安徽和县、含山等地区，州治在今和县。

[5]畜：积蓄。

[6]货：做生意买卖。

[7]及笄：到了戴簪子的时候。参看后《霍小玉传》篇"上鬟"注。

[8]生侄：徒弟和侄子。

[9]上元县：见前《柳毅传》篇"金陵"注。

[10]广求智者辨之："之"，原作"也"。似"之"字义较顺，据虞本改。

[11]江西：唐时"江南西道"的简称，今江西省境。

[12]建业：古地名，今江苏南京市。

[13]瓦官寺：六朝时梁代所建的名寺，也名升元阁，高二十四丈。

[14]孀妇：寡妇。

[15]书空：用手指在空中比划着写字。

[16]了悟：了解、明白。

[17]迩后尝梦父告曰："迩"，疑应作"尔"。下文亦作"尔后"。

[18]若然：如果是这样。

[19]吾审详矣：我知道的很明白了。

[20]佣保：雇工，这里作动词用，做雇工的意思。

[21]浔阳郡：也称江州，约辖今江西都昌、德安两县以北地区，州治在今九江市。

[22]纸膀子：纸招帖。"膀"，同"榜"字。

[23]先是：早一些时候。

[24]大江：长江的别名。

[25]文鲤：就是鲤鱼。鲤鱼的鳞有黑文，故称"文鲤"。

[26]精悟玄鉴：深切的体会和神妙的判断。

[27]此乃天启其心，志将就矣：这是天让他这样做（指申兰等后来喝醉了酒），我报仇的志愿就可以达到了。

[28]善其志行：赞许她的志气和行为。

[29]旌表：旧社会官府为所谓"忠孝节义"的人们建牌坊、挂匾额，以示表扬，叫做"旌表"。

[30]雠（chóu）：仇怨。

71

[31]大士尼："大士"，佛教对菩萨的称号。下文"大德尼"的"大德"，是佛教对佛的称号。后来就以"大士僧、尼"，"大德僧、尼"为对年高有道、能严守戒律的和尚、尼姑的尊称。

[32]律师：古时称精通戒律的和尚为"律师"，唐代也以律师作为对道士的尊号。这里指前者。

[33]霜舂（chōng）雨薪：冒着风霜舂米，冒着雨雪打柴，形容劳苦操作。

[34]受具戒："具戒"，就是"具足戒"，佛家名词，意思是具足圆满的戒律。"戒"，禁制的意思。佛教为了防止教徒为非做歹，订有若干条清规戒律，如不杀生、不偷盗、不邪淫、不妄语、不饮酒等等，要他们遵守。戒律很多，有五戒、十戒、二百五十戒等分别。上述五项为五戒，是在家男女教徒也应遵守的；初出家的沙弥，应遵守的戒律就有十条；至于比丘却有二百五十戒、比丘尼有三百四十八戒，戒律最为完备，故称"具足戒"。

[35]泗州：也称临淮郡，约辖今江苏盱眙、泗洪、泗水、涟水等地区，州治在今盱眙西北。

[36]法号：和尚出家受戒时，由师父给起的名号。

[37]威仪雍容：佛教称举止严肃而有规则为"威仪"，以行、住、坐、卧为"四威仪"。"雍容"，形容有威仪的样子。

[38]判官：唐代节度、采访等使的属官。上文说作者曾做过"江西从事"，就是指江南西道节度使或采访使手下的判官。

[39]岂徒然哉：哪里是白白地这样做的吗。指谢小娥立志报仇，历尽艰苦，到底达到了目的，并不是徒劳无功的。

[40]厚貌深辞：容貌忠厚，说出话来却很深刻。

[41]端特：性情正直而具有杰出的才能。

[42]炼指跛足：用火烧毁自己的手指来供佛叫做"炼指"；"跛足"，指有意识地把脚弄残废了，是古时僧尼的苦行之一，意义和舍身差

不多。参看后文《李师师外传》篇"舍身"注。

[43]真如：佛教名词，意谓真体实性而永世不变的真理。"真"，真实不虚。"如"，如常不变。

[44]律仪禅理："律仪"，指佛教戒律。"禅理"，佛教思惟静虑的修行之道。

[45]云游南国：和尚到处游历，没有一定的行踪，叫做"云游"。"南国"，泛指南方。

[46]逆道乱常：背叛道德，违反伦常。"常"，五常。这里五常指五典，为父义、母慈、兄友、弟恭、子孝。古人认为这五者是人之常行，所以叫做"五常"，和前《柳毅传》篇的"五常"解释不同。

[47]隐文：犹如说哑谜。后文《昆仑奴》篇"隐语"，义同。

[48]暗与冥会：暗中和鬼神托梦时所说的话符合。

[49]《春秋》：古时五经之一，是孔子根据鲁史写作的一部史书，记载鲁隐公元年起，到鲁哀公十四年止，共二百四十二年间的事情。古人认为，《春秋》每一字句，都含有褒善贬恶的用意，所以这里说："知善不录，非《春秋》之义。"

李 娃 传

白行简[1]

　　汧国[2]夫人李娃，长安之倡女也。节行瑰奇[3]，有足称者，故监察御史白行简为传述。天宝中，有常州刺史荥阳[4]公者，略其名氏，不书。时望甚崇，家徒甚殷[5]。知命之年[6]，有一子，始弱冠[7]矣；隽朗有词藻[8]，迥然不群[9]，深为时辈推伏。其父爱而器之[10]，曰："此吾家千里驹[11]也。"应乡赋秀才举[12]，将行，乃盛[13]其服玩车马之饰，计其京师薪储之费[14]，谓之曰："吾观尔之才，当一战而霸[15]。今备二载之用，且丰尔之给，将为其志[16]也。"生亦自负，视上第如指掌[17]。自毗陵[18]发，月馀抵长安，居于布政里。尝游东市还，自平康[19]东门入，将访友于西南。至鸣珂曲，见一宅，门庭不甚广，而室宇严邃。阖一扉，有娃方凭一双鬟青衣立，妖姿要妙[20]，绝代未有。生忽见之，不觉停骖[21]久之，徘徊不能去。乃诈坠鞭于地，候其从者，敕取之。累眄[22]于娃，娃回眸凝睇，情甚相慕。竟不敢措辞而去。生自尔意若有失，乃密征其友游长安之熟者，以讯之。友曰："此狭邪女[23]李氏宅也。"曰："娃可求乎？"对曰："李氏颇赡[24]。前与之通者多贵戚豪族[25]，所得甚广。非累百万，不能动其志也。"生曰："苟患其不谐，虽百万，何惜。"他日，乃洁其衣服，盛宾从而往。扣其门，俄有侍儿启扃。生曰："此谁

74

之第耶？"侍儿不答，驰走大呼曰："前时遗策郎[26]也！"娃大悦曰："尔姑止之[27]。吾当整妆易服而出。"生闻之私喜。乃引至萧墙间，见一姥垂白上偻[28]，即娃母也。生跪拜前致词曰："闻兹地有隙院，愿税以居，信乎[29]？"姥曰："惧其浅陋湫隘[30]，不足以辱长者所处，安敢言直耶。"延生于迟宾之馆[31]，馆宇甚丽。与生偶坐[32]，因曰："某有女娇小，技艺薄劣，欣见宾客，愿将见之。"乃命娃出。明眸皓腕，举步艳冶。生遽惊起，莫敢仰视。与之拜毕，叙寒燠[33]，触类[34]妍媚，目所未睹。复坐，烹茶斟酒，器用甚洁。久之，日暮，鼓声四动。姥访其居远近。生绐之曰："在延平门外[35]数里。"——冀其远而见留也。姥曰："鼓已发矣。当速归，无犯禁。"生曰："幸接欢笑，不知日之云夕。道里辽阔，城内又无亲戚。将若之何？"娃曰："不见责僻陋，方将居之，宿何害焉。"生数目[36]姥。姥曰："唯唯。"生乃召其家僮，持双缣，请以备一宵之馔。娃笑而止之曰："宾主之仪，且不然也[37]。今夕之费，愿以贫窭之家，随其粗粝以进之。其馀以俟他辰[38]。"固辞，终不许。俄徙坐西堂，帏幙帘榻，焕然夺目；妆奁衾枕，亦皆侈丽。乃张烛进馔，品味甚盛。彻馔[39]，姥起。生娃谈话方切，诙谐调笑，无所不至。生曰："前偶过卿门，遇卿适在屏间。厥后心常勤念，虽寝与食，未尝或舍。"娃答曰："我心亦如之。"生曰："今之来，非直求居而已，愿偿平生之志。但未知命也若何？"言未终，姥至，询其故，具以告。姥笑曰："男女之际，大欲存焉[40]。情苟相得，虽父母之命，不能制也。女子固陋，曷足以荐君子之枕席？"生遂下阶，拜而谢之曰："愿以己为厮养[41]。"姥遂目之为郎，饮酣而散。及旦，尽徙其囊橐[42]，因家于李之第。自是生屏迹戢身，不复与亲知相闻。日会倡优侪类，狎戏游宴。囊中尽空，乃鬻骏乘，及其家童。岁馀，资财仆马荡然。迩来姥意渐怠，娃情弥笃。他日，娃谓生曰："与郎相知一年，尚无孕嗣。常闻竹林神者，报应如响[43]，将致荐酹[44]求之，可乎？"生不知其计，大喜。乃质衣于肆，以备牢醴[45]，与娃同谒祠宇而祷祝焉，信宿而返。策驴而后，至里北门，娃谓生曰："此东转小曲中，某之姨宅也。将憩而觐之，可乎？"生如其言。前行不逾百步，果见一车门。窥其际[46]，甚弘敞。其青衣自车后止之曰："至矣。"生下，适有一人出访曰："谁？"曰："李娃也。"乃入告。俄有一妪至，年可四十馀，与生相迎，曰："吾甥来否？"娃下车，妪逆访之[47]曰："何久疏绝？"相视而笑。娃引生拜之。既见，遂偕入西戟门[48]偏院。中有山亭，竹树葱蒨[49]，池榭幽绝。生谓娃曰："此姨之私第耶？"笑而不答，以他语对。俄献茶果，甚珍奇。食顷[50]，有一人控大宛[51]，汗流驰至，曰："姥遇暴疾颇甚，殆不识人。宜速归。"娃谓姨曰："方寸[52]乱矣！某骑而前去，当今返乘，便与郎偕来。"生拟随之。其姨与侍儿偶语[53]，以手挥之，令生止于户外，曰："姥且殁矣。当与某议丧事以济其急，奈何遽相随而去？"乃止，共计其凶仪斋祭[54]之用。日晚，乘不至。姨言曰："无复命，何也？郎骤往觇之，某当继至。"生遂往，至旧宅，门扃钥甚密，以泥缄之[55]。生大骇，诘其邻人。邻人曰："李本税此而居，约已周[56]矣。第主自收。姥徙居，而且再宿矣。"征"徙何处？"曰："不详其所。"生将驰赴宣阳，以诘其姨，日已晚矣，计程[57]不能达。乃驰[58]其装服，质馔而食[59]，赁榻而寝。生患怒方甚，自昏达旦，目不交睫[60]。质明，乃策蹇[61]而去。既至，连扣其扉，食顷无人应。生大呼数四，有宦者徐出。生遽访之："姨氏在乎？"曰："无之。"生曰："昨暮在此，何故匿之？"访其谁氏之第。曰："此崔尚书宅。昨者有一人税此院，云迟中表之远至者。未暮去矣。"生惶惑发狂，罔知所措[62]，因返访布政旧邸。邸主哀而进膳。生怨懑[63]，绝食三日，遘疾甚笃，旬馀愈甚。邸主惧其不起，徙之于凶肆[64]之中。绵缀[65]移时，合肆之人共伤叹而互饲之。后稍愈，杖[66]而能起。由是凶肆日假之[67]，令执绋帷，获其直以自给。累月，渐复壮。每听其哀歌，自叹不及逝者，辄呜咽流涕，不能自止。归则效之。生，聪敏者也。无何，曲尽其妙，虽长安无有伦比。初，二肆之佣凶器者，互争胜负。其东肆车舉皆奇丽，殆不敌，唯哀挽[69]劣焉。其东肆长知生妙绝，乃醵[70]钱二万索顾[71]焉。其党者旧[72]，共较其所能者，阴教生新声，而相赞和。累旬，人莫知之。其二肆长相谓曰："我欲各阅[73]所佣之器于天门街，以较优劣。不胜者罚直五万，以备酒馔之用，可乎？"二肆许诺。乃邀立符契[74]，署以保证，然后阅之。士女大和会[75]，聚至数万。于是里胥[76]告于贼曹[77]，贼曹闻于京尹[78]。四方之士，尽赴趋焉，巷无居人。自旦阅之，及亭午，历举辇轝威仪之具，西肆皆不胜，师有惭色。乃置层榻[79]于南隅，有长髯者，拥铎[80]而进，翊卫[81]数人。于是奋髯扬眉，扼腕[82]顿颡[83]而登，乃歌《白马》之词[84]；恃其夙胜[85]，顾眄左右，旁若无人。齐声赞扬之；自以为独步一时，不可得而屈也。有顷，东肆长于北隅上设连榻，有乌巾少年，左右五六人，秉翣[86]而至，即生也。整衣服，俯仰甚徐，申喉发调，容若不胜[87]。乃歌《薤露》之章[88]，举声清越，响振林木，曲度未终，闻者歔欷掩泣。西肆长为众所诮，益惭耻。密置所输之直于前，乃潜遁焉。四坐愕眙[89]，莫之测也。先是，天子方下诏，俾外方之牧，岁一至阙下[90]，谓之"入计"。时也适遇生之父在京师，与同列者易服章[91]窃往观焉。有老竖[92]，——即生乳母婿也——见生之举措辞气，将认之而未敢，乃泫然流涕。生父惊而诘之。因告曰："歌者之貌，酷似[93]郎之亡子。"父曰："吾子以多财为盗所害，奚至是耶？"言讫，亦泣。及归，竖间[94]驰往，访于同党曰："向歌者谁？若斯之妙欤？"皆曰："某氏之子。"征其名，且易之矣。竖凛然[95]大惊；徐往，迫而察之。生见竖色动，回翔[96]将匿于众中。竖遂持其袂曰："岂非某乎？"相持而泣。遂载以归。至其室，父责曰："志行若此，污辱吾门！何施面目，复相见也？"乃徒行出，至曲江[97]西杏园东，去其衣服，以马鞭鞭之数百。生不胜其苦而毙。父弃之而去。其师命相狎昵者阴随之，归告同党，共加伤叹。令二人赍苇席瘗焉。至，则心下微温。举之，良久，气稍通。因共荷而归，以苇筒灌勺饮，经宿乃活。月馀，手足不能自举。其楚挞之处皆溃烂，秽甚。同辈患之，一

77

夕，弃于道周[98]。行路[99]咸伤之，往往投其馀食，得以充肠。十旬，方杖策而起。被[100]布裘，裘有百结，褴褛如悬鹑[101]。持一破瓯，巡于闾里，以乞食为事。自秋徂冬，夜入于粪壤窟室，昼则周游廛肆。一旦大雪，生为冻馁所驱，冒雪而出，乞食之声甚苦。闻见者莫不凄恻。时雪方甚，人家外户多不发。至安邑东门，循里垣北转第七八，有一门独启左扉，即娃之第也。生不知之，遂连声疾呼："饥冻之甚！"音响凄切，所不忍听。娃自阁中闻之，谓侍儿曰："此必生也。我辨其音矣。"连步[102]而出。见生枯瘠疥厉[103]，殆非人状。娃意感焉，乃谓曰："岂非某郎也？"生愤懑绝倒[104]，口不能言，颔颐[105]而已。娃前抱其颈，以绣襦拥而归于西厢。失声长恸曰："令子一朝及此，我之罪也！"绝而复苏。姥大骇，奔至，曰："何也？"娃曰："某郎。"姥遽曰："当逐之。奈何令至此？"娃敛容却睇[106]曰："不然。此良家子[107]也。当昔驱高车，持金装，至某之室，不逾期[108]而荡尽。且互设诡计，舍而逐之，殆非人。令其失志，不得齿于人伦[109]。父子之道，天性也。使其情绝，杀而弃之。又困踬[110]若此。天下之人尽知为某也。生亲戚满朝，一旦当权者熟察其本末，祸将及矣。况欺天负人，鬼神不祐，无自贻其殃也。某为姥子，迨今有二十岁矣。计其资，不啻[111]直千金。今姥年六十馀，愿计二十年衣食之用以赎身，当与此子别卜所诣[112]。所诣非遥，晨昏得以温清[113]，某愿足矣。"姥度[114]其志不可夺，因许之。给姥之馀，有百金。北隅四五家税一隙院。乃与生沐浴，易其衣服。为汤粥，通其肠；次以酥乳润其脏；旬馀，方荐水陆之馔[115]。头巾履袜，皆取珍异者衣之。未数月，肌肤稍腴；卒岁[116]，平愈如初。异时[117]，娃谓生曰："体已康矣，志已壮矣。渊思寂虑[118]，默想曩昔之艺业，可温习乎？"生思之，曰："十得二三耳。"娃命车出游，生骑而从。至旗亭[119]南偏门鬻坟典之肆[120]，令生拣而市[121]之，计费百金，尽载以归。因令生斥弃百虑以志学[122]，俾夜作昼，孜孜矻矻[123]。娃常偶坐，宵分[124]乃寐。伺其疲倦，即谕之缀诗赋。二岁而业大就，海内文籍，莫不该览[125]。生谓娃曰："可策名试艺[126]矣。"娃曰："未也。且令精熟，以俟百战。"更一年，曰："可行矣。"于是遂一上登甲科[127]，声振礼闱[128]。虽前辈见其文，罔不敛衽敬羡，愿女之而不可得[129]。娃曰："未也。今秀士，苟获擢一科第，则自谓可以取中朝之显职，擅天下之美名。子行秽迹鄙，不侔[130]于他士。当砻淬利器[131]，以求再捷，方可以连衡[132]多士，争霸群英。"生由是益自勤苦，声价弥甚。其年，遇大比[133]，诏征四方之隽，生应直言极谏科[134]，策名第一[135]，授成都府[136]参军。三事以降[137]，皆其友也。将之官，娃谓生曰："今之复子本躯[138]，某不相负也。愿以残年，归养老姥。君当结媛鼎族[139]，以奉蒸尝[140]。中外婚媾，无自黩也[141]。勉思自爱。某从此去矣。"生泣曰："子若弃我，当自刭[142]以就死！"娃固辞不从，生勤请弥恳。娃曰："送子涉江，至于剑门[143]，当令我回。"生许诺。月馀，至剑门。未及发而除书[144]至，生父由常州诏入，拜[145]成都尹，兼剑南[146]采访使。浃辰[147]，父到。生因投刺[148]，谒于邮亭[149]。父不敢认，见其祖父官讳[150]，方大惊，命登阶，抚背恸哭移时，曰："吾与尔父子如初。"因诘其由，具陈其本末。大奇之，诘娃安在。曰："送某至此，当令复还。"父曰："不可。"翌日，命驾与生先之成都，留娃于剑门，筑别馆以处之。明日，命媒氏通二姓之好，备六礼[151]以迎之，遂如秦晋之偶。娃既备礼，岁时伏腊[152]，妇道甚修[153]，治家严整，极为亲所眷[154]。向后数岁，生父母偕殁，持孝甚至。有灵芝[155]产于倚庐[156]，一穗三秀[157]。本道上闻[158]。又有白燕数十，巢其层甍[159]。天子异之，宠锡加等。终制[160]，累迁清显之任。十年间，至数郡[161]。娃封汧国夫人。有四子，皆为大官；其卑者犹为太原尹。弟兄姻媾皆甲门，内外隆盛，莫之与京[162]。嗟乎！倡荡之姬，节行如是，虽古先烈女，不能逾也。焉得不为之叹息哉！予伯祖尝牧晋州[163]，转户部，为水陆运使[164]，三任皆与生为代[165]，故谙详其事。贞元中，予与陇西李公佐话妇人操烈之品格[166]，因遂述汧国之事。公佐拊掌竦听[167]，命予为传。乃握管濡翰[168]，疏[169]而存之。时乙亥岁[170]秋八月，太原白行简云。

注释

[1]作者白行简，字知退，唐太原人，诗人白居易之弟。德宗末年进士，曾任司门员外郎、主客郎中等官职。有集十二卷，现已失传。

这一篇出色的传奇，是作者采取当时民间传说《一枝花》，予以艺术加工而成的。整个故事结构完整，情节缠绵；主要人物的形象，写得非常生动；尤其是一些细节的描摹，极为传神。元人石君宝的《李亚仙花酒曲江池》杂剧，明人薛近兖的《绣襦记》传奇，均取材于此。

李娃在鸨母的压力下，和她串同欺骗遗弃了荥阳生，但一旦悔悟之后，就真诚地爱上了他，不惜牺牲一切和封建恶势力作斗争，以获取恋爱自由，并尽可能来调护、督促荥阳生，使他恢复健康、恢复名誉和地位，这是值得称许的。虽然李娃之报答荥阳生，仍是让他走中举做官这一条老路，然而这是历史的环境使然。

另一方面，李娃以一个妓女的身分，不但做了贵官的正妻，而且被封夫人，这在当时社会里是不可想象的，不能容许的。作者有意这样写，这是对门阀制度一个大胆的、有力的冲击，有其积极意义。

[2]汧国：指唐时的汧阳郡，参看前《任氏传》篇"陇州"注。

[3]节行瓌（guī）奇：节操行为珍异可贵。

[4]荥阳：唐县名，今河南荥阳县。这里所指的常州刺史是荥阳人，所以称为"荥阳公"。

[5]家徒甚殷：家里侍从的仆役很多。

[6]知命之年：《论语·为政》："五十而知天命。"后来就以"知命之年"为五十岁的代词。

[7]弱冠（guàn）：指男子到了二十岁左右的年龄。古时男子二十岁举行"冠礼"，戴上成人的帽子，表示不再是儿童了。但这时身体还没有一般成年人那样强壮，所以称为"弱冠"。

[8]隽朗有词藻："隽"，同"俊"字。"隽朗"，清秀的样子。"有词藻"，有文才，文章作得好。

[9]迥（jiǒng）然不群：出人头地，不比寻常。"迥然"，大不相同，分别很大的样子。

[10]器之：器重他。

[11]千里驹：日行千里的壮马。比喻少年英俊。

[12]应乡赋秀才举：应州郡的保送，进京参加秀才考试。本篇说明是天宝年间事，这时秀才这一科早已废止，这里当泛指明经或进士的考试。参看前《柳氏传》篇"秀才""乡赋"注。

[13]盛：多多供给。下文"盛宾从"，指多约朋友，多带仆役。

[14]薪储之费：指柴米等生活费用。

[15]一战而霸：一考就高中。用战争来比喻考试。"霸"，武力称雄的意思。后文《莺莺传》篇"文战不胜"，指没有考取。

[16]为（wèi）其志：帮助你达到志愿。

[17]指掌：指着手心的动作，形容极其容易。

[18]毗陵：古郡名，唐时为常州晋陵郡。

[19]平康：唐代长安里名，是当时妓女聚居的地方。

[20]妖姿要妙："妖姿"，妩媚的姿态。"要妙"，美好。

[21]停骖（cān）：停住了马。一车驾三匹马叫做"骖"，一车驾四匹马，在两旁的马也叫做"骖"；这里只是泛指马匹。

[22]眄（miǎn）：斜着眼睛看。

[23]狭邪女：指妓女。"邪"，音义同"斜"字。参看前《任氏传》篇"狭斜"注。

[24]赡：富有。

[25]前与之通者多贵戚豪族："之通"，原作"通之"。似"之通"义较顺，据虞本改。

[26]遗策郎：丢了马鞭的少年。

[27]止之：留住他。下文"娃笑而止之曰"，止之，拦阻的意思。

[28]垂白上偻（lǚ）："垂白"，头发快要发白了。"上偻"，驼背。

[29]信乎：确实吗。

[30]湫隘（jiǎo ài）：窄狭。

[31]迟（zhì）宾之馆：招待客人的地方，指客厅。

[32]偶坐：同坐。

[33]叙寒燠（yù）：寒暄、说应酬话。"燠"，暖热。

[34]触类：犹如说一举一动、浑身上下。

[35]在延平门外：唐时平康里在东城，延平门却是西城的城门，相去很远，所以荥阳生故意这样说。

[36]目：眼睛看着。下文"目之为郎"，"目之"，把他当做的意思。都作动词用。

[37]宾主之仪，且不然也：这两句的意思是说：荥阳生是客人，自己是主人，断没有第一次相见，就叫客人自己出钱备办酒宴的道理。"不然"，不应该这样的意思。

[38]其馀以俟他辰：意思是荥阳生如果要花钱备办酒宴，可以等到以后再说。"他辰"，别的日子。

[39]彻馔：把宴席彻下，指吃过了饭。"彻"，同"撤"字。

[40]男女之际，大欲存焉：语出《礼记·礼运》："饮食男女，人之大欲存焉。"

[41]厮养：奴仆。指做烧火、养马一类劳役的人。

[42]尽徙其囊橐（tuó）："囊橐"，口袋。无底的为囊，有底的为橐；一说大的为囊，小的为橐。这里引申作财产解释。"尽徙其囊橐"，把自己所有的财产全搬运来了。

[43]报应如响：神给予的报应，有如声音所起的回响。形容迅速而灵验。

[44]荐酹（lèi）：用酒食来祭鬼神。"荐"，进献。"酹"，把酒浇在地下。

[45]牢醴：三牲（猪牛羊）和酒。

[46]窥其际：看它的里面。

[47]逆访之：迎上来问她。

[48]戟门：见前《南柯太守传》篇"棨户"注。

[49]葱蒨：草木苍翠茂盛的样子。

[50]食顷：一顿饭的工夫。

[51]大宛（yuān）：汉时西域国名，以出产良马著名；这里就以"大宛"为马的代词。

[52]方寸：方寸之地，指心。

[53]偶语：两人对语。

[54]凶仪斋祭："凶仪"，丧事的仪节。"斋祭"，斋戒之后去祭祀。斋戒，指不喝酒，不吃荤，沐浴更衣一类的行为。古人迷信，以为这样诚心诚意、恭恭敬敬地去祭祀，精神就可以和鬼神相通了。

[55]以泥缄之：用泥土封起来。

[56]约已周：租约已经满期。

[57]计程：计算路上走的时间。"程"，路程。

[58]弛：本是松缓的意思，引申作解下、脱卸解释。

[59]质馔而食：抵押一顿饭吃。

[60]目不交睫：眼皮不合拢，就是不睡觉的意思。"睫"，眼皮上下的细毛。

[61]策蹇（jiǎn）：骑着驴子。"蹇"，跛的意思，这里做跛脚驴子、瘦弱驴子的代称。

[62]罔知所措：不知道应该怎么办才好。

[63]怨懑（mèn）：怨恨而又烦闷。

[64]凶肆：专门代人办理丧事的店家，类如过去北方的杠房和现在的殡仪馆。下文"凶器"，指棺木和殡殓所用的一切东西。不吉为"凶"，故以指丧事。

[65]绵缀：缠绵委顿的样子，指病得很重。

[66]杖：拿着拐杖，作动词用。

[67]日假之：每天要求他、利用他。

[68]无有伦比：没有人比得上。

[69]哀挽：挽歌、出丧时唱的哀歌。古时有以专唱挽歌为业的人，叫做"挽歌郎"。

[70]醵（jù）：大家凑钱。有时专指凑钱喝酒。

[71]顾：同"雇"字。

[72]耆旧：老手、老前辈。

[73]阅：陈列、展览。

[74]符契：文约、契约。

[75]大和会：大聚会。

[76]里胥：古时的乡职，犹如后来的保甲长、地保。

[77]贼曹：本是汉代掌管京城内水火、盗贼、词讼一类事务的官员，地位颇高。唐代在长安、万年两县设有"捕贼官"，当借指此。

[78]京尹："京兆尹"的简称，京兆，唐府名，即雍州，辖都城长安及附近十二县，府治在今陕西长安县，京兆尹即其地方长官。

[79]层榻：高榻。

[80]铎：大铃。

[81]翊（yì）卫：保卫的人。

[82]扼腕：左手抓住右手的腕部（手掌和臂下端连接的地方），是得意或失意时一种振奋的表示。这里指前者。

[83]顿颡（sǎng）：点点头，是登台时向观众打招呼的一种表示。

[84]《白马》之词：《白马歌》。古时用白马为牺牲（祭祀时宰杀的牲畜），因以《白马歌》为祭奠时的乐曲。

[85]恃其凤胜：倚仗着是向来擅长的。

[86]秉翣（shà）："秉"，拿着。"翣"，用孔雀、野鸡之类的羽毛做成的大扇子，有如掌扇，是古代出殡时叫人拿着随在棺材两旁的一种仪物。

[87]容若不胜：看上去不像会唱歌的样子。

[88]《薤（xiè）露》之章：古时送丧的歌曲。"薤"，一种开紫花的百合科植物，气如葱，叶如韭，根如小蒜。"薤露"，比喻人生像薤上的露水一样，很容易消灭，是古人消极世界观的反映。

[89]愕眙（chì）：因惊讶而呆呆地看着。

[90]岁一至阙下：每年到京城里来一次。"阙"，皇宫前面建筑的城楼。为二台于门外，上作楼观，上圆下方，因为中央阙然为道，故名"阙"。"阙下"，指皇帝住的地方，也就是京城。

[91]易服章：换穿衣服，指脱去了官服换上便装。

[92]老竖：老仆人。

[93]酷似：非常像。

[94]间（jiàn）：乘间，找个机会。

[95]凛然：本是形容寒冷的样子，引申作吃惊解释。

[96]回翔：本指鸟飞打转转，这里是形容躲躲藏藏的样子。

[97]曲江：就是曲江池，在长安东南，汉武帝时建，唐代加以扩充，在江边盖了很多楼台庙宇。附近盛开芙蓉花，叫做"芙蓉园"。这里和下文的"杏园"，都是著名的风景区，同为当时剥削阶级游乐的地方。

[98]道周：路旁。

[99]行路：路人。

[100]被：同"披"字。

[101]褴褛如悬鹑："褴褛"，衣服破破烂烂的样子。鹑鸟的尾巴是秃的，把鹑悬挂起来，看去好像破烂的衣服，因而"悬鹑"就成为破烂衣服的代词。

[102]连步：一步接一步，形容走得匆忙急促的样子。

[103]枯瘠疥厉（lài）：身体干瘦而又生了疥疮。

[104]绝倒：昏倒。

[105]颔颐：动动腮巴，就是点头的意思，表示默认、承诺。也简作

"颔"。"颔"，本应作"顉"（qīn），动的意思。"颐"，腮巴。

[106]敛容却睐：正着脸色回看着。

[107]良家子：古时轻视商人和劳动人民，把医、商、贾、百工，排除在良家之外；"良家"，指清白人家。"良家子"，清白人家的儿女。

[108]不逾期：没有过多久。

[109]不得齿于人伦：不能算是人类，被人瞧不起的意思。

[110]困踬（zhì）：困苦、不顺遂。

[111]不啻：不止、超过。

[112]别卜所诣：另外找一个住处。

[113]晨昏得以温凊（jìng）：早晚可以问安服侍的意思。古礼，做子女的冬天要问父母是否温暖，夏天要问是否凉爽，就如说嘘寒问暖。"凊"，寒凉的意思。

[114]度（duó）：揣度、料想。

[115]水陆之馔：犹如说山珍海味。

[116]卒岁：过完了一年。

[117]异时：过了一些时候、有这么一天。

[118]渊思寂虑：深入而冷静的思考。

[119]旗亭：唐代市场交易有一定的时间，每天正午敲鼓三百下，商店才许开门；傍晚敲钲（一种铜锣）三百下，商店必须关门。"旗亭"，就是击鼓钲为号的楼。一般也作为市上酒楼的通称。这里指前者，《王之涣》篇"共诣旗亭"的旗亭，是后一意义。

[120]鬻坟典之肆：书店。"坟典"，指"三坟、五典"：伏羲、神农、黄帝的书叫做三坟，少昊（hào）、颛（zhuān）项（xū）、高辛、唐、虞的书叫做五典。因而以"坟典"作为古书的代词。

[121]市：买。

[122]斥弃百虑以志学：把一切念头都抛掉，一心向学。

[123]孜（zī）孜矻（kù）矻：勤劳不息的样子。

[124]宵分：夜半。

[125]该览：博览、读遍了。

[126]策名试艺：报名应考。

[127]登甲科：唐代考选制度，进士分甲乙两科，明经分甲乙丙丁四科，依试题的难易而为科别。"登甲科"，就是在试题最难的一科里考取了。当时规定，考取甲科的，任官品级可以叙得较高。

[128]礼闱：礼部的别称。

[129]愿女（nǚ）之：愿意把女儿许给他。以女与人为妻叫做"女"，是动词。"愿女之而不可得"：原作"愿友之而不可得"。荥阳生虽登甲科，究属新进，何至前辈愿友之而不可得？如作"女"，指前辈愿以女许之为妻，即招之为婿意，似较合理，据谈本改。

[130]不侔：不同、不能相比。

[131]砻淬利器：用石器磨东西叫做"砻"；铸刀剑烧红了放在水里蘸一下叫做"淬"："砻淬"，磨炼的意思。"砻淬利器"，引申作钻研学问解释。

[132]连衡：战国时，齐、楚、燕、韩、赵、魏六国联合起来服从秦国，叫做"连衡"。这里是连合、联络的意思。

[133]大比：周代乡大夫三年考试一次，选用贤能，称为"大比"，后来就把三年举行一次的科举考试也叫做"大比"。

[134]直言极谏科：唐代制举（为选拔人才而特开的科目）的项目之一。

[135]策名第一：考试对策（设题命逐条作答叫做"对策"），名列第一。

[136]成都府：也称蜀郡，就是益州，约辖今四川成都、华阳等地区，州治在今成都市。

[137]三事以降：三公以下的官员。三公指太师、太傅、太保，或大司马、大司徒、大司空。

[138]复子本躯：让你恢复了本来面貌，就是说，依然以贵族子弟的身分读书做官。

[139]结媛鼎族：和富贵人家的女儿结婚。"鼎族"，大家、贵族。

[140]奉蒸尝：主持祭祀的意思。主持祭祀为古时家庭主妇的重要职务。"蒸"，冬天祭礼名。"尝"，秋天祭礼名。

[141]无自黩（dú）也：不要毁坏、糟蹋了自己。

[142]自刭（jǐng）：自刎，自己以刀割颈而死。

[143]剑门：唐县名，在今四川剑阁县东北。

[144]除书：授予新官职的诏书。

[145]拜：授官。

[146]剑南：唐道名，包括今四川中部和云南金沙江以南、洱海以东、楚雄以北、武定以西，和甘肃文县一带地区。治所在今成都市。

[147]浃辰："浃"，一周。从子到亥十二辰是一周，叫做"浃辰"，就是十二天。

[148]刺：古人把姓名写在竹简或木片上，为访谒时通姓名之用，后来写在束帖上，就是名片。

[149]邮亭：迎送过路官员的驿站。

[150]见其祖父官讳：古时属员初次谒见长官，要备具帖子，上面写明自己履历和祖宗三代的姓名；这里荥阳生是以属员——成都府参军的资格去谒见他父亲成都尹的，应用这种名帖，所以说"见其祖父官讳"。"官讳"，官职和名字。称死者之名为"讳"，对尊长不敢直接称名，也作"讳某某"。

[151]六礼：古时婚礼的六项手续：纳采、问名、纳吉、纳征、请期、亲迎。

[152]岁时伏腊："伏"和"腊"是古时夏冬二祭的名称。"岁时伏腊"，犹如说逢年过节。

[153]妇道甚修："妇道"，指封建社会里儿媳、妻子侍奉公婆和丈夫

的规矩礼节。"甚修"，做得很好、很尽心。

[154]眷：爱重、宠爱。

[155]灵芝："芝"，生在枯木上的菌类植物，据说有青、赤、黄、白、黑、紫等六色。其中赤色的一种，古人认为是仙草，服了可以成仙，故称为"灵芝"，也叫"不死药"。

[156]倚庐：守孝的草庐。这种草庐，规定盖在东墙下面，向北开门，以草为屏障，不加泥涂，而且没有门上的横梁和柱子。因为居丧悲痛，所以居处要简陋而不能求舒适。

[157]一穗（suì）三秀：植物在茎端结成的花实为"穗"，开花叫做"秀"。一般的一穗一花，一穗三秀是较少见的，所以古时认为是祥瑞。

[158]本道上闻："本道"，指剑南道采访使。"上闻"，奏知皇帝。

[159]层甍（méng）：房屋的大梁。

[160]终制：古人遭遇父母丧事，要三年不问外事，叫做"守制"。"终制"，守制期满了。

[161]至数郡：做到管辖好几郡的大官。

[162]莫之与京：没有谁比得了。"京"，大的意思。

[163]牧晋州：做晋州刺史。"晋州"，也称平阳郡，约辖今山西临汾、安泽、浮山、洪洞、霍县等地区，州治在今临汾县。

[164]水陆运使：唐时户部下面管理水陆运输的官员，有江淮水陆运使、河南水陆运使等名目。

[165]为代：做前后任。

[166]予与陇西李公佐话妇人操烈之品格：原无"李"字。按文中称他人，籍贯姓名似应并列，据虞本增。

[167]拊掌竦（sǒng）听："拊掌"，同"抚掌"。"竦听"，敬听。

[168]握管濡翰：提笔蘸墨。"管"，指笔。"翰"，笔毛。

[169]疏：详细描写。

[170]乙亥岁：唐德宗贞元十一年（公元七九五年）。

李章武传

李景亮[1]

　　李章武，字飞，其先[2]中山[3]人。生而敏博，遇事便了[4]。工文学，皆得极至。虽弘道自高，恶为洁饰[5]，而容貌闲美[6]，即之温然[7]。与清河崔信友善。信亦雅士，多聚古物。以章武精敏，每访辨论，皆洞达玄微[8]，研究原本，时人比晋之张华[9]。贞元[10]三年，崔信任华州别驾[11]，章武自长安诣之[12]。数日，出行，于市北街见一妇人，甚美。因绐[13]信云："须州外与亲故知闻[14]。"遂赁舍[15]于美人之家。主人姓王，此则其子妇也。乃悦而私[16]焉。居月馀日所[17]，计用直[18]三万馀，子妇所供费倍之。既而两心克谐，情好弥切。无何，章武系事[19]，告归长安，殷勤叙别。章武留交颈鸳鸯绮一端[20]，仍[21]赠诗曰："鸳鸯绮，知结几千丝。别后寻交颈，应伤未别时[22]。"子妇答[23]白玉指环一，又赠诗曰："捻[24]指环相思，见环重相忆。愿君永持玩，循环无终极。"章武有仆杨果者，子妇赍[25]钱一千，以奖其敬事[26]之勤。既别，积[27]八九年。章武家长安，亦无从与之相闻。至贞元十一年，因友人张元宗寓居下邽县[28]，章武又自京师与元会。忽思曩好，乃回车涉渭[29]而访之。日暝[30]，达华州，将舍于王氏之室。至其门，则阒[31]无行迹[32]，但外有宾榻而已。章武以为下里[33]；或废业即农[34]，暂居郊野；或亲宾邀聚，未始归复[35]。但休止其门，将别适他舍。见东邻之妇，就而访之。乃云："王氏之长老[36]，皆舍业而出游；其子妇殁已再周[37]矣。"又详与之谈，即云："某姓杨，第六，为东邻妻。"复访："郎何姓？"章武具语之。又云："曩曾有傔[38]姓杨名果乎？"曰："有之。"因泣告曰："某为里中妇五年，与王氏相善。尝云：'我夫室犹如传舍[39]，阅人多矣。其于往来见调[40]者，皆殚财穷产，甘辞厚誓[41]，未尝动心。顷岁[42]有李十八郎，曾舍于我家。我初见之，不觉自失[43]。后遂私侍枕席，实蒙欢爱。今与之别累年[44]矣。思慕之心，或竟日不食，终夜无寝。我家人故[45]不可托。复被彼夫东西，不时会遇[46]。脱有至者，愿以物色[47]名氏求之。如不参差[48]，相托祇奉[49]，并语深意。但有仆夫杨果，即是。'不二三年，子妇寝疾。临终，复见托曰：'我本寒微，曾辱君子厚顾，心常感念。久以成疾，自料不治。曩所奉托，万一至此，愿申九泉[50]唧恨，千古瞑离之叹。仍乞留止此，冀神会于髣髴[51]之中。'"章武乃求邻妇为开门，命从者市薪刍[52]食物。方将具细席[53]，忽有一妇人，持帚，出房扫地。邻妇亦不之识。章武因访所从者，云是舍中人。又逼而诘之，即徐曰："王家亡妇感郎恩情深，将见会。恐生怪怖，故使相闻。"章武许诺，云："章武所由来者，正为此也。虽显晦殊途，人皆忌惮，而思念情至，实所不疑。"言毕，执帚人欣然而去，逡巡映门，即不复见。乃具饮馔，呼祭。自食饮毕，安寝。至二更许，灯在床之东南，忽尔稍暗，如此再三。章武心知有变，因命移烛背墙，置室东南隅[54]。旋闻室北角悉窣[55]有声；如有人形，冉冉[56]而至。五六步，即可辨其状。视衣服，乃主人子妇也。与昔见不异，但举止浮急，音调轻清耳。章武下床，迎拥携手，款[57]若平生之欢。自云："在冥录[58]以来，都忘亲戚；但思君子之心，如平昔耳。"章武倍与狎昵，亦无他异。但数请令人视明星，若出，当须还，不可久住。每交欢之暇，即恳托在邻妇杨氏，云："非此人，谁达幽恨？"至五更，有人告可还。子妇泣下床，与章武连臂出门，仰望天汉[59]，遂呜咽悲怨，却[60]入室，自于裙带上解锦囊，囊中取一物以赠之。其色绀碧[61]，质又坚密，似玉而冷，状如小叶。章武不之识也。子妇曰："此所谓'鞊鞻宝'[62]，出昆仑玄圃[63]中。彼亦不可得。妾近于西岳[64]与玉京夫人[65]戏，见此物在众宝珰[66]上，爱而访之。夫人遂假[67]以相授，云：'洞天[68]群仙，每得此一宝，皆为光荣。'以郎奉玄道，有精识，故以投献。常愿宝之，此非人间之有。"遂赠诗曰："河汉已倾斜，神魂欲超越。愿郎更回抱，终天从此诀[69]！"章武取白玉宝簪一以酬之，并答诗曰："分从幽显隔，岂谓有佳期。宁辞重重别，所叹去何之[70]。"因相持泣，良久。子妇又赠诗曰："昔辞怀后会，今别便终天。新悲与旧恨，千古闭穷泉[71]。"章武答曰："后期杳无约，前恨已相寻。别路无行信，何因得寄心[72]。"款曲叙别讫，遂却赴西北隅。行数步，犹回顾拭泪云："李郎无舍念此泉下人。"复哽咽伫立，视天欲明，急趋至角，即不复见。但空室阒然[73]，寒灯半灭而已。章武乃促装[74]，却自下邽归长安武定堡。下邽郡官[75]与张元宗携酒宴饮，既酣，章武怀念，因即事赋诗[76]曰："水不西归月暂圆，令人惆怅[77]古城边。萧条明早分歧路，知更相逢何岁年。"吟毕，与郡官别。独行数里，又自讽诵。忽闻空中有叹赏，音调凄恻。更审听之，乃王氏子妇也。自云："冥中各有地分[78]。今于此别，无日交会。知郎思眷，故冒阴司之责，远来奉送。千万自爱！"章武愈感之。及至长安，与道友陇西李助话，亦感其诚而赋曰："石沉辽海阔，剑别楚天长[79]。会合知无日，离心满夕阳。"章武既事东平丞相府[80]，因闲，召玉工视所得鞊鞻宝，工亦不知，不敢雕刻。后奉使大梁[81]，又召玉工，麤[82]能辨，乃因其形[83]，雕作檞[84]叶象。奉使上京[85]，每以此物贮怀中。至市东街，偶见一胡僧，忽近马叩头云："君有宝玉在怀，乞一见尔。"乃引于静处开视。僧捧玩移时[86]，云："此天上至物[87]，非人间有也。"章武后往来华州，访遗杨六娘，至今不绝。

注释

[1]作者李景亮，唐德宗时曾应"详明政术可以理人科"及第。其他无

可考。

这是一篇描写人鬼恋爱的故事。王氏虽然阅人已多，但不管别人花多少金钱，说多少好话，她都没有动心；惟有和李章武结识后，才恩爱异常。这表明了王氏对真正爱自己的人，情愿以身相付托；而对想以自己为玩物的人，却深加唾弃。文中"子妇所供费倍之"这一句，就说明了他们两人的爱情是真挚的，而非金钱所可买得。别后王氏思慕不忘，感念成疾而死，情节动人。

作者通过这一虚构故事，表达了封建社会里妇女向往自由，坚决反抗旧礼教的行为。

[2]先：祖先。

[3]中山：汉郡名，在今河北定县。

[4]遇事便了：对任何事情，都能明白；对任何事情，都能随时解决。

[5]弘道自高，恶为洁饰：重视品德的修养，爱惜自己的身分，不愿意在外表修饰打扮。

[6]闲美：一种文雅、沉静的美。"闲"，同"娴"字。

[7]即之温然：和他接近的人，都觉得他性情很温和。

[8]洞达玄微：深切了解精妙的道理。

[9]张华：字茂先，晋代学术家，以博闻著称，曾任中书令、司空等官职。著有《博物志》，是一部记载异境奇物和古代琐闻杂事的书（今传本一般认为是后人假托他的名义纂辑的）。

[10]贞元：唐德宗（李适）的年号（公元七八五至八○四年）。

[11]华州别驾："华州"，也称华阴郡，约辖今河南郑州、陕西渭南等地区，州治在今郑州市。"别驾"，刺史的高级佐吏。

[12]诣之：到他那里去。

[13]绐：哄骗。

[14]与亲故知闻：告诉亲友们知道，就是拜访亲友的意思。

[15]赁舍："赁"，租。"舍"，住。

[16]私：私通。

[17]居月馀日所：住了一个多月的光景。"所"，约计数量之词。

[18]直：同"值"字，指钱。

[19]系事：系于事，为事所牵缠。

[20]交颈鸳鸯绮一端："交颈鸳鸯绮"，上面织有鸳鸯形状的一种名贵的绸子。古诗《客从远方来》："客从远方来，遗我一端绮。……文彩双鸳鸯，裁为合欢被。"唐陈子昂诗，也有"闻有鸳鸯绮，特为美人赠"之句。"端"，古度名，有一丈六尺、二丈、六丈三种说法。"一端"，犹如说一匹。

[21]仍：再、又。

[22]这首诗里"知结几千丝"之"丝"，和"思"字谐音，语意双关，表示相思无穷无尽。后两句的意思是说：别后想到当初欢聚之乐而不可得，对别离以前那一种要好的情况，一定会感到很悲伤。"寻"，寻思的意思。按本篇各诗都是五言，此诗首句只三字，明野竹斋沈氏抄本"鸳"上空二字，所以很可能是遗漏了二字。

[23]答：回赠。

[24]捻（niē）：拿着。

[25]赍（jī）：拿着东西给人。

[26]敬事：谨慎认真地做事。

[27]积：经过的意思。

[28]下邽（guī）县：今陕西渭南县，唐时是华州的属县。

[29]渭：水名，就是渭河，发源甘肃渭源县西北鸟鼠山，流经陕西省境，至潼关入黄河。

[30]日暝：天黑。

[31]阒（qù）：寂静无声。

[32]则阒无行迹："阒"，原作"闑"（谈本、许本作"闻"），应

94

误，据字书改。

[33]下里："里"，指蒿里。古人以死人归宿的地方为"蒿里"。"下里"，到地下蒿里去，就是死亡。

[34]废业即农：把原来的事情抛弃了，到田地里去耕作。"即"，往、就的意思。

[35]未始（shì）归复：还没有回来。"始"，助词。

[36]长老：指尊长。

[37]再周：两周年。

[38]傔（qiàn）：侍从、仆人。

[39]我夫室犹如传（zhuàn）舍：我丈夫家里——也就是自己家里，人来人往，十分杂乱，就好像传舍一样。"传舍"，古时驿站里供应过客吃住的房子。

[40]见调："见"，助词，略有"加以"一类的含义。"调"，调戏、挑逗。

[41]殚财穷产，甘辞厚誓：把所有的钱财都拿了出来，而且说些好听的话，发出深切的誓言。

[42]顷岁：往年。

[43]自失：自己若有所失，形容心神不安的样子。

[44]累（lěi）年：好多年。后文其他篇里"累月""累旬""累日"，就是好几月，好几旬，好多天。

[45]故：原来、本来。

[46]复被彼夫东西，不时会遇：又被那个家伙（指自己的丈夫）带着忽而到东，忽而到西，到处奔走，以致没有一定的时间可以同他（指李章武）会见。

[47]物色：指容貌。

[48]不参（cēn）差（cī）：没有错误、没有讹差的意思。

[49]祗奉：恭敬的服侍。

[50]九泉：地下，指阴间。下文"穷泉"，《霍小玉传》篇"黄泉"，义同。又"泉下人"指死人、鬼物。

[51]髣髴：同"仿佛"，指似有似无的境界。

[52]薪刍：柴草，指燃料和牲畜的饲料。后文《霍小玉传》篇"薪蒭"，"蒭"，同"刍"字。

[53]具絪席："具"，铺设。"絪席"，行李被褥。后文其他篇里也作"茵席"，"茵"，同"絪"字。

[54]置室东南隅："南"，原作"西"。按东西不能称隅，据沈本改。

[55]悉窣：细碎声音的形容词。"悉"，一般作"窸"。

[56]冉冉：形容缓缓而来的样子。

[57]款：款曲，犹如说缠绵、缱绻，指男女间的要好。

[58]在冥录："冥"，迷信说法的阴间。"录"，簿册。"在冥录"，名字列在阴间的簿籍上，意思是死亡了。

[59]天汉：天河、银河。下文"河汉"，义同。

[60]却：还。

[61]绀碧：天青色。

[62]靺（mò）鞨（hé）宝："靺鞨"，古时我国东北少数民族名，分七部，其中黑水靺鞨就是后来的女真。那里出产一种宝石，名为"靺鞨宝"。

[63]昆仑玄圃："昆仑"，亚洲最大的山脉，分东、西、中三部；我国古代所说的昆仑，专指中昆仑的南部，在甘肃、新疆境内。神话传说：昆仑山的顶峰为"玄圃"，上有五城十二楼，是神仙居住的地方。

[64]西岳：华山。

[65]玉京夫人：神话传说中的女仙。

[66]宝珰："珰"，橡头——房屋的出檐。"宝珰"，用宝玉饰成的橡头，古称"璧珰""璇题""玉题"。

[67]假：取。

[68]洞天：道家说法：神仙住在名山洞府里，这些地方叫做"洞天"，有"十大洞天""三十六小洞天"等名目。

[69]这四句的意思是说：银河已经由天空中间转到一旁，说明夜已很深，就要天明了。离别在即，所以我精神非常不安。希望我们再多偎傍一刻，因为从此一别，就永无相见之期了。"终天"，终身、无穷无尽。

[70]这四句的意思是说：自以为和你阴阳路隔，谁知还有欢会之时。我们不妨再度离别，只是可叹的是，你又到哪里去呢？"何之"，往哪里去。

[71]这四句的意思是说：从前辞去的时候，还想着可以再会；如今一别，却永无相见之期了。心头交织着新的悲哀和旧的怅恨，只有怀着这种心情长期留在阴间而已。

[72]这四句的意思是说：以后的会见是毫无希望的，现在已给我们带来怨恨的情绪。离别之后没有办法可以通消息，从哪里能向你表达我的心意呢？

[73]窅（yǎo）然：形容深远而黑暗的样子。

[74]促装：匆忙整理行李。

[75]郡官：本指太守、刺史，这里指县令。

[76]即事赋诗：古人对眼前的事物有感触，因而作诗，就用"即事"二字为题，叫做"即事诗"。"赋诗"就是作诗。

[77]惆（chóu）怅：形容因失望而伤感的样子。

[78]冥中各有地分（fèn）：意指阴间划分地区，彼此不能逾越。

[79]石沉辽海阔，剑别楚天长："辽海"，泛指大海。"石沉辽海阔"，引用精卫填海的故事。《山海经·北山经》：古炎帝的女儿在东海里淹死了，化为精卫（一种海鸟）；常衔来西山的木石，想把东海填平。后来引用这一神话，比喻怀恨无穷。"剑"，故剑，本是旧妻的代词，这里指情妇。"楚"，在这里不是专指楚地，而是泛称。古人习惯用楚天

97

长、阔等字样来形容空间的无边无际，时间的悠远长久。这两句的意思是说：李章武和王氏妇一别之后，永无见期，所以含恨无穷。

[80]既事东平丞相府：既已到东平丞相府做事，就是做东平丞相的幕僚、属官的意思。文中说是贞元十馀年间事，所以"东平丞相"应指李师古。按李师古曾任淄青节度使，贞元十六年加同中书门下平章事，就是宰相。淄青节度使当时治所在东平（今山东郓城），故称为"东平丞相"。

[81]奉使大梁：奉命到大梁为使者。"大梁"，古邑名，在今河南开封市西北，后来通称开封为大梁。

[82]麤：同"粗"字，大略、略为的意思。

[83]因其形：就着它原来的形状。

[84]檞（jiě）：松檽（mán），一种心像松树的树木，也叫松心木。

[85]上京：京都、都城。

[86]移时：一段不太长的时间。

[87]至物：最好、最可宝贵的东西。

霍小玉传

蒋防[1]

　　大历中，陇西李生名益[2]，年二十，以进士擢第。其明年，拔萃[3]，俟试于天官。夏六月，至长安，舍于新昌里。生门族清华[4]，少有才思，丽词嘉句，时谓无双；先达丈人[5]，翕然推伏。每自矜风调[6]，思得佳偶，博求名妓，久而未谐。长安有媒鲍十一娘者，故薛驸马[7]家青衣[8]也；折券从良[9]，十馀年矣。性便辟[10]，巧言语，豪家戚里，无不经过，追风挟策，推为渠帅[11]。当[12]受生诚托厚赂，意颇德之[13]。经数月，李方闲居舍之南亭。申未间[14]，忽闻扣门甚急，云是鲍十一娘至。摄衣从之，迎问曰："鲍卿今日何故忽然而来？"鲍笑曰："苏姑子作好梦也未[15]？有一仙人，谪在下界，不邀财货[16]，但慕风流。如此色目[17]，共十郎相当矣。"生闻之惊跃，神飞体轻，引鲍手且拜且谢曰："一生作奴，死亦不惮[18]。"因问其名居。鲍具说曰："故霍王[19]小女，字小玉，王甚爱之。母曰净持。——净持，即王之宠婢也。王之初薨，诸弟兄以其出自贱庶，不甚收录[20]。因分与资财，遣居于外，易姓为郑氏，人亦不知其王女。姿质秾艳，一生未见；高情逸态，事事过人；音乐诗书，无不通解。昨遣某求一好儿郎格调相称者。某具说十郎。他亦知有李十郎名字，非常欢惬。住在胜业坊古寺曲[21]，甫上车门宅是也。已与他作期约。明日午时，

99

但至曲头觅桂子，即得矣。"鲍既去，生便备行计。遂令家僮秋鸿，于从兄[22]京兆参军[23]尚公处假青骊驹，黄金勒[24]。其夕，生浣衣沐浴，修饰容仪，喜跃交并，通夕不寐。迟明[25]，巾帻[26]，引镜自照，惟惧不谐也。徘徊之间，至于亭午[27]。遂命驾疾驱，直抵胜业。至约之所，果见青衣立候，迎问曰："莫是李十郎否？"即下马，令牵入屋底，急急锁门。见鲍果从内出来，遥笑曰："何等儿郎[28]，造次[29]入此？"生调诮[30]未毕，引入中门。庭间有四樱桃树；西北悬一鹦鹉笼，见生入来，即语曰："有人入来，急下帘者！"生本性雅淡，心犹疑惧，忽见鸟语，愕然[31]不敢进。逡巡，鲍引净持下阶相迎，延入对坐。年可四十馀，绰约[32]多姿，谈笑甚媚。因谓生曰："素闻十郎才调风流，今又见仪容雅秀，名下固无虚士[33]。某有一女子，虽拙教训[34]，颜色不至丑陋，得配君子，颇为相宜。频见鲍十一娘说意旨，今亦便令永奉箕帚。"生谢曰："鄙拙庸愚，不意顾盼[35]，倘垂采录，生死为荣。"遂命酒馔，即令小玉自堂东阁子[36]中而出。生即拜迎。但觉一室之中，若琼林玉树，互相照曜，转盼精彩射人。既而遂坐母侧。母谓曰："汝尝爱念'开帘风动竹，疑是故人来。'即此十郎诗也。尔终日吟想，何如一见。"玉乃低鬟[37]微笑，细语曰："见面不如闻名[38]。才子岂能无貌？"生遂连起拜曰："小娘子爱才，鄙夫重色。两好相映，才貌相兼。"母女相顾而笑，遂举酒数巡[39]。生起，请玉唱歌。初不肯，母固强之。发声清亮，曲度精奇。酒阑，及暝，鲍引生就西院憩息。闲庭邃宇，帘幕甚华。鲍令侍儿桂子、浣沙与生脱靴解带。须臾，玉至，言叙温和，辞气宛媚。解罗衣之际，态有馀妍[40]，低帏昵枕，极其欢爱。生自以为巫山、洛浦[41]不过也。中宵[42]之夜，玉忽流涕观生曰："妾本倡家，自知非匹。今以色爱，托其仁贤。但虑一旦色衰，恩移情替[43]，使女萝[44]无托，秋扇见捐[45]。极欢之际，不觉悲至。"生闻之，不胜感叹。乃引臂替枕，徐谓玉曰："平生志愿，今日获从，粉骨碎身，誓不相舍。夫人何发此言！请以素缣，著之盟约。"玉因收泪，命侍儿樱桃褰幄[46]执烛，授生笔研[47]。玉管弦之暇，雅[48]好诗书，筐箱笔研，皆王家之旧物。遂取绣囊，出越姬乌丝栏[49]素缣三尺以授生。生素多才思，援笔成章，引谕山河，指诚日月[50]，句句恳切，闻之动人。染毕[51]，命藏于宝箧之内。自尔婉娈相得[52]，若翡翠之在云路也。如此二岁，日夜相从。其后年春，生以书判拔萃登科，授郑县主簿[53]。至四月，将之官，便拜庆于东洛[54]。长安亲戚，多就筵饯。时春物尚馀，夏景初丽，酒阑宾散，离思萦怀。玉谓生曰："以君才地名声，人多景慕[55]，愿结婚媾，固亦众矣。况堂有严亲，室无冢妇[56]，君之此去，必就佳姻。盟约之言，徒虚语耳。然妾有短愿，欲辄指陈。永委君心[57]，复能听否？"生惊怪曰："有何罪过[58]，忽发此辞？试说所言，必当敬奉。"玉曰："妾年始十八，君才二十有二，迨君壮室之秋[59]，犹有八岁。一生欢爱，愿毕此期。然后纱选高门[60]，以谐秦晋[61]，亦未为晚。妾便舍弃人事，剪发披缁[62]。夙昔之愿，于此足矣。"生且愧且感，不觉涕流。因谓玉曰："皎日之誓[63]，死生以之[64]。与卿偕老，犹恐未惬素志，岂敢辄有二三[65]。固请不疑，但端居相待。至八月，必当却到[66]华州，寻使奉迎，相见非远。"更数日，生遂诀别东去。到任旬日，求假往东都观亲。未至家日，太夫人已与商量[67]表妹卢氏，言约已定。太夫人素严毅，生逡巡不敢辞让，遂就礼谢，便有近期[68]。卢亦甲族[69]也，嫁女于他门，聘财必以百万为约，不满此数，义在不行。生家素贫，事须求贷，便托假故，远投亲知，涉历江、淮，自秋及夏。生自以孤负[70]盟约，大愆回期，寂不知闻，欲断其望，遥托亲故，不遣漏言。玉自生逾期，数访音信。虚词诡说，日日不同。博求师巫，遍询卜筮[71]，怀忧抱恨，周岁有馀。羸[72]卧空闺，遂成沉疾。虽生之书题[73]竟绝，而玉之想望不移，赂遗亲知，便通消息。寻求既切，资用屡空，往往私令侍婢潜卖箧中服玩之物，多托于西市寄附铺[74]侯景先家货[75]卖。曾令侍婢浣沙将[76]紫玉钗一只，诣景先家货之。路逢内作[77]老玉工，见浣沙所执，前来认之曰："此钗，吾所作也。昔岁霍王小女，将欲上鬟[78]，令我作此，酬我万钱。我尝不忘。汝是何人，从何而得？"浣沙曰："我小娘子，即霍王女也。家事破散，失身于人。夫婿昨向东都，更无消息。

悒怏成疾，今欲二年。令我卖此，赂遗于人，使求音信。"玉工凄然下泣曰："贵人男女，失机落节[79]，一至于此！我残年向尽，见此盛衰，不胜伤感。"遂引至延光公主宅[80]，具言前事。公主亦为之悲叹良久，给钱十二万焉。时生所定卢氏女在长安，生既毕于聘财，还归郑县。其年腊月，又请假入城就亲。潜卜静居，不令人知。有明经[81]崔允明者，生之中表弟也。性甚长厚，昔岁常与生同欢于郑氏之室，杯盘笑语，曾不相同。每得生信，必诚告于玉。玉常以薪刍衣服，资给于崔。崔颇感之。生既至，崔具以诚[82]告玉。玉恨叹曰："天下岂有是事乎！"遍请亲朋，多方召致。生自以愆期负约，又知玉疾候沉绵[83]，惭耻忍割[84]，终不肯往。晨出暮归，欲以回避。玉日夜涕泣，都忘寝食，期一相见，竟无因由[85]。冤愤益深，委顿[86]床枕。自是长安中稍有知者。风流之士，共感玉之多情；豪侠之伦，皆怒生之薄行。时已三月，人多春游。生与同辈五六人诣崇敬寺[87]玩牡丹花，步于西廊，递吟诗句。有京兆韦夏卿者，生之密友，时亦同行。谓生曰："风光甚丽，草木荣华。伤哉郑卿，衔冤空室！足下终能弃置，实是忍人。丈夫之心，不宜如此。足下宜为思之！"叹让[88]之际，忽有一豪士，衣轻黄纻衫，挟弓弹，丰神隽美，衣服轻华，唯有一剪头胡雏[89]从后，潜行而听之。俄而前揖生曰："公非李十郎者乎？某族本山东，姻连外戚[90]。虽乏文藻，心尝乐贤[91]。仰公声华，常思觐止[92]。今日幸会，得睹清扬[93]。某之敝居，去此不远，亦有声乐，足以娱情。妖姬[94]八九人，骏马十数匹，唯公所欲。但愿一过。"生之侪辈，共聆斯语，更相叹美。因与豪士策马同行，疾转数坊，遂至胜业。生以近郑之所止，意不欲过，便托事故，欲回马首。豪士曰："敝居咫尺[95]，忍相弃乎？"乃挽[96]挟其马，牵引而行。迁延之间，已及郑曲。生神情恍惚，鞭马欲回。豪士遽命奴仆数人，抱持而进。疾走推入车门，便令锁却，报云："李十郎至也！"一家惊喜，声闻于外。先此一夕，玉梦黄衫丈夫抱生来，至席，使玉脱鞋。惊窹而告母。因自解曰："'鞋'者，'谐'也。夫妇再合。'脱'者，'解'也。既合而解，亦当永诀。由此征之，必

102

遂相见，相见之后，当死矣。"凌晨[97]，请母妆梳。母以其久病，心意惑乱，不甚信之。俛勉[98]之间，强为妆梳。妆梳才毕，而生果至。玉沈绵日久，转侧须人[99]；忽闻生来，欻然自起，更衣而出，恍若有神。遂与生相见，含怒凝视[100]，不复有言。羸质娇姿，如不胜致[101]，时复掩袂，返顾李生。感物伤人，坐皆欷歔。顷之，有酒肴数十盘，自外而来。一坐惊视，遽问其故，悉是豪士之所致也。因遂陈设，相就而坐。玉乃侧身转面，斜视生良久，遂举杯酒酬地[102]曰："我为女子，薄命如斯！君是丈夫，负心若此！韶颜稚齿，饮恨而终。慈母在堂，不能供养。绮罗弦管，从此永休。征痛黄泉[103]，皆君所致。李君李君，今当永诀！我死之后，必为厉鬼，使君妻妾，终日不安！"乃引左手握生臂，掷杯于地，长恸号哭数声而绝。母乃举尸，寘[104]于生怀，令唤之，遂不复苏矣。生为之缟素[105]，旦夕哭泣甚哀。将葬之夕，生忽见玉绲帷[106]之中，容貌妍丽，宛若平生。著石榴裙[107]，紫褡裆[108]，红绿帔子[109]。斜身倚帷，手引绣带，顾谓生曰："愧君相送，尚有馀情。幽冥之中，能不感叹。"言毕，遂不复见。明日，葬于长安御宿原[110]。生至墓所，尽哀而返。后月馀，就礼于卢氏。伤情感物，郁郁不乐。夏五月，与卢氏偕行，归于郑县。至县旬日，生方与卢氏寝，忽帐外叱叱作声。生惊视之，则见一男子，年可二十馀，姿状温美，藏身暎[111]幔，连招卢氏。生惶遽走起，绕幔数匝，倏然不见。生自此心怀疑恶，猜忌万端，夫妻之间，无聊生[112]矣。或有亲情，曲相劝喻。生意稍解。后旬日，生复自外归，卢氏方鼓琴于床，忽见自门抛一斑犀钿花合子[113]，方圆一寸馀，中有轻绢，作同心结[114]，坠于卢氏怀中。生开而视之，见相思子[115]二、叩头虫一、发杀觜[116]一、驴驹媚[117]少许。生当时愤怒叫吼，声如豺虎，引琴撞击其妻，诘令实告。卢氏亦终不自明。尔后[118]往往暴加捶楚[119]，备诸毒虐，竟讼于公庭而遣之[120]。卢氏既出[121]，生或侍婢媵妾之属，蹔[122]同枕席，便加妒忌。或有因而杀之者。生尝游广陵，得名姬曰营十一娘者，容态润媚，生甚悦之。每相对坐，尝谓营曰："我尝于某处得某姬，犯某事，我以某法杀之。"日日陈说，欲令惧己，以肃清闺门。出则以浴斛^[123]覆营于床，周回封署，归必详视，然后乃开。又畜一短剑，甚利，顾谓侍婢曰："此信州葛溪铁^[124]，唯断作罪过头！"大凡生所见妇人，辄加猜忌，至于三娶，率^[125]皆如初焉。

注释

[1]作者蒋防，字子微（一作子徵），唐义兴（今江苏宜兴县）人。宪宗时，曾任翰林学士、中书舍人等官职。著有诗集一卷。本篇是他的成名之作。

这是一篇因阶级矛盾而酿成的悲剧性故事。在唐代重视门阀制度的情况下，霍小玉出身贱庶——婢女的女儿——而又沦为娼妓，这就注定了她要成为牺牲者。李益对她始乱终弃，也正由于他是贵族——虽然已经没落了——出身的士大夫阶层的缘故。这篇故事反映了下层妇女的被压迫、被侮辱，也指出了封建统治阶级只知玩弄女性而没有真正的爱情。"痴心女子负心汉"，是这篇故事的真实写照。作者是同情霍小玉而谴责李益的。

本文前半对两人相恋经过，曲曲写来，情致委婉；后半叙小玉遭到遗弃，又辛酸凄恻，扣人心弦。在唐人传奇中，这是一篇出色的作品。

明人汤显祖曾据此篇作《紫箫记》《紫钗记》传奇。

[2]李生名益：唐时有两李益。其一姑臧（今甘肃武威县，即古陇西地）人，长于诗歌。宪宗时曾任集贤殿学士，后来又做过礼部尚书。为人性痴而妒，对妻妾防范甚严，当时传说他有"妒病"。本篇据说就是根据他的故事渲染写成的。

[3]拔萃：唐代科举及第，算有了"出身"，取得做官的资格，但还要经过一定的期限才可以选任为官，而且不一定都选得上。如果想马上做官，可以参加另一种考试：试文三篇，叫做"宏词"；试判（撰拟判词，就是下文所指的"书判"）三条，叫做"拔萃"。合格后就可以分发任用。科举考试由礼部主持，这种任官考试却由吏部主持，所以下文说"俟

试于天官"（天官，吏部的别称）。

[4]门族清华：出身高贵的意思。

[5]先达丈人："先达"，前辈。"丈人"，老先生。

[6]自矜风调：自以为有才貌、风流自赏。

[7]驸马：官名，就是驸马都尉。皇帝的女婿，照例授此官职，是一种虚衔。

[8]青衣：婢女。古时以青衣为"贱者"（实际指劳动人民）的服装，因而称婢女为"青衣"。

[9]折券从良：赎身获得自由，嫁人为妻，不再做人家的奴隶了。"券"，指卖身契一类的文件。"折券"，毁弃了卖身契。

[10]性便（pián）辟：会卑躬屈节、花言巧语地巴结人。

[11]追风挟策，推为渠帅："追风"，指追求女人的行为。"挟策"，有主意、有办法。盗贼的首领叫做"渠帅"。这句的意思是说：凡是想追求女人的，她都可以代为设法，因而大家推她做一个头儿。

[12]当：方、正当。

[13]德之：感激他。

[14]申未间：午后一时至四时。

[15]苏姑子作好梦也未：这应是当时的一句俗谚，出处未详。"作好梦也未"，作了好梦没有。意思是来为他介绍佳偶，他应该在梦里就先有了好兆头的，所以问他作了好梦没有。

[16]不邀财货：不贪图金钱礼物。

[17]如此色目：犹如说像这一类的人。"色目"，名目。

[18]一生作奴，死亦不惮：终身服侍他，就是死也心甘情愿。

[19]霍王：名李元轨，唐高祖的儿子。

[20]不甚收录：不大理睬、不愿容纳。

[21]曲：唐时坊里的小街巷称"曲"。

[22]从（zòng）兄：堂兄。

[23]参军："参军事"的简称，是唐代军事机构、王府和府、州的属官，有录事参军和诸曹参军之别。诸曹参军里，在军事机构有仓曹、兵曹、骑曹、胄曹，府、州有司功、司仓、司兵、司法、司士、司户等种种名目，职掌各有不同。

[24]勒：马笼头。

[25]迟（zhì）明：黎明。

[26]巾帻：戴上头中。"巾"，做动词用。

[27]亭午：正午。

[28]何等儿郎：犹如说什么样的人。

[29]造次：随随便便、冒冒失失。后文《长恨传》篇"方士造次未及言"，造次是匆匆忙忙、慌慌张张的意思。

[30]调诮：嘲笑、说俏皮话。

[31]愕然：吃惊的样子。

[32]绰约：姿态舒缓柔弱而优美的样子。

[33]名下固无虚士：指有学问的人，名副其实，并不虚假。典出《陈书·姚察传》：姚察聘周，刘臻问他关于《汉书》的疑问十多条，他详为分析讲解，而且都有根据。刘臻佩服地说："名下固无虚士。"又隋朝薛道衡作《人日》诗的故事里，也有这句话。

[34]拙教训：没有受到好教育。

[35]不意顾盼：没有想到承蒙看得起、看中了。

[36]阁（gé）子：旁边的小门。前文《李娃传》篇"娃自阁中闻之"，"阁"同"阁"字，指楼。

[37]低鬟：低头，形容少女羞涩的样子。"鬟"，妇女的发髻。

[38]见面不如闻名：下文"才子"指闻名，"貌"指见面，此处似应作"闻名不如见面"。

[39]数（shuò）巡：斟过几遍酒。

[40]态有馀妍：犹如说长得够漂亮的。

[41]巫山、洛浦：指古代两个恋爱的神话。战国时，宋玉作《高唐赋》，在序里说：楚襄王和他游云梦。他告诉楚襄王：先生（应指楚怀王）游高唐，曾梦见神女来和他欢会。临去时，说自己住在巫山的南面，朝为行云，暮为行雨，朝朝暮暮，阳台之下。后来一般却指为楚襄王的故事。三国时，曹操击败袁绍，把他的儿媳甄氏掠来给曹丕为妻。甄氏很美丽，曹植也十分恋慕她，但求之不得。曹丕为帝时，立甄氏为后，后来又因故杀死。有一次，曹植经过洛水，梦见甄氏前来叙情，于是作了一篇《感甄赋》，借洛神——宓妃来影射甄氏。魏明帝（曹叡）时，改《感甄赋》为《洛神赋》。"洛浦"，洛水边。

[42]中宵：半夜。

[43]恩移情替：恩爱之情转移、衰退了。下文"替枕"，替，代的意思。

[44]女萝：就是松萝，一种丝状的植物，多攀附在别的树上生长。封建时代，认为妇女要倚靠着男子生活，因而就以"女萝"比喻女子的身分，是夫权意识的反映。

[45]秋扇见捐："捐"，弃置。秋凉时，扇子就要弃置不用了，因而以"秋扇见捐"比喻妇女因年老色衰为男子所抛弃。典出汉代班婕妤《怨歌行》："新裂齐纨素，皎洁如霜雪；裁成合欢扇，团圆似明月；出入君怀袖，动摇微风发。常恐秋节至，凉飚（biāo）夺炎热；弃捐箧笥中，恩情中道绝。"

[46]褰（qiān）幄："褰"，揭起、拉起。"幄"，帐幕。

[47]研：同"砚"字。

[48]雅：很、颇为。

[49]乌丝栏：一种织成或画成黑线竖格的绢质卷轴或纸笺。

[50]引谕山河，指诚日月：引山河来比喻恩情的深厚，指着日月发誓，表明相爱的诚挚。

[51]染毕：写完。

[52]婉娈（luán）相得：亲热地相处得很好。

[53]郑县主簿："郑县"，今河南郑州市。"主簿"，管理文书簿册的官员。

[54]便拜庆于东洛：就回到洛阳去探望母亲。"拜庆"，"拜家庆"的简称。唐代风俗，离家日久而回去探望父母，叫做"拜家庆"。当时以洛阳为东都，所以称为"东洛"。

[55]景慕：羡慕。"景"，也是慕的意思。

[56]冢妇：正妻。

[57]永委君心：永远放在你的心里。

[58]有何罪过：有什么得罪你的地方。

[59]壮室之秋："室"，娶妻。"秋"，时。"壮室之秋"，三十岁的时候，古代认为是娶妻的适当年龄，有"三十而娶"的说法。

[60]玅选高门："玅"，同"妙"字。"玅选"，很好地选择。"高门"，显贵人家。

[61]以谐秦晋：结婚的意思。"谐"，和合。春秋时，秦晋两国交好，彼此世世约为婚姻，后来就称缔订婚约为"秦晋之好"。

[62]剪发披缁：当尼姑的意思。"缁"，缁衣，僧尼穿的黑色袈裟。

[63]皎（jiǎo）日之誓："皎日"，白日。"皎日之誓"，指着太阳发誓。语出《诗经·王风·大车》："谓予不信，有如皎日。""皎"，本作"皦"字。

[64]死生以之：死活都这样，死活都不变心。

[65]二三：三心二意。语出《诗经·卫风·氓》："二三其德。"

[66]却到：还到。

[67]商量：指议婚。

[68]遂就礼谢，便有近期：于是到卢家去谢婚，并且商定了在短期间内举行婚礼。

[69]甲族：世家大族，就是官僚地主大家庭。前文《李娃传》篇"弟

108

兄婚媾皆甲门"，"甲门"，义同。

[70]孤负：违背、背弃。

[71]卜筮（shì）：古人卜卦以问吉凶的两种方法：用龟壳来卜卦叫做"卜"，用蓍草来卜卦叫做"筮"。

[72]羸（léi）：瘦弱。

[73]书题：指书信。

[74]寄附铺：也称"柜房"，唐时多设在西市，是一种代人保管或出售珍贵物品的商行。

[75]货：卖的意思，作动词用。

[76]将：拿着。

[77]内作：皇家的工匠。

[78]上鬟：古时女子十五岁为"及笄（jī）"（笄，簪子），这时要举行一种仪式，把披垂的头发梳上去，可以插簪子，表示已经成人待嫁了，称为"上鬟"。

[79]失机落节：犹如说倒霉、落魄。

[80]延光公主：就是郜（gào）国公主，唐肃宗的女儿。"遂引至延光公主宅"："光"，原作"先"。按《唐书》仅有郜国公主初封延光，元刻本《唐书》亦作"延光"，疑形似误刻，据《唐书》改。

[81]明经：唐代考选制度，曾分为秀才、明经、进士等科。由于诗赋取中的为"进士"，由于经义取中的为"明经"。

[82]诚：真实情况。

[83]疾候沉绵：病得很沉重。

[84]忍割：忍痛舍弃。"割"，割爱。

[85]竟无因由：竟然找不到一个机会。

[86]委顿：无力支持的样子。

[87]崇敬寺：唐代长安中区靖安坊的一座庙宇，原为僧寺，后改尼寺，和胜业坊只隔五六坊。

[88]让：责备。

[89]胡雏：指卖身为奴的幼年胡人。参看前《任氏传》篇"胡人"注。

[90]姻连外戚：和外地的人结为亲戚。

[91]虽乏文藻，心尝乐贤：虽然没有什么文才，却喜欢和贤士交往。

[92]觏止：遇见、相会。"止"，语助词。

[93]清扬：本指人眉目清秀的样子，引申作为对人的敬词，犹如说"尊容"。

[94]妖姬：美姬。

[95]咫（zhǐ）尺：周代以八寸为"咫"，只合现在两公寸多一点。"咫尺"，形容距离很近。

[96]挽：同"挽"字。

[97]凌晨：清晨。

[98]俛（mǐn）勉：勉强。"俛"，同"黾"字。

[99]转侧须人：一举一动，都要旁人扶持的意思。

[100]凝视：目不转睛地看着。前文《李娃传》篇"凝睇"，义同。这里是怒视，后者却是指爱慕地看着。

[101]如不胜致："致"，意态。"如不胜致"，形容弱不禁风、怯生生的样子。

[102]酹地：浇洒地上。

[103]征痛黄泉：造成死亡的痛苦。

[104]真（zhì）：安置、放在。

[105]为之缟（gǎo）素：为她服丧带孝。"缟素"，白衣服，指丧服。

[106]繐（suì）帷：灵帐。

[107]石榴裙：红裙。

[108]褉（kè）裆：唐时妇女穿的一种外袍。

[109]红绿帔（pèi）子：唐时妇女披于肩背的一种纱巾，多为薄质纱

罗所制，长的称"披帛"，短的称"帔子"。"红绿帔子"，是上有红绿颜色花饰的纱巾。

[110]御宿原：在长安城南，是古时埋葬死者的地方。

[111]暎：同"映"字。

[112]无聊生：毫无生趣的样子。

[113]斑犀钿花合子：杂色犀牛角雕成、嵌饰金花的盒子。

[114]同心结：古时用锦带结成连环回文的花样，用以表示爱情，叫做"同心结"。

[115]相思子：就是红豆，一种草本木质的蔓生植物，种子大如豌豆，鲜红而有黑色斑点，也有全红的，可做装饰品或供药用。古时用这种东西来寄托相思的情意，所以叫做"相思子"。

[116]发杀觜（zī）：是何物待考。据《书影》第五卷说："似媚药无疑。"

[117]驴驹媚：《物类相感志》："凡驴驹初生，未堕地，口中有一物，如肉，名'媚'。妇人带之能媚。"是荒淫腐朽的封建统治阶级的一种邪说。

[118]尔后：此后。

[119]捶楚："捶"，用杖打击。"楚"，一种四五尺高的小树，古人用这种树木做为责罚子弟的扑具，后来就把打人的棍子叫做"楚"。这里作动词用。"捶楚"就是鞭打。后文《飞烟传》篇"鞭楚"，义同。

[120]遣之：把她"休"掉，就是由男方主动、片面的离婚。

[121]出：封建社会里，男子片面离婚休妻叫做"出"，意思是把配偶从家庭里赶出去。按照旧礼教，妇女如果无子、淫佚、不事舅姑（不能好好地服侍公婆）、口舌、盗窃、妒忌、恶疾，尽管不是妇女本身的责任，男方却可以作为一种借口，说成是妇女的重大过失，构成被"出"的条件，这就是所谓"七出之条"。丈夫认为妻子犯了"七出之条"的任何一条，都有权把她送回娘家，永远断绝关系。在"夫权中心"的时代，这种

"习惯法"，是加在妇女身上最残酷的枷锁之一。

[122]蹔：同"暂"字。

[123]浴斛：澡盆之类。

[124]信州葛溪铁。"信州"，约辖今江西贵溪以东，怀玉山以南地区，州治在今上饶市。上饶市即唐时上饶县。上饶葛溪铁精而工细，见《清异录》。

[125]率：大概。

长恨传[1]

陈鸿

开元中，泰阶平[2]，四海无事。玄宗在位岁久，倦于旰食宵衣[3]，政无大小，始委于右丞相[4]，稍深居游宴，以声色自娱。先是，元献皇后[5]、武惠妃[6]皆有宠，相次即世[7]。宫中虽良家子千数，无可悦目者。上心忽忽不乐。时每岁十月，驾幸华清宫[8]，内外命妇[9]，熠耀[10]景从，浴日馀波，赐以汤沐[11]，春风灵液[12]，澹荡[13]其间，上必油然若有所遇[14]，顾左右前后，粉色如土。诏高力士潜搜外宫，得弘农杨玄琰女于寿邸[15]，既笄[16]矣。鬓发腻理[17]，织秾中度[18]，举止闲冶[19]，如汉武帝李夫人[20]。别疏[21]汤泉，诏赐藻莹[22]。既出水，体弱力微，若不任罗绮[23]。光彩焕发，转动照人。上甚悦。进见之日，奏《霓裳羽衣曲》[24]以导之；定情[25]之夕，授金钗钿合以固之[26]。又命戴步摇[27]，垂金珰。明年，册[28]为贵妃，半后服用[29]。繇[30]是冶其容，敏其词，婉娈万态，以中上意[31]。上益嬖[32]焉。时省风九州[33]，泥金五岳[34]，骊山雪夜，上阳[35]春朝，与上行同辇，止同室，宴专席，寝专房。虽有三夫人、九嫔、二十七世妇、八十一御妻[36]，暨后宫才人[37]，乐府妓女，使天子无顾盼意。自是六宫无复进幸[38]者。非徒殊艳尤态[39]致是，盖才智明慧，善巧便佞[40]，先意希旨[41]，有不可形容者。叔父昆弟皆列位清贵，爵为通侯[42]。姊妹封国夫人[43]，富埒王宫[44]，车服邸第，与大长公主[45]侔矣。而恩泽势力，则又过之，出入禁门不问，京师长吏[46]为之侧目[47]。故当时谣咏有云："生女勿悲酸，生男勿喜欢。"又曰："男不封侯女作妃，看女却为门上楣[48]"。其为人心羡慕如此。天宝末，兄国忠盗丞相位[49]，愚弄国柄[50]。及安禄山引兵向阙[51]，以讨杨氏为词。潼关不守，翠华南幸[52]。出咸阳[53]，道次马嵬亭[54]，六军徘徊[55]，持戟不进。从官郎吏伏上马前，请诛晁错以谢天下[56]。国忠奉氂缨盘水[57]，死于道周。左右之意未快。上问之。当时敢言者，请以贵妃塞天下怨[58]。上知不免，而不忍见其死，反袂掩面，使牵之而去。仓皇展转，竟就死于尺组之下[59]。既而玄宗狩[60]成都，肃宗受禅[61]灵武。明年，大凶归元[62]，大驾还都。尊玄宗为太上皇，就养南宫[63]。自南宫迁于西内。时移事去，乐尽悲来。每至春之日，冬之夜，池莲夏开，宫槐秋落，梨园弟子，玉琯[64]发音，闻《霓裳羽衣》一声，则天颜不怡，左右歔欷。三载一意，其念不衰。求之梦魂，杳不能得。适有道士自蜀来，知上皇心念杨妃如是，自言有李少君之术[65]。玄宗大喜，命致其神。方士[66]乃竭其术以索之，不至。又能游神驭气，出天界，没地府以求之，不见。又旁求四虚[67]上下，东极天海，跨蓬壶[68]。见最高仙山，上多楼阙，西厢下有洞户，东向，阖其门，署曰："玉妃太真院。"方士抽簪扣扉，有双鬟童女，出应其门。方士造次未及言，而双鬟复入。俄有碧衣侍女又至，诘其所从。方士因称唐天子使者，且致其命[69]。碧衣云："玉妃方寝，请少待之。"于时云海沉沉[70]，洞天日晓，琼户重阖，悄然无声。方士屏息敛足[71]，拱手门下。久之，而碧衣延入，且曰："玉妃出。"见一人冠金莲，披紫绡，佩红玉，曳凤舄[72]，左右侍者七八人。揖方士，问："皇帝安否？"次问天宝十四载已还[73]事。言讫，悯然。指碧衣取金钗钿合，各析其半，授使者曰："为我谢太上皇，谨献是物，寻旧好也。"方士受辞与信[74]，将行，色有不足[75]。玉妃固征其意[76]。复前跪致词："请当时一事，不为他人闻者，验于太上皇；不然，恐钿合金钗，负

114

新垣平之诈[77]也。"玉妃茫然退立，若有所思，徐而言曰："昔天宝十载，侍辇[78]避暑于骊山宫。秋七月，牵牛织女相见之夕，秦人风俗，是夜张锦绣，陈饮食，树瓜华[79]，焚香于庭，号为'乞巧'。宫掖[80]间尤尚[81]之。时夜殆半，休侍卫于东西厢，独侍上。上凭肩而立，因仰天感牛女事，密相誓心，愿世世为夫妇。言毕，执手各呜咽。此独君王知之耳。"因自悲曰："由此一念，又不得居此。复堕下界，且结后缘。或为天，或为人[82]，决再相见，好合如旧。"因言："太上皇亦不久人间，幸惟自安，无自苦耳。"使者还奏太上皇，皇心震悼，日日不豫[83]。其年夏四月，南宫晏驾[84]。元和元年冬十二月，太原白乐天[85]自校书郎尉于盩厔[86]。鸿与琅琊[87]王质夫家于是邑，暇日相携游仙游寺，话及此事，相与感叹。质夫举酒于乐天前曰："夫希代之事，非遇出世之才[88]润色[89]之，则与时消没，不闻于世。乐天深于诗[90]，多于情者也。试为歌之，如何？"乐天因为《长恨歌》。意者[91]不但感其事，亦欲惩尤物，窒乱阶，垂于将来[92]者也。歌既成，使鸿传焉。世所不闻者，予非开元遗民[93]，不得知；世所知者，有《玄宗本纪[94]》在。今但传《长恨歌》云尔。

汉皇[95]重色思倾国[96]，御宇[97]多年求不得。杨家有女初长成，养在深闺人未识。天生丽质难自弃，一朝选在君王侧。回眸一笑百媚生，六宫粉黛无颜色[98]。春寒赐浴华清池，温泉水滑洗凝脂[99]；侍儿扶起娇无力，始是新承恩泽时。云鬓花颜金步摇，芙蓉帐[100]暖度春宵；春宵苦短日高起，从此君王不早朝。承欢侍宴无闲暇，春从春游夜专夜。后宫佳丽三千人，三千宠爱在一身。金屋[101]妆成娇侍夜，玉楼宴罢醉和春。姊妹弟兄皆列土[102]，可怜光彩生门户；遂令天下父母心，不重生男重生女。骊宫高处入青云，仙乐风飘处处闻。缓歌慢舞凝丝竹，尽日君王看不足。渔阳鼙鼓[103]动地来，惊破《霓裳羽衣曲》。九重城阙[104]烟尘生，千乘万骑西南行。翠华摇摇行复止，西出都门百余里；六军不发无奈何，宛转[105]娥眉[106]马前死。花钿委地[107]无人收，翠翘金雀玉搔头[108]；

君王掩面救不得，回看血泪相和流。黄埃散漫风萧索[109]，云栈萦纡登剑阁[110]；峨眉山[111]下少人行，旌旗无光日色薄。蜀江水碧蜀山青，圣主朝朝暮暮情，行宫[112]见月伤心色，夜雨闻铃[113]肠断声。天旋日转回龙驭[114]，到此踌躇不能去，马嵬坡下泥土中，不见玉颜空死处[115]。君臣相顾尽沾衣，东望都门信马归[116]。归来池苑皆依旧，太液[117]芙蓉未央[118]柳；芙蓉如面柳如眉，对此如何不泪垂？春风桃李花开夜，秋雨梧桐叶落时。西宫南苑[119]多秋草，宫叶满阶红不扫。梨园弟子白发新，椒房阿监青娥老[120]。夕殿萤飞思悄然[121]，孤灯挑尽[122]未成眠，迟迟钟漏初长夜，耿耿星河欲曙天[123]。鸳鸯瓦[124]冷霜华[125]重，翡翠衾[126]寒谁与共？悠悠[127]生死别经年，魂魄不曾来入梦。临邛[128]道士鸿都客[129]，能以精诚致魂魄。为感君王展转思，遂教方士殷勤觅。排空驭气奔如电，升天入地求之遍，上穷碧落[130]下黄泉，两处茫茫皆不见。忽闻海上有仙山，山在虚无缥缈[131]间。楼殿玲珑五云[132]起，其中绰约多仙子。中有一人字太真[133]，雪肤花貌参差是。金阙西厢叩玉扃，转教小玉报双成[134]。闻道汉家天子使，九华帐[135]里梦魂惊。揽衣[136]推枕起徘徊，珠箔银屏迤逦开[137]。云鬓半偏新睡觉，花冠不整下堂来。风吹仙袂飘飘举，犹似《霓裳羽衣舞》，玉容寂寞泪阑干[138]，梨花一枝春带雨[139]。含情凝睇谢君王，一别音容两渺茫，昭阳殿[140]里恩爱绝，蓬莱宫中日月长。回头下望人寰处，不见长安见尘雾。唯将旧物表深情，钿合金钗寄将去。钗留一股合一扇[141]，钗擘黄金合分钿。但令心似金钿坚，天上人间会[142]相见。临别殷勤重寄词，词中有誓两心知，七月七日长生殿，夜半无人私语时："在天愿作比翼鸟[143]，在地愿为连理枝[144]。"天长地久有时尽，此恨绵绵[145]无绝期！

注释

[1]这是一篇描写封建统治阶级上层人物恋爱悲剧的作品。

这确是一幕悲剧，但并不能算作真正的恋爱。因为，唐玄宗看上了杨贵妃的美貌，只不过把她当做玩物；杨贵妃之"婉娈万态，以中上意"，则是仰慕皇家的荣华富贵，企图享受而已。他们之间的关系，并没有以真挚的爱情为基础。作者塑造的艺术形象，却美化了他们，而且对这一传闻的故事，流露了同情之感。

不过，作者一方面毕竟也批判了他们的荒淫无耻，以致引起战乱；也反映了群众的愤慨，使得唐玄宗不得不在群众压力下，牺牲了杨贵妃以保全自己的地位。全篇字里行间，颇有讽刺意味。

"惩尤物，窒乱阶，垂于将来"，这是本文的主题思想。把国家祸乱的责任全推在女人身上，本是片面的，不公平的；尤其是作者希望封建最高统治者接受教训，引以为戒，目的是在巩固他们的统治地位，这就说明作者是站在什么立场看问题的了。事实上，这所谓"乱阶"，在阶级社会里，是无法避免的，封建统治者的不幸结局，是他们自己所造成的结果。

本文流传甚广，后世据以改写的文学作品颇多，著名的有元人白朴的《唐明皇秋夜梧桐雨》、清人洪昇的《长生殿》两剧。

[2]泰阶平："泰阶"，星名，就是三台——上台、中台、下台，各有两星，相比斜上，像台阶一样，称为天的三阶。迷信说法：上阶代表皇帝，中阶代表诸侯公卿大夫，下阶代表士子庶人。"泰阶平"，指这三阶谐和，就会风调雨顺，天下太平。这是封建统治阶级一种含有毒素的"阶级调和论"。

[3]旰（gàn）食宵衣："旰"，天晚。"宵"，深夜。"旰食宵衣"，意思是天很晚才吃饭，天不亮就穿衣起来，形容勤劳处理政务。

[4]玄宗初即位时，还能励精图治；后期——尤其是在纳杨贵妃之后，生活就十分骄奢腐化了。开元二十四年，曾以奸臣李林甫为中书令，就是右丞相。

[5]元献皇后：姓杨，唐玄宗的贵嫔，肃宗生母。死后由肃宗追尊为元献皇后。

117

[6]武惠妃："惠"，原作"淑"。按史书均作"武惠妃"，"淑"字应误，改。武惠妃：恒安王武攸止的女儿。死后尊称贞顺皇后。

[7]相次即世：相继去世。

[8]华清宫：即下文的"骊宫"，也称"骊山宫"。又下文"华清池"，温泉名。"长生殿"，在华清宫内。

[9]内外命妇：封建时代，受有封号的妇女称"命妇"，有"内命妇"和"外命妇"之分：内命妇指受宫内封号的，如妃嫔之类；外命妇指公主、王妃，和因丈夫的官爵而封赠的，如郡君、县君、夫人、孺人之类。

[10]熠（yì）燿：光彩夺目的样子。

[11]浴日馀波，赐以汤沐：封建时代，以太阳为皇帝的象征，这里"日"就指的皇帝。这两句的意思是说：皇帝洗过澡之后，也让命妇们就浴。

[12]春风灵液：妇女入浴的象征词。"灵液"，指温泉。

[13]澹荡：形容恬静而畅适的样子。

[14]上必油然若有所遇："必"，原作"心"。按上文云"每岁十月"，此处作"必"似较胜。疑形似误刻，据虞本改。油然：形容动心的样子。

[15]得弘农杨玄琰（yǎn）女于寿邸："杨玄琰"，虢（guó）州阌（wén）乡人。虢州曾一度改为弘农郡。王府称"邸"。杨贵妃，杨玄琰的女儿，小名玉环，原是玄宗的儿子李瑁（mào）的妃子。李瑁被封寿王，所以说"得于寿邸"。当时玄宗看中了她，先叫她出家为女道士，后来就纳入宫中。

[16]既笄：已经及笄。参看前《霍小玉传》篇"上鬟"注。

[17]腻理：润泽细密的样子。

[18]纤秾中度：肥瘦合于标准。

[19]举止闲冶：一举一动，都雅静而又娇媚。

[20]汉武帝李夫人："汉武帝"，名刘彻。李夫人是他的爱妾（秦、汉时，帝王的妾称"夫人"），美丽善歌舞。

[21]别疏：另辟。

118

[22]藻莹："藻"，华美、文采。"莹"，磨治。"藻莹"，引申作洗得洁净漂亮解释。

[23]若不任罗绮：好像禁不起所穿绸衣的沉重压力，形容娇弱。后文《飞烟传》篇"若不胜绮罗"，义同。

[24]《霓裳羽衣曲》：神话传说：唐玄宗梦游月宫，看见仙女歌舞，醒后就按照那个歌调谱成《霓裳羽衣曲》。见《乐府诗集》。实际这是西凉的《婆罗门曲》，经玄宗润色改为《霓裳羽衣曲》。全曲共十二遍：前六遍是散板，无拍，不舞；后六遍有拍而舞。音节闲雅柔婉。

[25]定情：男女结合成夫妇之礼叫做"定情"。后文《莺莺传》篇"不能定情"，定情却指的订定婚约。

[26]授金钗钿合以固之：赐给她金钗钿合，作为巩固彼此爱情的信物。"钿合"，用金花珠宝镶嵌起来的盒子。一说：钿合是饰物而非盒子。

[27]步摇：金凤形的首饰，上缀成串的珠玉，行动时动摇，所以叫做"步摇"。

[28]册：册封。皇帝封立妃子叫做"册封"。

[29]半后服用：服饰享用，照皇后的标准减半。

[30]繇：同"由"字。

[31]以中（zhòng）上意：以迎合皇帝的意思。

[32]嬖（bì）：宠幸。

[33]省（xǐng）风九州：巡视国中的意思。"省风"，视察民情。

[34]泥金五岳：皇帝祭祀天地山川的意思。"泥金"，即金泥。以水银和金为泥，叫做"金泥"。皇帝在五岳祭天地，要把祭文写在简版上，以玉为饰，称为玉牒，盖上玉检（玉做的盖子），然后再用泥金把它封起来。这里就以"泥金"为祭天地山川的代词。

[35]上阳：唐代东都洛阳的宫名。

[36]三夫人、九嫔、二十七世妇、八十一御妻：这些都是周时王宫里的妾御和女官的名称，唐代并没有这一类名目，这里只是泛指所有妃嫔等人。

[37]才人：唐代管理宫中宴寝等事的女官。

[38]进幸：为皇帝侍寝。

[39]殊艳尤态：非常美丽的容貌和十分妩媚的风度。

[40]善巧便（pián）佞：聪明伶俐，巴结谄媚。

[41]先意希旨：指能揣度唐玄宗心理，不等他开口就先迎合他的意思。

[42]叔父昆弟皆列位清贵，爵为通侯："通侯"，古时一种可以佩金印紫绶的最尊贵的爵位。这里指杨贵妃的叔父杨玄珪，兄弟杨钊（即杨国忠）、杨铦（xiān）、杨锜，当时都任贵官。

[43]姊妹封国夫人：当时杨贵妃的三个姊姊，被封为韩国夫人、虢国夫人、秦国夫人。

[44]富埒（lè）王宫：富有和皇家相等。"埒"，相等、相同。

[45]大长公主：皇帝的女儿称"公主"，姊妹称"长公主"，姑母称"大长公主"。

[46]长吏：汉代以爵禄在六百石以上的官员为"长吏"，这里指高官。

[47]侧目：斜着眼睛看，一种恭敬而又畏惧的表情。

[48]看女却为门上楣：意思是由于女儿的得宠，使全家的人都获得荣华富贵的地位。"楣"，门上的横梁，是支撑门户的东西，习惯用门楣为家庭地位的象征词。

[49]兄国忠盗丞相位：杨贵妃的堂兄国忠，当时任右丞相。他并无做宰相的才具，只是由于杨贵妃的关系才窃居高位，所以称之为"盗"。

[50]愚弄国柄：欺蔽皇帝，把持政权。

[51]向阙：进犯都城。

[52]翠华南幸：皇帝的旗帜，上用鸟雀的翠羽为饰，称为"翠华"。这里泛指皇帝车驾。唐玄宗逃蜀，蜀在长安之南，所以说"南幸"。

[53]咸阳：唐县名，在今陕西咸阳市东。

[54]道次马嵬亭："道次"，路过停驻在那里，后文《虬髯客传》篇"行次"，义同。有时只单用一"次"字。"马嵬亭"，就是下文的"马嵬坡"，也称马嵬城、马嵬驿，参看前《任氏传》篇"马嵬"注。

[55]徘徊：走来走去，停留不进的样子。

[56]请诛晁（cháo）错以谢天下："晁错"，即鼌错。"谢天下"，向天下人认过。汉景帝（刘启）时，晁错为御史大夫，因为看到统治阶级的内部矛盾，就建议削减诸王的封地。于是吴、楚等七国起兵反抗，要求杀晁错以谢天下。后来晁错被景帝杀死。见《史记·晁错列传》。这里以晁错指杨国忠。

[57]奉氂（lí）缨盘水：古时官员有过，戴白冠氂缨（氂牛尾毛做的帽缨），手捧盘水，上加宝剑，向皇帝请罪。"白冠氂缨"，表示待罪之身；"盘水"，因为水性平，请皇帝公平处理；"加剑"，预备证实有罪时用以自刎。

[58]请以贵妃塞天下怨：这句的意思是说：要求把杨贵妃也处死，这样才可以消除、搪塞人民的怨愤情绪。

[59]死于尺组之下：指被缢死。"尺组"，自缢用的丝带，犹如说"三尺白绫"。

[60]狩：巡狩。"狩"，同"守"字。古时帝王巡视诸侯守地为"巡狩"，后来就以巡狩泛指皇帝的出行。

[61]受禅（shàn）："禅"，禅位，皇帝传位的专词。"受禅"，指肃宗受玄宗传位。

[62]明年，大凶归元：原作"明年大赦改元"。按唐肃宗即位灵武，改元至德。安禄山至德二年被杀，是年玄宗还都，第三年方改为乾元元年。是改元非明年事，似作"明年，大凶归元"是，据虞本改。大凶归元："大凶"，指安禄山。"元"，头。"归元"，犹如说"授首"，就是被杀了头。当时安禄山为他的儿子安庆绪所杀。

[63]南宫：指兴庆宫。下文"西内"就是西宫（皇宫称做内），指太

121

极宫。

[64]玉琯：指玉制的吹奏乐器。"琯"，同"管"字。

[65]李少君之术："李少君"，汉武帝时方士，假说自己曾游海上遇仙，有长生不死之方，因之很得武帝信任，后病死。见《史记·孝武本纪》。"李少君之术"，指求仙之术。这里如说的是武帝会见李夫人灵魂的故事，似乎更切合文中的事实。《汉书·外戚列传》：李夫人死了，武帝非常想念她。有方士齐人少翁，自称有办法把她的灵魂找来相会。于是设灯火帐幕，幕上现出影子，武帝远远望去，果然好像李夫人模样。这当然只是一种骗人的把戏。据《汉书·郊祀志》载，李少君和少翁原是两人，可能因为同是方士，所以作者就误为一人了。

[66]方士：自称会求仙炼丹、禁咒祈祷一类法术的人。

[67]四虚：四方。

[68]蓬壶：《史记·封禅书》：勃海（即渤海）里有三座神山，名蓬莱、方丈、瀛洲，上有仙人和不死之药，禽兽尽白，以黄金白银为宫阙。《拾遗记》说，"蓬莱"就是"蓬壶"。

[69]致其命：说明自己的使命。

[70]云海沉沉："云海"，到处弥漫、广阔无边，像汪洋大海一样的云气。"沉沉"，深远的样子。

[71]屏（bǐng）息敛足：不敢大声出气，并起了脚：形容恭敬。

[72]凤舄（xì）：凤头鞋子。

[73]已还：以来。

[74]信：信物。指钿合金钗。

[75]色有不足：脸上显出还未满足的样子。

[76]固征其意：一定要追问他为什么这样。

[77]恐钿合金钗，负新垣平之诈："新垣平"，汉时赵人。他自己说会"望气"，曾告诉汉文帝（刘恒），长安东北有神气，应该建祠来应这个兆头；又说阙下有宝玉气，果然就有人来献玉杯。因之大得宠信。后来

经人告发，说这些都是假的，被杀。故事见《汉书·郊祀志》。"恐负新垣平之诈"，恐怕像新垣平那样地有诈欺的嫌疑，因为钿合金钗是人世间常有之物，是不足以取信于唐玄宗的。

[78]辇：这里用作皇帝的代称。

[79]树瓜华："树"，种的意思。"瓜华"，瓜和果蓏（luǒ）：树上结的为果，地下结的如瓜瓠之类为蓏。语出《礼记·郊特牲》："天之树瓜华"，意思是皇帝种瓜华，仅供一时之用；要是能久藏之物就不去种它，以避免与民争利。这里引用这一句成语，只是陈列瓜果的意思。

[80]宫掖：皇宫。"掖"，掖庭，后妃宫嫔居住的地方。

[81]尚：盛行、崇尚。

[82]或为天，或为人：或在天界，或在人间。

[83]不豫：皇帝生病的婉词，也可作不高兴解释。

[84]南宫晏驾：死在南宫。皇帝死了叫作"晏驾"，皇帝车驾迟出的意思，也是一种婉词。

[85]白乐天：唐代名诗人白居易自号乐天。

[86]自校书郎尉于盩（zhōu）厔（zhì）：从校书郎这个官职，外调做盩厔县尉。"尉"，做动词用。"盩厔"，唐县名，今陕西盩厔县。

[87]琅琊：唐郡名，也称沂州，约辖今山东新泰以南的沂、沭、武等河流域的一带地区，州治在今临沂市。

[88]希代之事，出世之才："希代之事"，历史上少见的事情。"出世之才"，高出于一般世人的才情。

[89]润色：文学上的描写加工。

[90]深于诗：擅长作诗。

[91]意者："意"，揣想。"者"，指下面所说的用意。

[92]惩尤物，窒乱阶，垂于将来："尤物"，特异的事物，一般指美色。"惩尤物"，以好美色为戒。"窒乱阶"，堵塞住造成祸乱的道路。"垂于将来"，传至后世，以为鉴戒。

[93]开元遗民：现在还存在的开元年间的人。

[94]本纪：纪传体正史记载皇帝事迹的部分，叫做"本纪"。

[95]汉皇：下文本指的唐玄宗事迹，作者是唐代人，为了避讳，就托词说是"汉皇"。

[96]倾国：语出《汉书·外戚列传》："北方有佳人，绝世而独立；一顾倾人城，再顾倾人国。"是李延年为汉武帝唱的歌。意指女色魅力之大，可以使帝王因之亡国。后来却以"倾城倾国"形容女色之美，完全成为一种称誉之词。这里作为美女的代称。

[97]御宇：统治天下。

[98]六宫粉黛无颜色：妇女以粉涂面，以黛（一种青黑色颜料）画眉，因而"粉黛"就成为妇女的代称。"六宫粉黛"，指宫中妃嫔。"无颜色"，意思是都不及杨贵妃的美丽，相形之下，黯然失色。

[99]凝脂：指细腻白净的皮肤。

[100]芙蓉帐：南北朝宋人鲍照诗中有"七彩芙蓉之羽帐"句，"芙蓉帐"当是一种华丽多彩的帐子；又后来五代时蜀后主孟昶曾以芙蓉花染缯为帐，也名为"芙蓉帐"。

[101]金屋：指给美女居住的华美房子。典出《汉武故事》：汉武帝幼时，他的姑母馆陶长公主和他开玩笑，问他要不要妻子，并指着自己的女儿阿娇说：把她给你做妻子好不好？武帝答说：要得到阿娇，就用金屋给她住。

[102]列土：皇帝把土地分封给臣僚，就是给予食邑的意思。"列"，同"裂"字。

[103]渔阳鼙鼓：指安禄山之乱。当时安禄山自范阳起兵，声势浩大，卢龙、密云、渔阳等郡都归附了他。"渔阳"，唐郡名，参看前《柳氏传》篇"幽、蓟"注。

[104]九重（chóng）城阙：指京城。皇帝住的地方为"九重"，是最深邃处。语出《楚辞·九辩》："君之门兮九重。"九门为路门、应门、

雉门、库门、皋门、城门、近郊门、远郊门、关门。见《礼记·月令》。

[105]宛转：形容随顺着，听从摆布的样子。

[106]娥眉："娥"，美好的意思。"娥眉"，指眉毛长得很好看，因而作为美女的代词。

[107]花钿委地："花钿"，嵌有金花的首饰。"委地"，弃置地上。

[108]翠翘金雀玉搔头：翡翠鸟尾上的长毛叫做"翘"。妇女的首饰，用翠羽镶制成像翡翠鸟的尾毛一样，叫做"翠翘"。"金雀"，钗名。"玉搔头"，就是玉簪。

[109]萧索：萧条衰败的样子。

[110]云栈萦纡登剑阁："栈"，栈道。在山里险要地方，搭木架以通行人，叫做"栈道"。"云栈"，高入云霄的栈道。"萦纡"，弯弯曲曲。"剑阁"，在今四川剑阁县北，也称剑门关，就是大小剑山里的栈道。

[111]峨眉山：从长安到成都，并不经过峨眉山；这里因为峨眉山是蜀中最有名的大山，有代表性，故举以泛指蜀山。

[112]行宫：皇帝出外临时住的地方称"行宫"。

[113]夜雨闻铃：当时唐玄宗行至斜谷口，连日阴雨，听得栈道中铃声和雨声相应，非常凄清，更加触动想念杨贵妃的心情，于是采其声谱入乐调，作《雨霖铃曲》。见《明皇杂录》。

[114]天旋日转回龙驭："天旋日转"，指政局的转变。那时郭子仪收复长安，大局已经好转了。"龙驭"，皇帝的车驾。"回龙驭"，指唐玄宗由蜀回京。

[115]空死处：徒然留下死亡的遗迹。

[116]信马归：由着马自己走回去，形容情绪抑郁，连车马也无心驾驭了。

[117]太液：太液池，在当时的大明宫内，也叫"蓬莱池"。

[118]未央：汉宫名，遗址在今陕西长安县北。这里是借用。"太液、未央"，泛指池苑。

[119]南苑：当时太极宫内有"西苑"，大明宫内有"东苑"，兴庆宫内有"南苑"。"苑"，是皇家畜养鸟兽的林园。

[120]椒房阿监青娥老："椒房"，皇后住的房子，用椒和泥涂壁建成，取其温暖，并象征多子。"阿监"，指宫内女官。"青娥"，少女，指宫女。这句是感慨时代更易，从前的女官宫女都已老了。

[121]思悄然：因愁思而闷闷不语的样子。

[122]孤灯挑尽：古人点油灯，久了光发暗，要时时挑剔灯芯，以保持亮度。"挑尽"，意思是灯芯烧完了，灯油烧干了。这里以"孤灯挑尽"，形容唐玄宗晚年生活的寂寞凄凉，实际古时宫廷里是燃烛而不点灯的。

[123]耿耿星河欲曙天：天上的银河微发亮光，正是天将明的时候了。"耿耿"，微明的样子。"星河"，银河。

[124]鸳鸯瓦：两片瓦嵌合在一起，叫做"鸳鸯瓦"。

[125]华：同"花"字。

[126]翡翠衾：像翡翠鸟颜色一样的被。

[127]悠悠：形容久远的样子。

[128]临邛（qióng）：唐县名，今四川邛崃县。

[129]鸿都客："鸿都"，本是汉代藏书的地方，这里是借用。"鸿都客"，意指博学多识的人。又鸿都在长安，"鸿都客"，也可指在长安作客的人。

[130]碧落：道家称天上为"碧落"。

[131]虚无缥缈：远远地望去，似有似无的样子。"山在虚无缥缈间"："缈"，原作"渺"，应误，据《白氏长庆集》改。

[132]五云：五色云，神话传说中仙人所驾的祥云。

[133]太真：杨贵妃为女道士时，道号"太真"，这里因借作仙号。

[134]转教小玉报双成："小玉"，春秋时吴王夫差的女儿。"双成"，董双成，神话传说中西王母的侍女。这里都是借用，指太真的两名侍女。这句意思是，太真深居仙府，所以要由她们一层层地通报上去。

[135]九华帐：古人以"九"代表多数。"九华帐"，指华丽多彩的帐子。

[136]揽衣：披着衣服。

[137]珠箔银屏迤（yǐ）逦（lǐ）开："珠箔"，珠帘。"银屏"，以银丝为饰的屏风。"迤逦"，曲曲折折，接连不断的样子。这句是形容仙宫深邃，太真出来时，层层的珠帘卷起，屏风打开。

[138]泪阑干：泪痕纵横的样子。

[139]梨花一枝春带雨：形容杨太真的泪容，有如春天沾着雨的一枝梨花。

[140]昭阳殿：汉宫殿名，是汉成帝和赵昭仪同居的地方，这里借指杨贵妃生前的寝宫。

[141]一扇："扇"，本指门扇："一扇"，就是门的一半。这里指钿合的一片。

[142]会：会当，略有应该的意思，对未来可能发生的事情的想象之词。

[143]比翼鸟："比"，并在一起。古代传说：南方有比翼鸟，不比不飞，名为鹣鹣。见《尔雅·释地》。

[144]连理枝：两棵树枝干相接，长在一起，叫做"连理枝"。古人不明白其中道理，因而认为是一种祥瑞。如《南齐书·祥瑞志》曾载有"槿树连理，异根双挺，共杪为一"；《拾遗记》也说到有"连理桂"；唐贞观时，中山南献木连理；宋人易延庆的母墓上有二栗树连理，等等，这一类记载是很多的。其实，连理枝并不神秘。因为两树相近，枝干斜生，受到风力摇动，相互磨擦：在早春时，把树皮磨掉了，露出黏滑的"形成层"部分，这部分细胞有旺盛的分裂和生长能力，风停后就使得两树的枝干密接部分连生在一起。树木的人工嫁接方法，正是受这种现象的启发而发明的。

[145]绵绵：不断的样子。

郭 元 振

牛僧孺[1]

　　代国公郭元振，开元中下第，于晋之汾[2]。夜行阴晦失道[3]；久而绝远有灯火光，以为人居也，径往寻之。八九里，有宅，门宇甚峻。既入门，廊下及堂上，灯烛荧煌，牢馔[4]罗列，若嫁女之家，而悄无人。公系马西廊前，历阶而升，徘徊堂上，不知其何处也。俄闻堂上东阁，有女子哭声，呜咽不已。公问曰："堂上泣者，人耶，鬼耶？何陈设如此，无人而独泣？"曰："妾此乡之一祠[5]，有乌将军者，能祸福人[6]。每岁求偶于乡人，乡人必择处女之美者而嫁焉。妾虽陋拙，父利乡人之五百缗[7]，潜[8]以应选。今夕乡人之女并为游宴者到是，醉妾此室，共镵而去，以适[9]于将军者也。今父母弃之就死，而今惴惴[10]哀惧。君诚人耶？能相救免，毕身为扫除之妇，以奉指使。"公大愤曰："其来当何时？"曰："二更。"曰："吾忝大丈夫[11]也，必力救之。若不得，当杀身以徇[12]汝，终不使汝枉死于淫鬼之手也。"女泣少止。于是坐于西阶上，移其马于堂北，令仆侍立于前，若为候[13]而待之。未几，火光照耀，车马骈阗[14]。二紫衣吏入而复走出，曰："相公[15]在此。"逡巡，二黄衫吏入而出，亦曰："相公在此。"公私心独喜曰[16]："吾当为宰相，必胜此鬼矣。"既而将军渐下，导吏复告之。将军曰："入。"有戈剑弓矢，引翼[17]以入，即[18]东阶下。公使仆前白："郭秀才见。"遂行揖。将军曰："秀才安得到此？"曰："闻将军今夕嘉礼[19]，愿为小相[20]耳。"将军者喜而延坐。与对食，言笑极欢。公于囊中有利刀，思欲刺之。乃问曰："将军曾食鹿脯乎？"曰："此地难遇。"公曰："某有少许珍者，得自御厨，愿削以献。"将军者大悦。公乃起取鹿脯，并小刀，因削之，置一小器，令自取之。将军喜，引手取之，不疑其他。公伺其无机[21]，乃投其脯，捉其腕而断之。将军失声而走。道[22]从之吏，一时惊散。公执其手，脱衣缠之。令仆夫出望之，寂无所见。乃启门谓泣者曰："将军之腕，已在此矣。寻其血迹，死亦不久。汝既获免，可出就食。"泣者乃出。年可十七八，而甚佳丽。拜于公前曰："誓为仆妾。"公勉谕焉。天方曙，开视其手，则猪蹄也。俄闻哭泣之声渐近，乃女之父母兄弟及乡中耆老，相与异椽[23]而来，将取其尸，以备殡殓。见公及女，乃生人也。咸惊以问之。公具告焉。乡老共怒公残其神，曰："乌将军此乡镇神[24]，乡人奉之久矣。岁配以女，才无他虞。此礼少迟，即风雨雷雹为虐。奈何失路之客，而伤我明神？致暴于人，此乡何负[25]。当杀卿以祭乌将军；不尔[26]，亦缚送本县。"挥少年将令执公。公谕之曰："尔徒老于年，未老于事[27]。我天下之达理者，尔众其听吾言。夫神，承天而为镇也，不若诸侯受命于天子而彊理天下乎[28]？"曰："然。"公曰："使诸侯渔色[29]于国中，天子不怒乎？残虐于人，天子不伐乎？诚使汝呼将军者，真明神也，神固无猪蹄。天岂使淫妖之兽乎？且淫妖之兽，天地之罪畜也。吾执正[30]以诛之，岂不可乎？尔曹无正人，使尔少女年年横死[31]于妖畜，积罪动天。安知天不使吾雪焉。从吾言，当为尔除之，永无聘礼之患，如何？"乡人悟而喜曰："愿从命。"公乃命数百人，执弓矢刀枪锹钁之属，环而自随。寻血而行，才二十里，血入大冢穴中。因围而劚[32]之，应手渐大如瓮[33]口。公令采薪燃火，投入照之。其中若大室。见一大猪，无前左蹄，血卧其地，突[34]烟走出，毙于围中。

乡人翻[35]共相庆，会钱[36]以酬公。公不受，曰："吾为人除害，非鬻猎者[37]。"得免之女，辞其父母亲族曰："多幸为人，托质血属[38]，闺闱未出，固无可杀之罪。今日贪钱五十万[39]，以嫁妖兽，忍锁而去，岂人所宜？若非郭公之仁勇，宁有今日。是妾死于父母，而生于郭公也。请从郭公，不复以旧乡为念矣。"泣拜以从公。公多歧援喻[40]，止之不获，遂纳为侧室[41]。生子数人。公之贵也，皆任大官之位。事已前定，虽主[42]远地而弄于鬼神[43]，终不能害，明矣。

注释

[1]作者牛僧孺，字思黯，唐陇西狄道（今甘肃临洮县南）人。宪宗时，以"贤良方正"的对策进用，后来历任御史中丞、户部侍郎同中书门下平章事等官职。封奇章郡公，死后谥"文简"。早有才名，好作志怪文字，著有《玄怪录》十卷，现仅存辑本一卷。

文中的乌将军——猪怪，能为人祸福，声势煊赫，看来是凛然不可犯的。郭元振斩断了它的手腕之后，乡老却认为不应该残害了他们的"镇神"，要杀他致祭。经过郭元振的反复解说，大家才恍然大悟，于是群起消灭了这一乡之害。

郭元振：名震，字元振。唐魏州贵乡人。立有战功，睿宗时历任吏部、兵部尚书，同中书门下三品（宰相），封代国公。玄宗时因罪放逐新州，后起用为饶州司马，死途中。

[2]于晋之汾：从晋州到汾州去。"晋州"，见前《李娃传》篇"牧晋州"注。"汾州"，也称西河郡，约辖今山西介休、汾阳、平遥等地区，州治在今汾阳县。

[3]失道：迷路。

[4]牢馔：猪羊牛等牲畜叫做"牢"；"牢馔"，指这一类的肉食品。

[5]妄此乡之一祠：原无"一"字。似有"一"字义较胜，据郭本增（按郭本原亦无"一"字，藏书人在"之"下用朱笔增一"一"字，并在篇末注明据吴瓠庵抄本校改）。

[6]能祸福人：能降祸或降福于人。

[7]五百缗（mín）："缗"，古时穿钱用的绳子。一般一串千钱，因而就以"缗"指千钱。"五百缗"，五十万钱。

[8]潜：偷偷地、暗地里。

[9]适：嫁。

[10]惴（zhuì）惴：害怕不安的样子。

[11]忝大丈夫：忝为大丈夫，犹如说总算是男子汉。忝有辱没、辜负的含义，是谦词。

[12]狗：本作"徇"，同"殉"字。"当杀身以狗汝"，犹如说陪着你一起死。参看前《任氏传》篇"徇人以至死"注。

[13]若为傧：假装着做傧相、赞礼的人。

[14]骈阗：排列得很多的样子。

[15]相公：对宰相的称呼。

[16]公私心独喜曰：原无"曰"字。似有"曰"字义较胜，据郭本增。

[17]引翼：引导并加以掩护、防卫。

[18]即：到临。

[19]嘉礼：婚礼。

[20]小相："相"，傧相，就是前《南柯太守传》篇所指的"相者"。"小相"，客气话。

[21]无机：没有注意、不加防备。"公伺其无机"：原无"无"字。似有"无"字义较胜，疑系漏刻，据郭本增。

[22]道：同"导"字。

[23]舁榇（chèn）：抬着棺材。

[24]镇神：指镇守一方、保障地方平安的神灵。

[25]何负：有两解：倚靠着什么，或有什么对不住。前一解的意思是：把镇神杀伤了，一乡的人就无所倚恃了。后一解的意思是：我们有什么对不住你的地方，而要杀死本乡的镇神？

[26]不尔：如果不这样。

[27]未老于事："老"，有阅历、有经验的意思。"未老于事"，指对处理社会上的事情还没有丰富的阅历、经验。

[28]这三句的意思是说：神秉承天帝的意旨而镇守地方，岂不和诸侯受皇帝的命令治理天下是一样的？"疆理"，负责治理的意思。

[29]渔色：贪好女色。

[30]执正：根据正理。

[31]横（hèng）死：凶死、死于非命。

[32]劘（zhǔ）：砍、斫。

[33]瓮（wèng）：大腹小口的坛子。

[34]突：穿过。

[35]翻：反而、转过来，指变怒为喜。

[36]会钱：聚钱、凑钱。

[37]鬻猎者：靠着打猎为生的人。

[38]托质血属：做为有血统关系的人，指做了女儿。

[39]今日贪钱五十万："十"，原作"百"。按前云"五百缗"，一缗千钱，五百缗应是五十万，此处"百"应"十"字之误，据郭本改。

[40]多歧援喻：引用各种各样的道理做比喻来说服她。岔出的道路叫做"歧"；"多歧"，引申作"多方面"解释。

[41]侧室：妾。

[42]主：在人家做客叫做"主"。

[43]弆（jǔ）于鬼神：躲藏在鬼神所在的地方，指郭元振到乌将军祠里去。"弆"，躲藏的意思。

莺 莺 传

元稹[1]

　　贞元中，有张生者，性温茂[2]，美风容，内秉坚孤，非礼不可入[3]。或朋从游宴，扰杂其间，他人皆汹汹拳拳，若将不及[4]，张生容顺[5]而已，终不能乱。以是年二十三，未尝近女色。知者诘之。谢而言曰："登徒子[6]非好色者，是有凶行；余真好色者，而适不我值。何以言之？大凡物之尤者，未尝不留连于心，是知其非忘情者也。"诘者识之。无几何，张生游于蒲[7]。蒲之东十余里，有僧舍曰普救寺，张生寓焉。适有崔氏孀妇，将归长安，路出于蒲，亦止兹寺。崔氏妇，郑女也。张出于郑[8]，绪其亲[9]，乃异派之从母[10]。是岁，浑瑊[11]薨于蒲。有中人[12]丁文雅，不善于军[13]，军人因丧而扰，大掠蒲人。崔氏之家，财产甚厚，多奴仆。旅寓惶骇，不知所托。先是，张与蒲将之党有善，请吏护之，遂不及于难。十余日，廉使杜确[14]将[15]天子命以总戎节[16]，令于军，军由是戢[17]。郑厚张之德甚[18]，因饰馔以命张[19]，中堂宴之。复谓张曰："姨之孤嫠未亡[20]，提携幼稚。不幸属师徒大溃，实不保其身。弱子幼女，犹君之生[21]，岂可比常恩哉！今俾以仁兄礼奉见，冀所以报恩也。"命其子，曰欢郎，可十余岁，容甚温美。次命女："出拜尔兄，尔兄活尔。"久之，辞疾[22]。郑怒曰："张兄保尔之命，不然，尔且掳矣。能复远嫌[23]乎？"

久之，乃至。常服睟容[24]，不加新饰，垂鬟接黛[25]，双脸销红[26]而已。颜色艳异，光辉动人。张惊，为之礼。因坐郑旁。以郑之抑而见[27]也，凝睇怨绝，若不胜其体者[28]。问其年纪，郑曰："今天子甲子岁之七月，终于贞元庚辰，生年十七矣[29]。"张生稍以词导之，不对。终席而罢。张自是惑之，愿致其情，无由得也。崔之婢曰红娘。生私为之礼者数四，乘间遂道其衷[30]。婢果惊沮[31]，腆然[32]而奔。张生悔之。翼日[33]，婢复至。张生乃羞而谢之，不复云所求矣。婢因谓张曰："郎之言，所不敢言，亦不敢泄。然而崔之姻族，君所详也。何不因其德而求娶焉？"张曰："余始自孩提[34]，性不苟合。或时纨绮闲居[35]，曾莫流盼。不为当年，终有所蔽[36]。昨日一席间，几不自持[37]。数日来，行忘止，食忘饱，恐不能逾旦暮[38]，若因媒氏而娶，纳采问名[39]，则三数月间，索我于枯鱼之肆[40]矣。尔其谓我何[41]？"婢曰："崔之贞慎自保，虽所尊不可以非语[42]犯之。下人之谋，固难入矣。然而善属文[43]，往往沉吟章句[44]，怨慕者久之。君试为喻情诗以乱之[45]，不然，则无由也。"张大喜，立缀[46]《春词》二首以授之。是夕，红娘复至，持彩笺以授张，曰："崔所命也。"题其篇曰《明月三五夜》。其词曰："待月西厢下，迎风户半开。拂墙花影动，疑是玉人来。"张亦微喻其旨。是夕，岁二月旬有四日[47]矣。崔之东有杏花一株，攀援可踰。既望[48]之夕，张因梯[49]其树而踰焉。达于西厢，则户半开矣。红娘寝于床上，因惊之[50]。红娘骇曰："郎何以至？"张因绐之曰："崔氏之笺召我也。尔为我告之。"无几，红娘复来，连曰："至矣！至矣！"张生且喜且骇，必谓获济[51]。及崔至，则端服严容，大数[52]张曰："兄之恩，活我之家，厚矣。是以慈母以弱子幼女见托。奈何因不令[53]之婢，致淫逸之词？始以护人之乱为义，而终掠乱[54]以求之，是以乱易乱，其去几何？诚欲寝其词[55]，则保人之奸，不义；明之于母，则背人之惠，不祥；将寄于婢仆[56]，又惧不得发其真诚：是用托短章，愿自陈启。犹惧兄之见难[57]，是用鄙靡之词，以求其必至。非礼之动，能不愧心？特愿以礼自持，毋及于乱！"言毕，翻然而逝。张自失者久之。复踰而出，于是绝望。数夕，张生临轩独寝，忽有人觉之[58]。惊骇而起，则红娘敛衾携枕而至，抚张曰："至矣！至矣！睡何为哉！"并枕重衾而去。张生拭目危坐[59]久之，犹疑梦寐；然而修谨以俟[60]。俄而红娘捧崔氏而至。至，则娇羞融冶，力不能运支[61]体，曩时端庄，不复同矣。是夕，旬有八日也。斜月晶莹，幽辉半床。张生飘飘然，且疑神仙之徒，不谓从人间至矣。有顷，寺钟鸣，天将晓。红娘促去。崔氏娇啼宛转，红娘又捧之而去，终夕无一言。张生辨色而兴，自疑曰："岂其梦邪？"及明，睹妆在臂，香在衣，泪光荧荧然[62]，犹莹于茵席而已。是后又十余日，杳不复知。张生赋《会真》[63]诗三十韵[64]，未毕，而红娘适至，因授之，以贻崔氏。自是复容之。朝隐而出，暮隐而入，同安于曩所谓西厢者，几一月矣。张生常诘郑氏之情。则曰："我不可奈何矣。"因欲就成之。无何，张生将之长安，先以情谕之。崔氏宛无难词，然而愁怨之容动人矣。将行之再夕，不复可见，而张生遂西下。数月，复游于蒲，会于崔氏者又累月。崔氏甚工刀札[65]，善属文。求索再三，终不可见。往往张生自以文挑，亦不甚睹览。大略崔之出入者，艺必穷极，而貌若不知；言则敏辩，而寡于酬对。待张之意甚厚，然未尝以词继之。时愁艳幽邃，恒若不识，喜愠之容，亦罕形见。异时[66]独夜操琴，愁弄凄恻。张窃听之。求之，则终不复鼓矣。以是愈惑之。张生俄以文调及期[67]，又当西去。当去之夕，不复自言其情，愁叹于崔氏之侧。崔已阴知将诀矣，恭貌怡声，徐谓张曰："始乱之，终弃之，固其宜矣。愚不敢恨。必也君乱之，君终之，君之惠也。则没身之誓，其有终矣，又何必深感于此行[68]？然而君既不怿，无以奉宁[69]。君常谓我善鼓琴，向时羞颜，所不能及。今且往矣，既君此诚[70]。"因命拂琴，鼓《霓裳羽衣》序[71]，不数声，哀音怨乱，不复知其是曲也。左右皆歔欷[72]。崔亦遽止之，投琴，泪下流连，趋归郑所，遂不复至。明旦而张行。明年，文战不胜，张遂止于京。因赠书于崔，以广其意[73]。崔氏缄报之词，粗载于此，曰："捧览来问，抚爱过深。儿女之情，悲喜交集。兼惠花胜[74]一

135

合、口脂五寸，致耀首膏唇之饰。虽荷殊恩，谁复为容[75]？睹物增怀，但积悲叹耳。伏承使于京中就业，进修之道，固在便安[76]。但恨僻陋之人，永以遐弃。命也如此，知复何言！自去秋已来，常忽忽如有所失。于喧哗之下，或勉为语笑，闲宵自处，无不泪零。乃至梦寐之间，亦多感咽离忧之思。绸缪缱绻，暂若寻常，幽会未终，惊魂已断。虽半衾如暖，而思之甚遥。一昨拜辞，倏逾旧岁。长安行乐之地，触绪牵情。何幸不忘幽微，眷念无斁[77]。鄙薄之志，无以奉酬。至于终始之盟，则固不忒[78]。鄙昔中表相因，或同宴处。婢仆见诱，遂致私诚。儿女之心，不能自固[79]。君子有援琴之挑[80]，鄙人无投梭之拒[81]。及荐寝席，义盛意深。愚陋之情，永谓终托。岂期[82]既见君子，而不能定情，致有自献之羞，不复明侍巾帻。没身永恨，含叹何言！倘仁人用心，俯遂幽眇[83]，虽死之日，犹生之年。如或达士略情[84]，舍小从大，以先配为丑行，以要盟[85]为可欺，则当骨化形销，丹诚不泯[86]，因风委露，犹托清尘[87]。存没之诚，言尽于此。临纸呜咽，情不能申。千万珍重，珍重千万！玉环一枚，是儿[88]婴年所弄，寄充君子下体所佩。玉取其坚润不渝，环取其终始不绝。兼乱丝一绚[89]、文竹茶碾子[90]一枚。此数物不足见珍，意者欲君子如玉之真，弊志如环不解。泪痕在竹，愁绪萦丝，因物达情，永以为好耳。心迩身遐，拜会无期。幽愤所钟，千里神合。千万珍重！春风多厉，强饭为嘉[91]。慎言自保，无以鄙为深念。”张生发其书于所知，由是时人多闻之。所善[92]杨巨源[93]好属词，因为赋《崔娘》诗一绝[94]云："清润潘郎[95]玉不如，中庭蕙草雪销初。风流才子多春思，肠断萧娘[96]一纸书。"河南[97]元稹亦续生《会真》诗三十韵，诗曰："微月透帘栊，莹光度碧空[98]。遥天初缥缈，低树渐葱茏[99]。龙吹过庭竹，鸾歌拂井桐[100]。罗绡垂薄雾，环珮响轻风[101]。绛节随金母，云心捧玉童[102]。更深人悄悄[103]，晨会雨濛濛。珠莹光文履，花明隐绣龙[104]。瑶钗行彩凤，罗帔掩丹虹[105]。言自瑶华浦，将朝碧玉宫[106]。因游洛城北，偶向宋家东[107]。戏调初微拒，柔情已暗通。低鬟蝉影动[108]，回步玉尘蒙。转面流花雪[109]，登床抱绮丛[110]。鸳鸯交颈舞，翡翠合欢笼[111]。眉黛羞偏聚，唇朱暖更融。气清兰蕊馥[112]，肤润玉肌丰。无力慵[113]移腕，多娇爱敛躬[114]。汗流珠点点，发乱绿葱葱。方喜千年会，俄闻五夜穷[115]。留连时有恨，缱绻意难终。慢脸[116]含愁态，芳词誓素衷[117]。赠环明运合[118]，留结[119]表心同。啼粉流宵镜，残灯远暗虫[120]。华光犹苒苒，旭日渐曈曈[121]。乘鹜还归洛[122]，吹箫亦上嵩[123]。衣香犹染麝，枕腻尚残红[124]。幂幂[125]临塘草，飘飘思渚蓬[126]。素琴鸣怨鹤[127]，清汉望归鸿[128]。海阔诚难渡，天高不易冲。行云[129]无处所，萧史在楼中[130]。"张之友闻之者，莫不耸异之，然而张志亦绝矣。稹特与张厚，因征其词[131]。张曰："大凡天之所命尤物也，不妖[132]其身，必妖于人。使崔氏子遇合富贵，乘宠娇，不为云，为雨，则为蛟，为螭[133]，吾不知其变化矣。昔殷之辛，周之幽[134]，据百万之国[135]，其势甚厚。然而一女子败之，溃其众，屠其身，至今为天下僇笑[136]。予之德不足以胜妖孽，是用忍情。"于时坐者皆为深叹。后岁余，崔已委身[137]于人，张亦有所娶。适经所居，乃因其夫言于崔，求以外兄[138]见。夫语之，而崔终不为出。张怨念之诚，动于颜色。崔知之，潜赋一章，词曰："自从消瘦减容光，万转千回懒下床。不为旁人羞不起，为郎憔悴却羞郎。"竟不之见。后数日，张生将行，又赋一章以谢绝云："弃置今何道，当时且自亲[139]。还将旧时意，怜取眼前人。"自是，绝不复知矣。时人多许张为善补过者。予尝于朋会之中，往往及此意者，夫使知者不为，为之者不惑。贞元岁九月，执事李公垂[140]宿于予靖安里第，语及于是。公垂卓然[141]称异，遂为《莺莺歌》以传之。崔氏小名莺莺，公垂以命篇。

注释

[1]作者元稹，字微之，唐河南人。宪宗时举制科对策第一，历任中书舍人、承旨学士、工部侍郎同中书门下平章事、节度使等官职。诗与白居易齐名，世称"元白体"，对当时诗坛影响很大。著有《元氏长庆集》

六十卷、补遗六卷。

文中的张生，一般认为，实际就是元稹自己的化身。

莺莺是一个叛逆的女性。她为了追求爱情，敢于和封建礼教作斗争。尤其她以贵族少女的身分，竟夜半主动地向张生表示爱情，这是一个大胆的行动。然而在某些地方，她却表现得软弱无力。最初和张生相恋，她动摇不定，顾虑重重；后来张生遗弃了她，她也自以为私相结合"不合法"，"有自献之羞"。她不是振振有词地向张生提出责难，而只是一味哀恳，希望他能够始终成全。只有怨，没有恨，这是阶级出身、封建教养带给她的局限性。

张生最初极力追求她，后来又随便加以遗弃，而且把"尤物""妖孽"一类字眼加在她身上，想借以推卸自己的责任，减轻自己的罪过。这种行为，不仅薄幸残酷，而且卑鄙无耻。这正表现了封建士大夫阶层的本质。作者称张生为"善补过者"，实际却反映了作者的封建意识。正如鲁迅先生在《中国小说史略》中所指出的，"文过饰非，遂堕恶趣"。

在唐人传奇中，这是一篇流传较广、影响较大的作品。鲁迅先生曾说它："其事之振撼文林，为力甚大"（见《唐宋传奇集·稗边小缀》）。后世演为杂剧传奇的甚多，而以金人董解元《绒索西厢》、元人王实甫《西厢记》为最著。

[2]性温茂：性格温和而富于感情。

[3]内秉坚孤，非礼不可入：骨子里意志坚强，脾气孤僻，凡是不合于礼的事情，他都不予采纳，不能打动他。

[4]汹汹拳拳，若将不及："汹汹拳拳"，形容吵闹起哄，无了无休的样子。"若将不及"，好像来不及表现自己，处处争先恐后。

[5]容顺：表面随和敷衍着。

[6]登徒子：战国时，楚人宋玉曾作过一篇《登徒子好色赋》，说登徒子的妻子貌丑，登徒子却很喜欢她，和她生了五个孩子。后来就以"登徒子"为好色者的代称。

[7]蒲：蒲州。

[8]张出于郑：张生的母亲也是郑家的女儿。

[9]绪其亲：论起亲戚来。

[10]异派之从母：另一支派的姨母。

[11]浑瑊（zhēn）：唐将，西域铁勒九姓的浑部人。肃宗时屡立战功，做到兵马副元帅。后来死在绛州节度使任内。

[12]中人：这里指监军的大宦官。唐代开元以后，以宦官监督军队，有很大权力。

[13]不善于军：不会带兵、和军队感情不好。

[14]杜确：当时继浑瑊之后，任河中尹兼绛州观察使的官员。

[15]将（jiāng）：秉奉。

[16]总戎节：主持军务。

[17]军由是戢：军队从此就安定下来。

[18]厚张之德甚：非常感激张生的恩德。

[19]饰馔以命张：整顿酒菜来款待张生。

[20]孤嫠（lí）未亡："孤"，孤独。"嫠"，守寡。"未亡"，未亡人，古时寡妇的自称，意思是丈夫已死，自己也不应该再活下去，不过仅仅还没有死罢了。这种称呼，是封建社会里夫权意识的反映。"孤嫠未亡"，统指寡妇。

[21]犹君之生：如同你给他们活的命。

[22]辞疾：推说有病。

[23]远嫌：远离以避免嫌疑的意思。封建时代，男女不能随便在一起，有"不杂坐、不同椸（yí）枷（衣架）、不同巾栉、不亲授"等种种烦琐而可笑的礼教规定，见《礼记·曲礼》。据说是为了防范私自结合，所以要隔离以避免嫌疑。

[24]晬（suì）容：丰润的面孔。

[25]垂鬟接黛：两鬟垂在眉旁，是少女的发式。"黛"，妇女用来画

眉毛的青黑颜色，后来就作为妇女眉毛的代词。

[26]双脸销红：两颊飞红的样子。"销"，散布的意思。

[27]抑而见：强迫出见。

[28]若不胜其体者：身体好像支持不住似的。

[29]今天子甲子岁之七月，终于贞元庚辰，生年十七矣："今天子甲子岁"，指唐德宗兴元元年（公元七八四年）。"贞元庚辰"，指贞元十六年（公元八〇〇年）。这三句是说：莺莺生于兴元元年七月，到现在贞元十六年，已经十七岁了。

[30]道其衷：说出自己的心事。

[31]惊沮（jǔ）：吓坏了。

[32]腆（tiǎn）然：害羞的样子。

[33]翼日：第二天。

[34]孩提：儿童时代。

[35]纨绮闲居：和妇女们在一起。"纨绮"，用为妇女的代词。

[36]不为当年，终有所蔽：从前所不做的事情（指追求女人），如今到底被迷惑住了。

[37]不自持：自己不能克制。

[38]恐不能逾旦暮：恐怕不能过早晚之间，意思是快要因相思而死了。

[39]纳采问名：古时订婚的手续："纳采"，用雁为礼物送给女方。"问名"，问女方的姓名，去卜一卜吉凶，以决定婚事能否进行。

[40]索我于枯鱼之肆：《庄子·外物》里的寓言：庄子在路上看见车道里有一条鲋鱼，它叫住庄子，请弄一点水来救活它。庄子答应到吴越去引西江的水来救它。它说："我只要一点点水就可以活命；等你远道去引西江水来，那只好到卖干鱼的店铺里去找我罢了。"这个故事，比喻远水不能救近火。

[41]尔其谓我何：你说我该怎么办。

[42]非语：不合理、不正经的话。

[43]善属（zhǔ）文：会作文章。把东西连缀起来叫做"属"；缀字成文，所以称作文章为"属文"。

[44]沉吟章句："沉吟"，本是迟疑不决的意思，这里作思考、推敲解释。"沉吟章句"，指研究诗文作法。

[45]乱之：打动她、勾引她。

[46]缀：作。

[47]旬有四日：十四日。"有"，同"又"字。

[48]望：农历每月的第十五日，就是月圆的日子。

[49]梯：爬。

[50]红娘寝于床上，因惊之：原作"红娘寝于床，生因惊之"。按前后文均作"张"，或"张生"，未尝单用一"生"字。此处"生"似应作"上"，连上文读。疑形似误刻，据虞本改。

[51]必谓获济：以为一定会成功。

[52]数（shǔ）：列举事实来责备。

[53]不令：不好、不懂事。

[54]掠乱：乘危要挟。

[55]寝其词：不说破、不理会。

[56]寄于婢仆：叫婢仆转告的意思。

[57]见难：有顾虑。

[58]觉（jiào）之：唤醒他。

[59]危坐：端坐、挺身而坐。

[60]修谨以俟：打扮得整整齐齐，恭恭敬敬地等待着。"修"，修饰。"谨"，恭谨。

[61]支：同"肢"字。

[62]荧荧然：微弱光亮的形容词。

[63]会真：遇见神仙的意思。

[64]三十韵：作旧诗律体两句一押韵；"三十韵"，就是作诗六十句。

[65]工刀札：字写得好。"札"，书简。古时没有纸，把字写在竹简上；写错了，就用刀削除，叫做"刀札"。

[66]异时：有这么一天。

[67]文调及期：考试的日子到了。

[68]则没身之誓，其有终矣，又何必深感于此行："没身"，终身。"终"，结局。这三句的意思是说：那么，我们所发的终身在一起的盟誓，就会有一个结局，你这一次的离去只是短期的，也就不必恋恋不舍了。

[69]君既不怿，无以奉宁：你既然不高兴，我也没有什么可以安慰你的。

[70]既君此诚：满足你的愿望。

[71]序：指乐曲的开始部分。

[72]左右皆歔欷："歔欷"，原作"欷歔"，似作"歔欷"是，据虞本改。

[73]以广其意：让她把事情看开一些。

[74]花胜：古时妇女戴在发髻上、"剪彩为之"的一种装饰品，大约如今日绒花一类的东西。

[75]谁复为容：打扮了又给哪个看。

[76]便（pián）安：安静。"便"，也是安的意思。

[77]眷念无斁（yì）：时刻记挂着的意思。"无斁"，不厌。

[78]不忒：不变。

[79]不能自固：自己无法坚持、掌握不住的意思。

[80]援琴之挑：汉代司马相如弹琴作歌来挑引富人卓王孙之女卓文君，后来卓文君就随他逃走了。故事见《史记·司马相如列传》。

[81]投梭之拒：晋代谢鲲调戏邻家的女儿，邻女用织布的梭投掷他，

打掉他两个牙齿。故事见《晋书·谢鲲传》。

[82]岂期：哪里想到。

[83]俯遂幽眇："遂"，成全、使之如愿的意思。"幽眇"，指隐微的心事。"俯遂幽眇"，意思是体贴自己内心的苦衷，因而委屈地成全婚事。

[84]达士略情：达观的人，把一切事情都看得很随便。

[85]要（yāo）盟：用胁迫手段订的盟约。

[86]丹诚不泯（mǐn）："丹诚"，赤心，忠诚的心。"不泯"，不灭。

[87]犹托清尘："清尘"，对人的敬词。"尘"，指人脚下的尘土。"犹托清尘"，本意是还要在你的身边，但客气的说和你脚下的尘土在一起。以上四句的意思是说：我即便是死了，灵魂也要随着风露而去，跟在你的身旁。

[88]儿：唐、宋时妇女的自称。

[89]一绚（qú）：一缕、一绞。"兼乱丝一绚"："绚"，原作"绚"。按"绚"为丝字之意，据虞本改。

[90]文竹茶碾（niǎn）子：竹制的茶磨。"文竹"，刻有花纹的竹子。又湖南新化县出产一种竹子，也叫文竹。"茶碾子"，古时一种内圆外方、有槽有轮的碾茶叶的器具，也称茶磨，通常为银、铁或木制。

[91]强（qiǎng）饭为嘉：努力加餐，多吃一点的好。

[92]所善：指交好的朋友。

[93]杨巨源：唐蒲州人，曾任国子司业。

[94]绝：指绝句。旧诗体的一种，以四句为一首，有五言、六言、七言之别。

[95]潘郎：晋代潘安长得很好看，后来就以"潘郎"为美男子的代称。这里指张生。

[96]萧娘：唐代以"萧娘"为女子的泛称。这里指崔莺莺。

[97]河南：唐府名，也称河南郡，府治在今河南洛阳市。

[98]微月透帘栊，莹光度碧空："栊"，窗户。"碧空"，青天。这两句的意思是说：微弱的月光，穿过窗帘照入室内，天空也因有月光而发白色。

[99]遥天初缥缈，低树渐葱茏："葱茏"，草木青翠茂盛的样子。这两句的意思是说：在月光之下，远看天色模糊，地下的树木，也略显出青翠的颜色。

[100]龙吹（chuī）过庭竹，鸾歌拂井桐：《埤雅》："鸾入夜而歌。"这两句的意思是说：风吹庭前之竹，声如龙吟，鸾鸟在井旁桐树上歌唱，想像之词。以上六句，是写夜间景色。

[101]罗绡垂薄雾，环珮响轻风：形容莺莺罗衣垂曳，其状有如薄雾；所佩环珮等玉饰，被微风吹动作响。

[102]绛节随金母，云心捧玉童："绛节"，赤节，汉代使节为赤色，这里借指仙人的仪仗。古人以西方属金，"金母"就是西王母。这里以金母指莺莺，玉童指张生，把他们比作天上的神仙。

[103]悄悄：形容寂静。

[104]珠莹光文履，花明隐绣龙：这两句的意思是说：绣鞋上嵌有珠玉一类的饰物，光彩耀目，鞋上并绣有暗藏龙形的花纹。

[105]瑶钗行彩凤，罗帔掩丹虹："瑶钗"，玉钗。这两句的意思是说：行走时头上形如彩凤的玉钗颤动着；所着的罗帔，五彩缤纷，有如虹霓一样。

[106]言自瑶华浦，将朝碧玉宫："瑶华浦"和"碧玉宫"，都是仙人居处，用以指莺莺和张生的住所，说莺莺将由自己那里到张生处去。

[107]因游洛城北，偶向宋家东：这两句的意思是说：张生游蒲，无意间获得和莺莺相恋的机遇。"洛城"，借指。宋玉在《登徒子好色赋》里说：他家东邻有女最美，常登墙头望他，想和他往来，已经有三年了，他始终不肯理睬。这里却借指莺莺和张生的两情相许。以上十四句，是写莺莺的装饰和到张生处的情形。

[108]低鬟蝉影动：古时少女把发髻梳得细致精巧，像蝉的翅膀一样，称为"蝉鬟"，据说始于三国魏时。《古今注》："魏文帝（曹丕）宫人莫琼树，始制为蝉鬟，望之缥缈如蝉翼然。""低鬟蝉影动"，指低头时如蝉翼般的发髻在颤动着。

[109]花雪：指如花之艳，如雪之白。

[110]绮丛：指丝绸一类的被子。

[111]笼：笼罩，引申作聚在一起解释。

[112]气清兰蕊馥：犹如说吹气如兰。"馥"，香气。

[113]慵：懒。

[114]敛躬：弯着身子，缩在一起。

[115]五夜穷："五夜"，五更。"五夜穷"，五更已尽。

[116]慢脸：懒洋洋的脸色。

[117]芳词誓素衷：盟誓时说出内心的话。

[118]赠环明运合："环"，就是上文所说的玉环。赠环所以表明、象征把两人的命运结合在一起，也就是"环取其始终不绝""如环不解"的意思。

[119]结：同心结，见前《霍小玉传》篇"同心结"注。

[120]啼粉流宵镜，残灯远暗虫：夜间对镜重行整妆，由于即将离别的伤感，以致脸上的脂粉，随着泪痕流下。在昏暗的灯下，听得远处虫声唧唧，更外增加凄清之感。以上十句，是写莺莺和张生将离别时的情况。

[121]华光犹苒苒，旭（xù）日渐曈曈："华"，铅华，脂粉。"华光"，涂脂抹粉后显出的光彩。"苒苒"，本指草盛，这里是借用。"旭日"，早晨刚出来的太阳。"曈曈"，渐渐发亮的样子。这两句的意思是说：莺莺经重新整妆之后，依然容光焕发，这时已经天明日出了。

[122]乘鹜还归洛："洛"，指洛水。这里是把莺莺离开张生比作洛妃的归去。洛妃，见前《霍小玉传》篇"巫山、洛浦"注。洛妃是回到洛水去，鹜为游禽，所以说"乘鹜"。又鹜也可以作小舟解释，古人称小舟为

"鹜舻"。

[123]吹箫亦上嵩：借用王子乔的故事来比喻张生之去。王子乔，名晋，周灵王太子。据说他好吹笙，曾入嵩山修炼，后在缑氏山乘白鹤仙去。见《列仙传》。

[124]衣香犹染麝，枕腻尚残红：写莺莺去后张生的感受，即上文"睹妆在臂，香在衣，泪光荧荧然犹莹于茵席"的意思。

[125]幂（mì）幂：形容草遮满了的样子。

[126]渚蓬：小洲上的蓬草，是茎高尺余的菊科草本植物，遇风就被拔起飞舞。以上两句是比喻两人虽然互恋，终要分离，正如塘畔蓬草纵然长得很茂盛，结果还是要被风吹四散一样。

[127]素琴鸣怨鹤："怨鹤"，指《别鹤操》，琴曲名。古时商陵牧子娶妻五年无子，父兄将为他别娶，他的妻子听到这个消息，夜里起来倚户悲泣，牧子伤感而作此曲。见《古今注》。这里借用这一典故，指离别后琴中弹出哀怨的调子。

[128]清汉望归鸿："清汉"，指银河。"清汉望归鸿"，仰望天上，盼鸿雁之归来。"鸿"，雁之大者。这句是盼望接到信息的意思，也可引申作盼望人的归来解释。古时以鸿雁为传送书信者的代称。典出《汉书·苏武传》：汉武帝时，苏武出使匈奴，被囚在北海，却假告汉朝，说他已经死了。昭帝时，派使者到匈奴去，由于有人通了消息，知道真实情况，就故意对单（chán）于（匈奴君长之称）说：昭帝在上林中射得一雁，足上系有帛书，说苏武在某泽中。单于惊谢，后来就放苏武回国。

[129]行云：巫山神女的故事，见前《霍小玉传》篇"巫山、洛浦"注。

[130]萧史在楼中：神话传说：萧史，春秋时人，善吹箫。秦穆公把女儿弄玉嫁给他。他每天教弄玉吹箫学凤鸣，后来果然有凤凰飞来，秦穆公就为他们盖了一座凤台。最后弄玉乘凤、萧史乘龙仙去。见《列仙传》。以上两句的意思是说：两人相别，欢会无期，张生惟有一人孤处而已。

[131]征其词：问他有什么可说的。

[132]妖：祸害的意思。

[133]螭（chī）：旧说一种像龙而无角的动物。

[134]殷之辛，周之幽：指殷纣王（名受辛）和周幽王。纣王宠爱妲己，幽王宠爱褒姒，后来都亡了国。古代帝王荒淫无道，历史家往往把责任推在女人身上，认为是"祸水"，这是不公平的。

[135]据百万之国：拥有百万户口的国家。

[136]僇（lù）笑：耻笑。

[137]委身：出嫁。

[138]外兄：表兄。

[139]弃置今何道，当时且自亲：你已经遗弃我了，现在还有什么可说的；可是从前是你自己要来亲近、追求我的。

[140]执事李公垂："执事"，本是供使令的人，这里指友人。"李公垂"，即唐诗人李绅，公垂是他的字，曾任尚书右仆射、门下侍郎等官职。他和元稹、白居易等友谊很深，时相唱和。

[141]卓然：形容高超特殊的样子。

无双传

薛调[1]

  王仙客者，建中中朝臣刘震之甥也。初，仙客父亡，与母同归外氏[2]。震有女曰无双，小仙客数岁，皆幼稚，戏弄相狎。震之妻常戏呼仙客为王郎子[3]。如是者凡数岁，而震奉孀姊及抚仙客尤至[4]。一旦，王氏姊疾，且重，召震约曰："我一子，念之[5]可知也。恨不见其婚宦[6]。无双端丽聪慧，我深念之。异日无令归他族。我以仙客为托。尔诚许我，瞑目无所恨[7]也。"震曰："姊宜安静自颐养[8]，无以他事自挠[9]。"其姊竟不痊。仙客护丧，归葬襄、邓[10]。服阕[11]，思念："身世孤子[12]如此，宜求婚娶，以广后嗣。无双长成矣。我舅氏岂以位尊官显，而废旧约耶？"于是饰装[13]抵京师。时震为尚书租庸使[14]，门馆赫奕[15]，冠盖[16]填塞。仙客既觐，置于学舍[17]，弟子为伍。舅甥之分，依然如故，但寂然不闻选取之议。又于窗隙间窥见无双，姿质明艳，若神仙中人。仙客发狂，唯恐姻亲之事不谐也。遂鬻囊橐，得钱数百万。舅氏舅母左右给使[18]，达于厮养，皆厚遗之。又因复设酒馔，中门之内，皆得入之矣。诸表[19]同处，悉敬事之。遇舅母生日，市新奇以献，雕镂犀玉，以为首饰。舅母大喜。又旬日，仙客遣老妪，以求亲之事闻于舅母。舅母曰："是我所愿也。即当议其事。"又数夕，有青衣告仙客曰："娘子适以亲情事言于阿郎[20]，阿郎云：'向前亦未许也。'模样云云[21]，恐是参差[22]也。"仙客闻之，心气俱丧，达旦不寐，恐舅氏之见弃也。然奉事不敢懈怠。一日，震趋朝，至日初出，忽然走马入宅，汗流气促，唯言："镰却大门，镰却大门！"一家惶骇，不测其由。良久，乃言："泾、原[23]兵士反，姚令言[24]领兵入含元殿[25]，天子出苑北门，百官奔赴行在[26]。我以妻女为念，略归部署[27]。疾召仙客与我勾当[28]家事。我嫁与尔无双。"仙客闻命，惊喜拜谢。乃装金银罗锦二十驮，谓仙客曰："汝易衣服，押领此物出开远门[29]，觅一深隙店[30]安下。我与汝舅母及无双出启夏门，绕城续至。"仙客依所教。至日落，城外店中待久不至。城门自午后扃锁，南望目断。遂乘骢[31]，秉烛绕城至启夏门。门亦锁。守门者不一，持白棓[32]，或立，或坐。仙客下马，徐问曰："城中有何事如此？"又问："今日有何人出此？"门者[33]曰："朱太尉已作天子[34]。午后有一人重戴[35]，领妇人四五辈，欲出此门。街中人皆识，云是租庸使刘尚书。门司不敢放出。近夜，追骑至，一时驱向北去矣。"仙客失声恸哭，却归店。三更向尽[36]，城门忽开，见火炬如昼。兵士皆持兵挺刃，传呼斩斫使[37]出城，搜城外朝官。仙客舍辎骑[38]惊走，归襄阳，村居三年。后知剋复[39]，京师重整，海内无事，乃入京，访舅氏消息。至新昌南街，立马彷徨[40]之际，忽有一人马前拜，熟视之[41]，乃旧使苍头塞鸿也。——鸿本王家生，其舅常使得力，遂留之。——握手垂涕。仙客谓鸿曰："阿舅舅母安否？"鸿云："并在兴化宅。"仙客喜极云："我便过街去。"鸿曰："某已得从良，客户有一小宅子，贩缯为业。今日已夜，郎君且就客户一宿。来早同去未晚。"遂引至所居，饮馔甚备。至昏黑，乃闻报曰："尚书受伪命官[42]，与夫人皆处极刑[43]。无双已入掖庭[44]矣。"仙客哀冤号绝，感动邻里。谓鸿曰："四海至广，举目无亲戚，未知托身之所。"又问曰："旧家人谁在？"鸿曰："唯无双所使婢采蘋者，今在金吾将军王遂中宅。"仙客曰："无双固无见期；得见采蘋，死亦足矣。"由是乃刺谒[45]，以从侄[46]礼见遂中，具道本末，愿纳厚价以赎采蘋。遂中深见相知，感其事而许之。仙客税屋，与鸿、蘋居。塞鸿每言："郎君年渐长，合[47]求官职。悒悒[48]不乐，何以遣时[49]？"仙客感其言，以情恳告遂中。遂中荐见仙客于京兆尹李齐运。齐运以仙客前衔[50]，为富平县[51]尹，知长乐驿[52]。累月，忽报有中使[53]押领内家[54]三十人往园陵，以备洒扫，宿长乐驿，毡车子十乘下讫。仙客谓塞鸿曰："我闻宫嫔选在掖庭，多是衣冠子女[55]。我恐无双在焉。汝为我一窥，可乎？"鸿曰："宫嫔数千，岂便及无双。"仙客曰："汝但去，人事亦未可定。"因令塞鸿假为驿吏，烹茗于帘外。仍给钱三千，约曰："坚守茗具，无暂舍去。忽有所睹，即疾报来。"塞鸿唯唯而去。宫人悉在帘下，不可得见之，但夜语喧哗而已。至夜深，群动皆息。塞鸿涤器构火[56]，不敢辄寐。忽闻帘下语曰："塞鸿，塞鸿，汝争[57]得知我在此耶？郎健否？"言讫，呜咽。塞鸿曰："郎君见[58]知此驿。今日疑娘子在此，令塞鸿问候。"又曰："我不久语。明日我去后，汝于东北舍阁子中紫褥下，取书送郎君。"言讫，便去。忽闻帘下极闹，云："内家中恶。"中使索汤药甚急，乃无双也。塞鸿疾告仙客。仙客惊曰："我何得一见？"塞鸿曰："今方修渭桥[59]。郎君可假作理桥官，车子过桥时，近车子立。无双若认得，必开帘子，当得瞥见耳。"仙客如其言。至第三车子，果开帘子，窥见，真无双也。仙客悲感怨慕，不胜其情。塞鸿于阁子中褥下得书送仙客。花笺五幅，皆无双真迹，词理哀切，叙述周尽。仙客览之，茹恨[60]涕下。自此永诀矣。其书后云："常见敕使[61]说富平县古押衙[62]人间有心人。今能求之否？"仙客遂申府[63]，请解驿务，归本官。遂寻访古押衙，则居于村墅。仙客造谒[64]，见古生。生所愿，必力致之，缯彩宝玉之赠，不可胜纪。一年未开口。秩满[65]，闲居于县。古生忽来，谓仙客曰："洪一武夫，年且老，何所用？郎君于某竭分[66]。察郎君之意，将有求于老夫。老夫乃一片有心人也。感郎君之深恩，愿粉身以答效。"仙客泣拜，以实告古生。古生仰天，以手

150

拍脑数四，曰："此事大不易。然与郎君试求，不可朝夕便望。"仙客拜曰："但生前得见，岂敢以迟晚为限耶。"半岁无消息。一日，扣门，乃古生送书。书云："茅山[67]使者回。且来此。"仙客奔马去。见古生，生乃无一言。又启[68]使者。复云："杀却也。且吃茶。"夜深，谓仙客曰："宅中有女家人识无双否？"仙客以采蘋对。仙客立取而至。古生端相[69]，且笑且喜云："借留三五日。郎君且归。"后累日，忽传说曰："有高品[70]过，处置[71]园陵宫人。"仙客心甚异之。令塞鸿探所杀者，乃无双也。仙客号哭，乃叹曰："本望古生。今死矣！为之奈何！"流涕歔歔，不能自已。是夕更深，闻叩门甚急。及开门，乃古生也。领一筼子[72]入，谓仙客曰："此无双也。今死矣。心头微暖，后日当活，微灌汤药，切须静密。"言讫，仙客抱入阁子中，独守之。至明，遍体有暖气。见仙客，哭一声遂绝。救疗至夜，方愈。古生又曰："暂借塞鸿于舍后掘一坑。"坑稍深，抽刀断塞鸿头于坑中。仙客惊怕。古生曰："郎君莫怕。今日报郎君恩足矣。比闻茅山道士有药术。其药服之者立死，三日却活[73]。某使人专求，得一丸。昨令采蘋假作中使，以无双逆党，赐此药令自尽。至陵下，托以亲故，百缣赎其尸。凡道路邮传[74]，皆厚赂矣，必免漏泄。茅山使者及异筼人，在野外处置讫。老夫为郎君，亦自刎。君不得更居此。门外有檐子[75]一十人、马五匹、绢二百匹。五更，挈无双便发，变姓名浪迹[76]以避祸。"言讫，举刀。仙客救之，头已落矣。遂并尸盖覆讫。未明发，历四蜀下峡[77]，寓居于渚宫[78]。悄不闻京兆之耗，乃挈家归襄、邓别业[79]，与无双偕老矣。男女成群。噫！人生之契阔[80]会合多矣，罕有若斯之比。常谓古今所无。无双遭乱世籍没[81]，而仙客之志，死而不夺。卒遇古生之奇法取之，冤死者十馀人。艰难走窜后，得归故乡，为夫妇五十年，何其异哉！

注释

[1]作者薛调，唐河中宝鼎人。宪宗时曾任户部员外郎加驾部郎中、翰

151

林学士承旨等官职。

这是一篇反映男女要求婚姻自由的作品，歌颂了王仙客和无双对爱情的坚贞不二，到底达到了白头偕老的目的。

明人陆采曾据此篇作《明珠记》传奇。

[2]外氏：舅舅家。

[3]郎子：就是郎君。古时称人子弟为"郎子"。这里的意思犹如说小女婿、姑爷。

[4]尤至：更好、更周到。

[5]念之：喜欢他的意思。

[6]婚宦：结婚和做官，犹如说成家立业。

[7]瞑目无所恨：死了也甘心的意思。"瞑目"，闭眼，指死亡。

[8]颐养：养息、调养。

[9]自挠：犹如说自寻烦恼。"挠"，搅扰的意思。

[10]襄、邓："襄"，襄阳县，今湖北襄阳县。"邓"，邓县，今河南邓县。

[11]服阕（què）："服"，指丧服。"阕"，终了的意思。古礼：父母死了，子女要服丧三年。"服阕"，服丧三年的期限已满，就是后来所说的"除孝"。

[12]孤孑（jié）：孤独。

[13]饰装：整理行装。

[14]租庸使：唐代主管督收租税的官员。这里是由尚书兼任，所以说"尚书租庸使"。

[15]门馆赫奕：门庭如市，十分热闹。

[16]冠盖："冠"，冠服，官员的帽子和衣服；"盖"，车盖，古时放在车上，用以御雨蔽日，像伞一类的东西。"冠盖"，官员的代称。

[17]学舍：书房。

[18]给使：仆人。一般指身旁供使唤的人。

[19]表：中表、表亲，指表兄弟。

[20]阿郎：古时称父为"阿郎"，这里是婢女对男主人的称呼。

[21]模样云云：犹如说看那个样儿。

[22]参（cēn）差（cī）：本是不整齐的形容词，这里引申作有问题、不对头解释。

[23]泾、原：泾州保定郡和原州平凉郡，今甘肃平凉专区一带地区。

[24]姚令言：当时的泾原节度使。

[25]含元殿：唐代大明宫的正殿。

[26]行在：古时称皇帝外出的住所为"行在"。

[27]部署：处置。

[28]勾当：料理。

[29]开远门：唐代长安的西门，偏在北方；下文"启夏门"是南门，偏在东方；所以说"绕城"。

[30]深隙店：指开设在偏僻隐蔽地方的旅店。

[31]骢（cōng）：同"骢"字，指骢马，一种长有青白色杂毛的马。

[32]棓：同"棒"字。

[33]门者：把守城门的人。下文"门司"，义同。

[34]朱太尉已作天子："朱太尉"，指朱泚（cǐ），当时官任太尉。姚令言在长安起兵，拥戴朱泚为帝，德宗出奔奉天（唐县名，今陕西乾县）。后来兵败，朱泚为部下所杀。

[35]重戴：唐代通行的一种帽子，一般是黑色罗帛所制，方而垂檐，紫里，用两根紫色丝带为帽缨，垂在下巴下面打成结。因为是在巾上加帽，所以叫做"重戴"。

[36]向尽：快要完了。

[37]斩斫使：指特派搜杀唐朝官员的人。

[38]舍辎骑：丢掉了行李和车马。"辎"，辎重，指行李。"骑"，坐骑，指车马。

153

[39]剋复：同"克复"。后文《王维》篇"剋"也作"尅"。

[40]彷徨：要进不进，形容没有主意，不知如何是好的样子。

[41]熟视之：仔细地看他。

[42]伪命官：伪皇帝任命的官员。

[43]极刑：最厉害的刑法，指死刑。

[44]入掖庭：指没收到宫里充当宫女。"掖庭"，见前《长恨传》篇"宫掖"注。唐代专有一掖庭宫，是教宫女学艺的地方。

[45]刺谒：递进名帖，请求谒见。

[46]从（zòng）侄：本家侄子、堂侄。

[47]合：应该。

[48]悒悒：形容烦闷的样子。

[49]遣时：消磨时光。

[50]前衔：从前已获得的官衔，指一种虚衔，是做实际官职的一种资格。王仙客曾获得什么官衔，文中没有说明。

[51]富平县：在今陕西三原县西北，唐代京兆府的属县之一。

[52]知长乐驿："知"，主持的意思。"长乐驿"，在万年县东十五里。"知长乐驿"，指以县尹的资格去做长乐驿的驿官；下文"解驿务，归本官"，就是解除驿官的职务，仍然去做县尹。唐代从长安到其他大城市的陆路交通线上，每隔三十里设一驿站，备有车马，供应过往官吏食宿和交通工具。驿官就是管理驿站的官员，后来称为驿丞。

[53]中使：皇帝的使者。

[54]内家：宫女。

[55]衣冠子女："衣冠"，是官僚所服用的，因而以"衣冠子女"指出身官僚家庭的子女。

[56]构火：生火、烧火。

[57]争：怎么、如何。唐人用"争"字等于后来的"怎"字。

[58]见：同"现"字。

[59]渭桥：一名中渭桥，在长安西北，秦始皇所造，横跨渭水，故名。

[60]茹恨：饮恨、含恨。

[61]敕使：奉有皇帝诏命的使者。皇帝的诏命称"敕"。

[62]押衙：管理皇帝仪仗和侍卫的官员。后文《聂隐娘》篇"问押衙乞取此女教"，押衙却只是对武官的敬称，犹如说将军。

[63]申府：向京兆府呈请。

[64]造谒：往谒。

[65]秩满：官员任职有一定期限，到期叫做"秩满"，就是做满了一任；秩满之后，或迁调，或解职。

[66]竭分（fèn）：竭尽了情分。

[67]茅山：在江苏句容县东南，也叫三茅山。

[68]启：询问的意思。

[69]端相：仔细地瞧。

[70]高品：大官。

[71]处置：杀死的意思。下文"在郊外处置讫"的处置，义同。

[72]篼（dōu）子：竹轿、山轿。

[73]却活：复活。

[74]道路邮传（zhuàn）："邮传"，传递文书的驿站。"道路邮传"，指一路上经过如驿站等耳目众多、容易泄露秘密的地方。

[75]檐子：轿子。一乘轿子要两个人抬，"檐子一十人"，指五乘轿子。

[76]浪迹：没有一定目的地到处游历。

[77]历四蜀下峡：经过蜀地出三峡。"四蜀"即蜀地。

[78]渚宫：春秋时楚国别宫名，在今湖北江陵县境内。江陵县，唐代为江陵郡，渚宫就是广义的指那一带地方。

[79]别业：封建官僚地主为了享乐，在正式住宅之外设置的林园。

[80]契阔：久别。

[81]籍没："籍"，簿册。"簿没"，把罪犯的产业登记在簿册上而

予以没收，是封建最高统治者镇压属下和剥削人民所运用的一种特权。照例被籍没的罪犯的妻女也要入官充当奴婢，所以这里称无双的"入掖庭"为"籍没"。封建社会里不承认妇女有独立的人格，因而把她们也当做私有财产看待。

马 待 封

牛肃[1]

开元初修法驾[2]，东海[3]马待封能穷伎巧[4]，于是指南车[5]、记里鼓[6]、相风鸟[7]等，待封皆改修，其巧逾于古。待封又为皇后造妆具，中立镜台，台下两层，皆有门户。后将栉沐，启镜奁后，台下开门，有木妇人手执巾栉至；后取已，木人即还。至于面脂妆粉，眉黛髻花，应所用物，皆木人执；继至，取毕即还，门户后闭。如是供给皆木人。后既妆罢，诸门皆阖，乃持去。其妆台金银彩画，木妇人衣服装饰，穷极精妙焉。待封既造卤簿[8]，又为后帝造妆台，如是数年，敕但给其用，竟不拜官[9]。待封耻之。又奏请造歙器[10]、酒山扑满[11]等物，许之。皆以白银造作。其酒山扑满中，机关运动，或四面开定，以纳风气；风气转动，有阴阳向背，则使其外泉流吐纳，以挹杯斝[12]；酒使[13]出入，皆若自然，巧逾造化[14]矣。既成奏之，即属[15]宫中有事，竟不召见。待封恨其数奇[16]，于是变姓名，隐于西河[17]山中。至开元末，待封从晋州来，自称道者吴赐也。常绝粒[18]。与崔邑[19]令李劲造酒山扑满、歙器等[20]。酒山立于盘中，其盘径[21]四尺五寸，下有大龟承盘，机运皆在龟腹内。盘中立山，山高三尺，峰峦殊妙。——盘以木为之，布漆其外；龟及山皆漆布脱空[22]，彩画其外。山中虚，受酒三斗。——绕山皆列酒池，池外复有山围之。池中尽

157

生荷，花及叶皆锻铁为之。花开叶舒，以代盘叶；设脯醢[23]珍果佐酒之物于花叶中。山南半腹有龙，藏半身于山，开口吐酒。龙下大荷叶中，有杯承之；盂受四合，龙吐酒八分而止。当饮者即取之。饮酒若迟，山顶有重阁，阁门即开，有催酒人具衣冠执板而出；于是归盏于叶，龙复注之，酒使乃还，阁门即闭；如复迟者，使出如初，直至终宴，终无差失。山四面东西皆有龙吐酒，虽覆酒于池，池内有穴，潜引池中酒纳于山中，比席阑终饮，池中酒亦无遗矣。欹器二，在酒山左右。龙注酒其中，虚则欹，中则平，满则覆，则鲁庙所谓"侑坐之器"也。君子以诚盈满，孔子观之以诚焉[24]。杜预造欹器不成，前史所载[25]；若吴赐也，造之如常器耳。

注释

[1]作者牛肃，大约是唐德宗、宪宗时人，事迹无可考。

这是一篇记载古代劳动人民创造发明的故事。从这篇文字里看起来，马待封在那时已经懂得利用机械原理了。

马待封想往上爬——做官，这是时代的局限性使然。不过，封建统治阶级是不会重视人民劳动的成果的，所以他结果只有沦落为道者以终。可以想象得到，即使他获得重用了，也不过成为封建统治阶级的帮闲人物，只有制造一些供他们享乐的东西而已，决不可能发挥其聪明才智来为人民大众的福利服务的。这正是封建社会的悲剧。

[2]法驾：皇帝的车驾。

[3]东海：唐郡名，也称海州，约辖今江苏东海、沭阳、涟水等地区，州治在今东海县。

[4]穷伎巧：竭尽技巧的能事。"伎"，同"技"字。

[5]指南车：古时指示方向的车子。据说是黄帝所发明，后来东汉张衡、南齐祖冲之等都曾制造过，但法已失传。宋代的指南车，上面雕刻仙人模样，车虽转动而仙人的手常南指。这种车子的指南，不是利用磁石性

的指南针，而是通过一套齿轮传动系统，使车在转弯时，不论转向何方，车上的木偶人的手总是向南指着。

[6]记里鼓：古时记道里远近的车子。车两层，上面都有木人。行一里，下层的木人击鼓；行二里，上层的木人击镯（古时类似铃、钟一类的乐器）。这是利用齿轮系和凸（tū）轮的传动而制造的。

[7]相风鸟：古时测候风向的仪器。用木或铜制成鸟形，放在屋顶或船只的桅杆上，有风时就会转动。"鸟"，疑"乌"字之误。

[8]卤簿：皇帝的车驾、侍卫和仪仗。

[9]敕但给其用，竟不拜官：皇帝有诏命，只供给他在制造这些东西时所需要的用费，却始终不给他一个官职。

[10]欹器："欹"，本作"鼓"，不正的意思。"欹器"，一种可以往里面注水的器具。没有水的时候，欹器是歪的；水恰好，欹器就正了；水太满，欹器就翻过来。这是古人利用物体重心位置移动的原理制成的，一般为陶器，也有铜质的。最早是作为汲水和盛水之用。据说古时国君设置这样东西，是用来警戒自己：处理事情不要过火，也不要不及。

[11]酒山扑满："扑满"，储钱的扁圆形瓦器。上有眼，可以把钱投进去；等钱存满了，把它打破，才可以取出来。这里大约指酒山里储满了酒，就会由龙口里吐出，有如扑满里钱存满了就打破它取出来一样，所以叫做"酒山扑满"。

[12]以把杯斝（jiǎ）：把杯子灌满了。把液体倒在器皿里叫做"把"。"斝"，两旁有耳的玉杯。

[13]酒使：指酒山里设置劝酒的假人。

[14]巧逾造化：比天生的还要巧妙。"造化"，指天地自然。

[15]即属：然而正值。

[16]数奇（jī）：命运不好、不顺利。参看前《柳氏传》篇"郁埋不偶"注。

[17]西河：唐县名，属汾州西河郡，今山西汾阳县。

[18]绝粒：不吃粮食，就是"辟谷"。道家迷信说法：修炼到一定程度，可以不再吃粮食，只须服药，并做导引等功夫，从此就可以轻身入道成仙。

[19]崔邑：疑是"霍邑"之误。霍邑，唐县名，属晋州平阳郡，今山西霍县。

[20]令李劲造酒山扑满、欹器等："扑"，原作"朴"，应是误刻，前文亦作"扑满"，改。

[21]径：直径。

[22]漆布脱空：唐、宋丧葬时所用的神像，外面加上绫绢金银的叫做"大脱空"，在纸外设色的叫做"小脱空"。见《清异录·丧葬门》。这里"漆布脱空"，指龟和山外面加上漆布后，又用绫绢和金银色再裱糊一层。

[23]醢（hǎi）：肉酱。

[24]这一段故事见于《荀子·宥坐》：孔子到鲁桓公的庙里参观，看见欹器，问看庙的人是什么东西。回答是"宥坐之器"。孔子说：我听说宥坐之器里没有水的时候是歪的，水恰好就正了，水太满就会翻过来。于是叫学生们把水灌在器里试试看，果然和所传的一样。孔子因而叹息说：唉！哪里有满盈而不颠覆的道理！"宥坐之器"就是欹器，向来有两种解释：一，"宥"同"右"字，国君把欹器放在座右，以警惕自己；二，"宥"同"侑"字，劝戒的意思。

[25]杜预造欹器不成，前史所载："杜预"，晋人，武帝时曾任都督荆州诸军事、镇南大将军。《南史·文学传·祖冲之列传》：杜预有巧思，可是造欹器三改不成；后来祖冲之才造成了。

王　维

薛用弱[1]

　　王维右丞[2]，年未弱冠，文章得名。性娴[3]音律，妙能琵琶，游历诸贵之间，尤为岐王[4]之所眷重。时进士张九皋，声称籍甚[5]。客有出入于公主[6]之门者，为其致公主邑司牒京兆试官[7]，令以九皋为解头[8]。维方将应举，具其事言于岐王，仍求庇借[9]。岐王曰："贵主之强，不可力争。吾为子画[10]焉。子之旧诗清越者，可录十篇；琵琶之新声怨切者，可度一曲。后五日当诣此。"维即依命，如期而至。岐王谓曰："子以文士，请谒贵主，何门[11]可见哉？子能如吾之教乎？"维曰："谨奉命。"岐王则出锦绣衣服，鲜华奇异，遣维衣之；仍令赍琵琶，同至公主之第。岐王入曰："承贵主出内[12]，故携酒乐奉谦[13]。"即令张筵。诸伶旅进[14]。维妙年[15]洁白，风姿都美[16]，立于前行。公主顾之，谓岐王曰："斯何人哉？"答曰："知音者也。"即令独奏新曲，声调哀切，满座动容。公主自询曰："此曲何名？"维起曰："号《郁轮袍》。"公主大奇之。岐王曰："此生非止音律，至于词学，无出其右[17]。"公主尤异之，则曰："子有所为文乎？"维即出献怀中诗卷。公主览读，惊骇曰："皆我素所诵习者。常谓古人佳作，乃子之为乎？"因令更衣[18]，升之客右。维风流蕴藉[19]，语言谐戏，大为诸贵之所钦瞩[20]。岐王因曰："若使京兆今年

161

得此生为解头，诚为国华[21]矣。"公主乃曰："何不遣其应举？"岐王曰："此生不得首荐[22]，义不就试，然已承贵主论托张九皋矣。"公主笑曰[23]："何预儿事[24]，本为他人所托。"顾谓维曰："子诚取解，当为子力[25]。"维起谦谢。公主则召试官至第，遣宫婢传教。维遂作解头而一举登第矣。及为太乐丞[26]，为伶人舞《黄师子》[27]，坐出官[28]。——《黄师子》者，非一人不舞[29]也。天宝末，禄山初陷西京，维及郑虔[30]、张通[31]等皆处贼庭[32]。泊克复，俱囚于宣阳里杨国忠旧宅。崔圆[33]因召于私第，令画数壁。当时皆以圆勋贵无二，望其救解，故运思精巧，颇绝其艺[34]。后由此事，皆从宽典[35]；至于贬黜，亦获善地[36]。今崇义里窦丞相易直[37]私第，即圆旧宅也，画尚在焉。维累为给事中。禄山授以伪官。及贼平，兄缙为北都副留守[38]，请以己官爵赎之[39]。由是免死。累为尚书右丞。于蓝田[40]置别业，留心释典[41]焉。

注释

[1]作者薛用弱，字中胜，唐河东人。穆宗时曾任光州刺史，文宗时又出守弋阳。著有《集异记》三卷，凡十六条。

王维，字摩诘，唐太原祁州（今山西祁县）人。玄宗时为右拾遗、监察御史、给事中，肃宗时任尚书右丞。他是盛唐时代名诗人，以善于描写山水田园著称。也擅长书画。苏轼曾说他"诗中有画，画中有诗"。这篇故事说他借岐王和太平公主的力量来获得"解头"，不一定可信。不过，从这里可以看出当时权门豪贵把持政治、炙手可热的情况来。

[2]右丞：官名，"尚书右丞"的简称，属尚书省。掌管兵、刑、工三部官员仪礼，也有权纠正御史弹劾的不当。王维曾任这一官职，后世就称他为"王右丞"。

[3]娴：熟悉。

[4]岐王：名李范，唐玄宗的弟弟。因帮助玄宗计杀太平公主有功，历

任州刺史、太子太傅等官。

[5]声称籍甚：名气很大。

[6]公主：指太平公主，唐高宗的女儿，武则天所生。她曾因清除张易之、张昌宗和韦氏家族有功，把持国家政权，十分跋扈。后因想废掉玄宗，被处死。

[7]为其致公主邑司牒京兆试官："致"，设法搞到的意思。"邑司"，唐代为公主管理财货和封地租税收入的官员。"牒"，本是古时一种公文的名称，这里作动词用，致送公文的意思。全句的意思是说：设法请求为公主管理财务的官员，用公主的名义写一封推荐的信给京兆的考官。

[8]解（jiè）头：唐代由州郡保举士人到京城里应考叫做"解"；"解头"就是被保举人里的第一名。后来称乡试的魁首为"解元"。

[9]庇借：靠着庇荫而获得帮助。

[10]画：策画、筹画。

[11]何门：有什么门路。

[12]出内：由皇宫里出来。

[13]讌：同"宴"字。

[14]旅进："旅"，俱。《礼记·乐记》里有"旅进旅退"这样一句话，是说一齐进，一齐退，形容整齐而有次序的样子。

[15]妙年：少年。

[16]都美：一种文雅的美。

[17]无出其右：古时以"右"为尊；"无出其右"，没有比他再好的了。

[18]更衣：换衣服。王维本是穿乐工的衣服去的，现在公主把他当做客人看待，所以要他换衣服。

[19]蕴藉：形容文雅有修养的样子。

[20]钦瞩：用钦佩的眼光看着。

[21]国华：国家的精华，犹如说国家的财富，也可作国家的体面解释。

[22]首荐：以第一名被保举。

[23]公主笑曰：原无"笑"字。似有"笑"字义较胜，据虞本改。

[24]何预儿事：和我有什么相干。

[25]当为子力：一定给你尽力设法。

[26]太乐丞：太乐署是唐代主持国家祭祀、宴会时乐奏和管理乐工的官署。"太乐丞"，太乐署的副长官。

[27]舞《黄师子》："师子"，同"狮子"。《师子舞》，是唐皇帝宴会时用的一种舞乐。由人扮作假狮子，另由人拿着红拂来引动，狮子就俯仰跳舞，做出种种姿态。一面舞，一面唱《太平乐》乐曲。狮子分五方设立，颜色各各不同；在中央的为"黄狮子"。

[28]坐出官：因为犯罪过而遭到处分叫做"坐"。"出官"，免去官职。

[29]非一人不舞："一人"，封建时代指皇帝的专词，意思他是天下仅有的一人，统治阶级恭维最高统治者的话。"非一人不舞"，是说像《黄师子》这一种舞乐，非皇帝在座时，是不许演出的。王维身为太乐丞，却允许乐工在皇帝不到时演出这种舞乐，是违法的，所以遭到免职处分。

[30]郑虔：字弱斋，唐荥阳人。玄宗时为广文馆博士，世称"郑广文"。能诗，善书法和山水画，有"郑虔三绝"之称。

[31]张通：唐河间人，山水画家。曾任曹州刺史。

[32]处（chǔ）贼庭：指在安禄山的伪朝廷里为官。

[33]崔圆：字有裕，唐武城人。曾任中书侍郎同平章事、淮南节度使等官职。

[34]绝其艺：尽量发挥自己的技能，犹如说使出看家本领。

[35]从宽典：从宽处理。

[36]善地：好地方，指不是偏僻瘠苦的地区。

[37]窦丞相易直：字宗玄，唐始平人。宪宗时曾任户部侍郎同平章

事，后来又做过左仆射、凤翔节度使。

[38]北都副留守：唐代以太原为"北都"。"副留守"，官名。唐制，以西、东、北三都的府尹为留守，少尹为副留守。最初皇帝离开某一都城他往时，才设置留守和副留守；后来却成为固定的官职。

[39]请以己官爵赎之：请免去自己的官爵来赎王维的罪。

[40]蓝田：唐县名，今陕西蓝田县。

[41]留心释典：研究佛家经典。王维的后期生活较为消极，在辋川的蓝田别墅里过着田园生活，皈依佛教，信奉禅理。

崔 玄 微

段成式[1]

唐天宝中，处士崔玄微洛东有宅。耽道[2]，饵术及茯苓[3]三十载。因药尽，领僮仆辈入嵩山[4]采芝，一年方回。宅中无人，蒿莱[5]满院。时春季夜间，风清月朗，不睡，独处一院，家人无故辄不到。三更后，有一青衣云："君在院中也。今欲与一两女伴过，至上东门[6]表姨处，暂[7]借此歇，可乎？"玄微许之。须臾，乃有十余人，青衣引入。有绿裳者前曰："某姓杨。"指一人，曰："李氏。"又一人，曰："陶氏。"又指一绯小女，曰："姓石，名阿措。"各有侍女辈。玄微相见毕，乃坐于月下，问行出之由。对曰："欲到封十八姨数日，云欲来相看，不得[8]。今夕众往看之。"坐未定，门外报："封家姨来也。"坐皆惊喜出迎。杨氏云："主人甚贤，只此从容不恶，诸亦未胜于此[9]也。"玄微又出见封氏，言词泠泠，有林下风气[10]。遂揖入坐。色皆殊绝。满座芳香，馥馥袭人。诸人命酒，各歌以送之，玄微志其二焉。有红裳人与白衣送酒，歌曰："皎洁玉颜胜白雪，况乃当年对芳月。沈唫[11]不敢怨春风，自叹容华暗消歇[12]。"又白衣人送酒，歌曰："绛衣披拂露盈盈[13]，淡染胭脂一朵轻。自恨红颜留不住，莫怨春风道薄情。"至十八姨持盏，性颇轻佻，翻酒汗阿措衣[14]。阿措作色[15]曰："诸人即奉求，余即不知奉求耳。"拂衣而起。

十八姨曰："小女弄酒[16]！"皆起，至门外别；十八姨南去，诸人西入苑中而别。玄微亦不知异。明夜又来，云："欲往十八姨处。"阿措怒曰："何用更去封妪舍！有事只求处士，不知可乎？"阿措又言曰："诸侣皆住苑中，每岁多被恶风所挠，居止不安，常求十八姨相庇；昨阿措不能依回[17]，应难取力[18]。处士倘不阻见庇，亦有微报耳。"玄微曰："某有何力，得及诸女[19]？"阿措曰："但处士每岁岁日[20]，与作一朱幡，上图日月五星[21]之文，于苑东立之，则免难矣。今岁已过；但请至此月二十一日平旦，微有东风，即立之，庶夫免患也。"玄微许之。乃齐声谢曰："不敢忘德。"拜而去。玄微于月中随而送之，逾苑墙，乃入苑中，各失所在。依其言，至此日立幡。是日东风振地，自洛南折树飞沙，而苑中繁花不动。玄微乃悟：诸女曰姓杨、李、陶，及衣服颜色之异，皆众花之精也；绯衣名阿措，即安石榴[22]也；封十八姨，乃风神也。后数夜，杨氏辈复至愧谢。各裹桃李花数斗，劝崔生："服之可延年却老。愿长如此住，卫护某等，亦可致长生。"至元和初，玄微犹在，可称年三十许人。又尊贤坊田弘正[23]宅，中门外有紫牡丹成树，发花千余朵；花盛时，每月夜，有小人五六，长尺余，游于花上。如此七八年。人将掩[24]之，辄失所在。

注释

[1]作者段成式，字柯古，唐齐州临淄（今山东淄博市）人。穆宗时曾任校书郎、太常少卿等官职。著有《酉阳杂俎》二十卷、续集十卷，是一部笔记小说。本篇也见于《博异志》。《博异志》作者署名谷神子，传说是裴铏（一说郑还古）的化名。

阿措是一个性格倔强可爱的女子。她面对着掌生杀大权的封十八姨，也绝不畏葸退缩。"诸人即奉求，余即不知奉求耳。"简简单单的两句话，说得是那样地斩钉截铁！然而她并不是有勇无谋的。她能分清善恶，和同伴们求助于崔玄微。在崔玄微的帮忙下，终于战胜了暴力，彼此过着美好幸福的生活。

[2]耽道：欢喜学习道术。

[3]饵术及茯苓："饵"，服食。"术"，菊科野生草本植物。"茯苓"，寄生松根的菌类植物。术有白、苍，茯苓有赤、白之分，其根块都可为药。古人认为，服食这一类东西，可以轻身延年，甚至成仙。

[4]嵩山：即五岳中的中岳，在今河南登封县北。

[5]蒿莱："蒿"，艾类植物；"莱"，藜科植物。统指野草。

[6]上东门：唐时洛阳东城有三门，北面的一门为"上东门"。

[7]蹔：同"暂"字。

[8]这几句的意思是说：要到封十八姨处去有好多天了，因为封十八姨说要来相看，所以一直没有去成。

[9]诸亦未胜于此：别的地方也未必比这里更好一些。

[10]言词泠（líng）泠，有林下风气："泠泠"，本是清凉的意思；"言词泠泠"，指说话时冷隽的样子。古时称妇女态度沉静大方为"有林下风气"，本是晋代谢道韫的故事。《世说新语·贤媛》：谢遏推重他的姊姊（谢道韫），张玄却常常称道他的妹妹，总想能赛过谢姊。有一个名济的尼姑，常到张、谢两家去。有人问她：两人谁更好一些？她答说：王夫人（谢姊）神情散朗，本来有林下风气；顾家妇（张妹）清心玉映，自然是闺房之秀。

[11]唫：同"吟"字。

[12]消歇：惟悴、零落。

[13]盈盈：形容轻巧美好的样子。

[14]翻酒汙阿措衣："汙"，疑"污"字因形似误刻。汙：弄脏了。

[15]作色：变了脸色、翻了脸。

[16]弄酒：犹如说发酒疯。

[17]不能依回：不能顺承着的意思。

[18]取力：获得帮助。

[19]得及诸女：能够为诸女帮忙的意思。

[20]岁日：元旦。

[21]五星：指金、木、水、火、土五行星。古人称为太白、岁星、辰星、荧惑、镇星。

[22]安石榴：就是石榴。石榴是汉时由西域安石国传来的，所以当初称为"安石榴"。

[23]田弘正：唐卢龙人，字安道。宪宗时曾任魏博、成德等节度使，封沂国公。

[24]掩：乘人不防备的时候去袭取叫做"掩"。

红　线

袁郊[1]

　　红线，潞州[2]节度使薛嵩[3]青衣。善弹阮[4]，又通经史，嵩遣掌笺表[5]，号曰："内记室[6]"。时军中大宴，红线谓嵩曰："羯鼓[7]之音调颇悲，其击者必有事也。"嵩亦明晓音律，曰："如汝所言。"乃召而问之，云："某妻昨夜亡，不敢乞假。"嵩遽遣放归。时至德[8]之后，两河未宁[9]，初置昭义军[10]，以釜阳为镇[11]，命嵩固守，控压山东。杀伤之余，军府草创。朝廷复遣嵩女嫁魏博[12]节度使田承嗣[13]男，男娶滑州节度使[14]令狐彰[15]女；三镇互为姻娅[16]，人使日浃往来[17]。而田承嗣常患热毒风，遇夏增剧。每曰："我若移镇山东，纳其凉冷，可缓数年之命[18]。"乃募军中武勇十倍者得三千人，号"外宅男"，而厚恤养之。常令三百人夜直[19]州宅。卜选良日，将迁[20]潞州。嵩闻之，日夜忧闷，咄咄[21]自语，计无所出。时夜漏将传[22]，辕门[23]已闭，杖策庭除[24]，唯红线从行。红线曰："主自一月，不遑寝食[25]，意有所属，岂非邻境乎？"嵩曰："事系安危，非汝能料。"红线曰："某虽贱品，亦有解主忧者。"嵩乃具告其事，曰："我承祖父遗业，受国家重恩，一旦失其疆土，即数百年勋业尽矣。"红线曰："易尔，不足劳主忧。乞放某一到魏郡，看其形势，觇其有无。今一更首途[26]，三更可以复命。请先定一走马[27]兼具寒暄书[28]，其

170

他即俟某却回也。"嵩大惊曰:"不知汝是异人,我之暗[29]也。然事若不济,反速其祸[30],奈何?"红线曰:"某之行,无不济者。"乃入闺房,饰其行具。梳乌蛮髻[31],攒[32]金凤钗,衣紫绣短袍,系青丝轻屦。胸前佩龙文匕首,额上书太乙神[33]名。再拜而行,倏忽不见[34]。嵩乃返身闭户,背烛危坐。常时饮酒,不过数合,是夕举觞十余不醉。忽闻晓角[35]吟风,一叶坠露,惊而试问,即红线回矣。嵩喜而慰问曰:"事谐否?"曰:"不敢辱命。"又问曰:"无伤杀否?"曰:"不至是。但取床头金合为信耳。"红线曰:"某子夜[36]前三刻,即到魏郡,凡历数门,遂及寝所。闻外宅男止于房廊,睡声雷动。见中军[37]士卒,步于庭庑,传呼风生。某发其左扉,抵其寝帐。见田亲家翁正于帐内,鼓跃[38]酣眠,头枕文犀[39],髻包黄縠,枕前露一七星剑。剑前仰开一金合,合内书生身甲子[40]与北斗神[41]名;复有名香美珍,散覆其上。扬威玉帐[42],但期心豁于生前[43];同梦兰堂[44],不觉命悬于手下。宁劳擒纵,只益伤嗟。时则蜡炬光凝,炉香烬煨,侍人四布,兵器森罗。或头触屏风,鼾而躺[45]者;或手持巾拂,寝而伸者。某拔其簪珥,縻其襦裳[46],如病如昏,皆不能寤;遂持金合以归。既出魏城西门,将行二百里,见铜台高揭,而漳水[48]东注;晨飚[49]动野,斜月在林。忧往喜还,顿忘于行役[50];感知酬德,聊副于心期[51]。所以夜漏三时,往返七百里;入危邦,经五六城;冀减主忧,敢[52]言其苦。"嵩乃发使遗承嗣书曰:"昨夜有客从魏中来,云:自元帅头边获一金合。不敢留驻,谨却封纳[53]。"专使星驰[54],夜半方到。见搜捕金合,一军忧疑。使者以马挝[55]扣门,非时请见。承嗣遽出,以金合授之。捧承之时,惊怛绝倒[56]。遂驻使者止于宅中,狎以宴私,多其赐赉。明日遣使赍缯帛三万匹、名马二百匹,他物称是[57],以献于嵩曰:"某之首领,系在恩私[58]。便宜知过自新,不复更贻伊戚[59]。专膺指使,敢议姻亲[60]。役当奉毂后车[61],来则挥鞭前马。所置纪纲仆[62]号为外宅男者,本防它盗,亦非异图。今并脱其甲裳,放归田亩矣。"由是一两月内,河北河南,人使交至。而红线辞去。嵩曰:"汝生我家,而今欲安往?又方赖汝,岂

171

可议行？"红线曰："某前世本男子，历江湖间，读神农[63]药书，救世人灾患。时里有孕妇，忽患蛊症[64]。某以芫花[65]酒下之，妇人与腹中二子俱毙。是某一举杀三人。阴司见诛，降为女子，使身居贱隶，而气禀贼星[66]。所幸生于公家，今十九年矣。身厌罗绮，口穷甘鲜[67]，宠待有加，荣亦至矣。况国家建极[68]，庆且无疆[69]。此辈背违天理，当尽弭患。昨往魏郡，以示报恩。两地保其城池，万人全其性命，使乱臣知惧，烈士安谋[70]。某一妇人，功亦不小，固可赎其前罪，还其本身。便当遁迹尘中，栖心物外，澄清一气，生死长存[71]。"嵩曰："不然[72]，遗尔千金为居山之所给。"红线曰："事关来世，安可预谋。"嵩知不可驻，乃广为饯别；悉集宾客，夜宴中堂。嵩以歌送红线，请座客冷朝阳为词曰："《采菱》[73]歌怨木兰舟[74]，送别魂消百尺楼。还似洛妃乘雾去，碧天无际水长流。"歌毕，嵩不胜悲。红线拜且泣，因伪醉离席，遂亡其所在。

注释

[1]作者袁郊，字之仪（一作之乾），唐蔡州朗山（今河南汝南县）人。懿宗时曾任祠部郎中，后来又做过翰林学士、虢州刺史等官职。著有《二仪实录》《衣服名义图》《服饰变古元录》等书；又有《甘泽谣》一卷，《红线》是其中的一篇。

本篇是唐人侠义一类传奇的代表作之一。这类故事的产生，是有其历史根源的。唐末藩镇割据，横行跋扈，彼此互谋吞并，以致造成混战局势；一面又横征暴敛，更加重对人民的剥削。处在这种水深火热的环境里，人民生活极端痛苦而又无法逃避现实，于是渴望能有除暴安良的侠客出现，这种天真的幻想，就在传奇中得到反映。

这一类传奇的主角多为女性，使在封建社会里一贯受压迫的妇女能够扬眉吐气，这种写法也很有意义。

不过，这些侠义之士，多为封建统治阶级服务，并有浓厚的报恩思想，这却不免使形象的光彩为之减色。

[2]潞州：也称上党郡，约辖今山西浊漳河除榆社县以外地和河北涉县西部，州治在今山西长治市。

[3]薛嵩：唐龙门人。历任节度使、尚书、右仆射等官职。封平阳郡王。他是薛仁贵的孙子，薛仁贵在太宗、高宗时，因战功历任大总管、都督等官，所以下文有"承祖父遗业"的话。

[4]阮："阮咸"的简称。琵琶一类的乐器，作正圆形，有如月琴。因是晋代阮咸所创制，就名为"阮咸"。有三弦、四弦两种，并有大阮、中阮、小阮之别。

[5]掌笺表：主管文牍章奏。

[6]内记室：犹如说私人秘书。

[7]羯鼓：唐代盛行的一种打击乐器。因是羯族所制，故名。形如漆桶，横放在小牙床上，两头可击，又叫"两杖鼓"。

[8]至德：唐肃宗（李亨）的年号（公元七五六至七五七年）。

[9]两河未宁："两河"，指黄河南北。安禄山反唐后，至德二年，郭子仪才收复洛阳，那时黄河南北还很不安定。

[10]昭义军：当时设昭义军节度使，治潞州，管辖潞、泽、邢、洺（míng）、磁五州，在今河北邢台市以南和山西浊漳河、丹河流域一带地区。

[11]以釜阳为镇：以釜阳为昭义军节度使驻地。"釜阳"，唐县名，就是滏（fǔ）阳，今河北磁县。下文"三镇"，镇，藩镇的简称，即节度使。

[12]魏博：唐方镇名，当时的河北三镇之一，为收抚安、史残部而设。魏博节度使治魏州（今河北大名东），辖魏、博、贝、卫、澶、相六州，约在今河北邯郸、永年、南宫、大名和河南安阳等一带地区。

[13]田承嗣：唐卢龙人。曾任天雄军节度使（即平卢节度使后期的称谓），加中书同平章事，封雁门郡王。

[14]滑州节度使："滑州"，也称灵昌郡，约辖今河南延津、滑县等地区，州治在今滑县。"滑州节度使"，就是滑亳魏博节度使。

[15]令狐彰：字伯阳，唐富平人。曾任滑亳魏博节度使，加御史大夫，封霍国公。

[16]姻娅（yà）：古时以女婿的父亲为"姻"，两婿彼此互称为"娅"。后来以"姻娅"为亲戚的泛称。

[17]日浃往来："浃"，一周。从甲日到癸日十天一周的期间叫做"浃日"。"日浃往来"，时常往来的意思。

[18]可缓数年之命：可以多活几年的意思。

[19]直：值班守护。

[20]迁：这里是吞并的意思。

[21]咄（duō）咄：唉声叹气。单用一个"咄"字，是表示呵叱、招呼，如后文《裴航》篇"妪咄曰"。

[22]夜漏将传：快要起更的时候。漏本是古时一种计时器，这里是泛指更点。

[23]辕门：古代帝王出外住宿时，为了警戒，把两乘车子翻转来，以车辕相向放在门外，名为"辕门"；后来就以"辕门"指官署的外门。

[24]杖策庭除：拿着手杖，在院里走来走去。"除"，台阶。

[25]不遑寝食：没有心思吃饭睡觉，犹如说废寝忘餐。

[26]首途：动身。

[27]走马：骑马的使者。

[28]寒暄书：应酬信。

[29]暗：糊涂不明。

[30]反速其祸：反而招来灾祸。

[31]乌蛮髻："乌蛮"，古时西南少数民族名，在今四川、云南、贵州一带。"乌蛮髻"，仿照乌蛮人的髻式。

[32]攒（cuán）：聚在一起。这里是插簪的意思。

[33]太乙神：道教迷信传说的北极神。

[34]再拜而行，倏忽不见：原无"行"字，连下文读。似有"行"字义较胜，据虞本增。

[35]晓角：军中黎明时吹的号角。

[36]子夜：夜半子时，十一时至一时之间。

[37]中军：军中发号施令的地方，就是主帅的驻所。

[38]鼓趺（fū）：弯着腿、翘起了脚。

[39]文犀：有花纹的犀皮枕或瓦枕。

[40]甲子：年庚八字。

[41]北斗神：道教迷信传说主管人间生死的神。

[42]玉帐：古人迷信，认为根据方术推算而择定某一方向设立将帅的帐幕，就坚不可破，有如玉帐，后来因以"玉帐"为将帅帐幕的专称。

[43]但期心豁于生前：只希望自己活着的时候随心所欲。

[44]兰堂：犹如说香闺，指内室。

[45]鼾（hān）而軃（duǒ）：垂头打呼、打瞌睡。

[46]縻其襦（rú）裳：把他的衣裳都拴系在一处。"縻"，拴系。"襦"，短袄。"裳"，下裙。

[47]铜台高揭："铜台"，铜雀台，三国时曹操建，在今河南安阳县。"高揭"，巍然矗立。

[48]漳水：就是漳河，在河北、河南两省边境，有清漳河、浊漳河，均发源山西东南部，流经河北合漳镇后称漳河，东南流与卫河会合。

[49]晨飚（biāo）：早晨的暴风。

[50]顿忘于行役：立刻把途中奔走的疲劳辛苦都忘掉了。路上奔走叫做"行役"。

[51]聊副于心期：总算完成了报答的心愿。

[52]敢：岂敢、不敢。

[53]谨却封纳：恭恭敬敬地封裹起来退还。

[54]星驰：连夜奔往。

[55]马挝（zhuā）：马鞭。

[56]惊怛（dá）绝倒：由于吃惊而倒在地下。"怛"，也是惊的意思。

[57]他物称（chèng）是：意思是其他赠物，质量也和缯帛、名马不相上下。"称"，适合、相当。"是"，此，指上文缯帛、名马。

[58]某之首领，系在恩私：这两句的意思是说：我的头之所以没有被杀掉，是由于你对我私人有恩惠的缘故。

[59]不复更贻伊戚：不再自找麻烦、自寻苦恼。

[60]专膺指使，敢议姻亲：这两句的意思是说：一心一意地服从你的指挥命令，哪敢倚恃着亲戚的关系而以平等的地位自居呢。

[61]役当奉毂（gǔ）后车：有事出行的时候，跟在车后照料、侍奉着，也就是追随的意思。"奉"，同"捧"字。"毂"，车轮中心的圆木。

[62]纪纲仆：春秋时，晋文公重耳自秦归国，当时晋国局势还不十分安定，秦国就派三千人保卫他回去，做些照料门户等服役之事，称为"纪纲之仆"。见《左传》僖公二十四年。后来就以"纪纲仆"为仆人的通称。

[63]神农：传说中的古帝，曾尝百草以治疾病。

[64]蛊（gǔ）症（zhēng）：腹内生虫的病。

[65]芫（yuán）花：开紫色小花的落叶灌木，高三四尺，有毒。从前渔人常把芫花煮后投放水中，鱼就毒死浮出，故又名"鱼毒"。

[66]气禀贼星："命带贼星"。古人迷信，认为每一人都上应天上的星宿。红线盗合是一种偷窃的行为，所以这样说。

[67]身厌罗绮，口穷甘鲜：穿够了绸缎，吃尽了美味。"厌"，同"餍"字，满足的意思。

[68]国家建极：国家的政教，照着中正的标准去做。"极"，中正的意思。这本是封建统治者欺骗人民的一种说法。

[69]无疆："疆"，境界。"无疆"，没有止境，也就是无穷无尽的意思。

[70]烈士安谋：将士们安分守己，不生异念。"烈士"，指武士。

[71]遁迹尘中，栖心物外，澄清一气，生死长存：离开人世，摒除俗念，养性炼气，长生不老。

[72]不然：不这样，就是如果你一定不肯留住的意思。

[73]《采菱》：即《采菱曲》，乐府《江南弄》的七曲之一。

[74]木兰舟："木兰"，一种干高数丈、花如莲花的树，也叫"木莲"。"木兰舟"，刻木兰为舟。《述异记》：浔阳江中有木兰川，上多木兰树，鲁班刻为木兰舟。古诗词中多引用"木兰舟"一词，取其美好芬芳之意。

昆 仑 奴

裴铏[1]

    大历中有崔生者，其父为显僚，与盖代[2]之勋臣一品者熟。生是时为千牛[3]，其父使往省一品疾。生少年容貌如玉，性禀孤介[4]，举止安详，发言清雅。一品命妓轴帘[5]召生入室。生拜传父命。一品忻然爱慕，命坐与语。时三妓人，艳皆绝代，居前以金瓯贮含桃[6]而擘之，沃以甘酪而进。一品遂命衣红绡妓者，擎一瓯与生食。生少年赧妓辈[7]，终不食。一品命红绡妓以匙而进之，生不得已而食。妓哂之。遂告辞而去。一品曰："郎君闲暇，必须一相访，无间[8]老夫也。"命红绡送出院。时生回顾，妓立三指，又反三掌[9]者，然后指胸前小镜子，云："记取。"余更无言。生归达一品意，返学院[10]，神迷意夺，语减容沮，怳然[11]凝思，日不暇食。但吟诗曰："误到蓬山顶上游，明珰玉女动星眸。朱扉半掩深宫月，应照琼芝雪艳愁[12]。"左右莫能究其意。时家中有昆仑奴磨勒，顾瞻郎君曰："心中有何事，如此抱恨不已？何不报[13]老奴？"生曰："汝辈何知，而问我襟怀间事？"磨勒曰："但言，当为郎君解释[14]。远近必能成之。"生骇其言异，遂具告知。磨勒曰："此小事耳，何不早言之，而自苦耶？"生又白其隐语。勒曰："有何难会。立三指者，一品宅中有十院歌姬，此乃第三院耳。返掌三者，数十五指，以应十五日之数。胸前小镜

178

子，十五夜月圆如镜，令郎来耶？"生大喜，不自胜，谓磨勒曰："何计而能导达我郁结？"磨勒笑曰："后夜乃十五夜，请深青绢两匹，为郎君制束身之衣。一品宅有猛犬守歌妓院门，非常人不得辄入，入必噬杀之。其警如神，其猛如虎。即曹州[15]孟海之犬也。世间非老奴不能毙此犬耳。今夕当为郎君挝杀之。"遂宴犒以酒肉。至三更，携链椎[16]而往，食顷而回曰："犬已毙讫，固无障塞[17]耳。"是夜三更，与生衣青衣，遂负而逾十重垣，乃入歌妓院内，止第三门。绣户不扃，金缸[18]微明，惟闻妓长叹而坐，若有所俟。翠环初坠，红脸才舒[19]，玉恨无妍，珠愁转莹。但吟诗曰："深谷莺啼恨阮郎，偷来花下解珠珰。碧云飘断音书绝，空倚玉箫愁凤凰[20]。"侍卫皆寝，邻近阒然[21]。生遂缓搴帘而入。良久，验是生。姬跃下榻执生手曰："知郎君颖悟，必能默识，所以手语[22]耳。又不知郎君有何神术，而能至此？"生具告磨勒之谋，负荷而至。姬曰："磨勒何在？"曰："帘外耳。"遂召入，以金瓯酌酒而饮之。姬白生曰："某家本富，居在朔方[23]。主人拥旄[24]，逼为姬仆。不能自死，尚且偷生。脸虽铅华[25]，心颇郁结。纵玉箸举馔，金炉泛香，云屏[26]而每进绮罗，绣被而常眠珠翠，皆非所愿，如在桎梏[27]。贤爪牙既有神术，何妨为脱狴牢[28]？所愿既申，虽死不悔。请为仆隶，愿侍光容。又不知郎君高意如何？"生愀然[29]不语。磨勒曰："娘子既坚确如是，此亦小事耳。"姬甚喜。磨勒请先为姬负其囊橐妆奁，如此三复[30]焉。然后曰："恐迟明。"遂负生与姬而飞出峻垣十余重。一品家之守御，无有警者。遂归学院而匿之。及旦，一品家方觉。又见犬已毙。一品大骇曰："我家门垣，从来邃密，扃锁甚严，势似飞腾，寂无形迹，此必侠士而挈之。无更声闻[31]，徒为患祸耳。"姬隐崔生家二载，因花时驾小车而游曲江，为一品家人潜志认。遂白一品。一品异之。召崔生而诘之。事惧而不敢隐，遂细言端由：皆因奴磨勒负荷而去。一品曰："是姬大罪过。但郎君驱使逾年，即不能问是非。某须为天下人除害。"命甲士五十人，严持兵仗，围崔生院，使擒磨勒。磨勒遂持匕首飞出高垣，瞥若翅翎，疾同鹰隼，攒矢[32]如雨，莫能中

179

之。顷刻之间，不知所向。然崔家大惊愕。后一品悔惧，每夕多以家童持剑戟自卫。如此周岁方止。后十余年，崔家有人见磨勒卖药于洛阳市，容颜如旧耳。

注释

[1]作者裴铏，唐僖宗时人，曾任成都节度副使加御史大夫等官职。著有《传奇》三卷，多失传。

这篇作品中，红绡女反抗压迫，追求自由；昆仑奴不畏强暴，拯救弱女，都是值得称许的。

红绡以富家女的身分，尚且被贵官逼为姬仆，无钱无势者之遭受迫害，更可想而知。"盖代之勋臣一品者"，向来认为是指的郭子仪。郭子仪在当时是所谓"再造国家"的"社稷之臣"，史书称为"宽厚"，还有这种行为，这就不难看出，封建社会里大官僚们是如何地作威作福，鱼肉人民了。

明人梁伯龙《红绡》、梅禹金《昆仑奴》两杂剧，均据此篇改写而成。

昆仑奴：唐时昆仑族，流亡到中国，卖身为人奴仆，叫做"昆仑奴"。

[2]盖代：盖过当世，无人能比的意思。

[3]千牛："千牛备身"的简称，唐时警卫宫殿的武官，属左右千牛卫，多由贵族子弟充当。这种武官手执千牛刀，所以称为"千牛"。千牛刀，意指刀锋锐利，可以解剖千牛而不钝。

[4]孤介：方正而不随和的脾气。

[5]轴帘：卷帘。

[6]含桃：樱桃的别名。

[7]赧（nǎn）妓辈：在歌妓们面前感到难为情。

[8]无间（jiàn）：不要疏远。

[9]立三指，又反三掌：竖起三个指头，又把手掌反覆三次。

[10]学院：书房。

[11]怳然：神魂颠倒，迷迷糊糊的样子。

[12]这首诗前两句的意思是说，在一品家中遇见了红绡女。"玉女"，指红绡女。后两句的意思是想象红绡女在幽闭中的苦闷之状。"蓬山"，就是蓬莱，参看前《长恨传》篇"蓬壶"注。

[13]报：告知。

[14]解释：这里是想办法的意思。

[15]曹州：也称济阴郡，约辖今山东菏泽、曹县、成武及河南一部分地区，州治在今曹县。

[16]链椎：有链条的槌。

[17]障塞：阻碍。

[18]金釭（gāng）：灯。后文《却要》篇"银缸"，义同。

[19]翠环初坠，红脸才舒：刚把耳环摘掉，洗去脸上脂粉，恢复本色，指卸妆不久。

[20]这首诗前两句的意思是说遇见了崔生。"鹭"，同"莺"字。"阮郎"，本指阮肇，这里借指崔生。神话传说：东汉时，刘晨和阮肇上天台山采药，迷路不得回家，就以山上的桃子充饥。后来遇见仙女，被留住半年；等到回家时，子孙已经相传十世了。见《神仙传》。"偷来花下解珠珰"，是一句象征的话，意指崔生打动了自己的情怀。后两句的意思是说，因为崔生没有消息，感到愁闷。"空倚玉箫愁凤凰"，用萧史故事，说自己和崔生不能像萧史和弄玉那样吹箫相和，乘凤飞去。参看前《莺莺传》篇"萧史"注。

[21]邻近阒然："阒"，原作"閴"，据字书改。

[22]手语：打手势示意。

[23]朔方：北方。

[24]拥旄："旄"，旄节，皇帝给予将帅的一种符信。"拥旄"，就是率领军队，为一方统帅的意思。

[25]脸虽铅华：脸上虽然搽着粉。

[26]云屏：云母（一种晶体透明成板状的矿物）制成的屏风。

[27]如在桎（zhì）梏（gù）：如同在监牢里一样。"桎梏"，脚镣和手铐。

[28]狴（bì）牢："狴"，狴犴（àn）。据《升庵外集》说：龙生九子，第四个叫做狴犴，形如虎，有威力。封建时代把它的像画在狱门上，表示"威严"。因称监狱为"狴牢"。

[29]愀（qiǎo）然：忧愁的样子。

[30]三复：来回三次。

[31]无更声闻：不要再声张、不要再把这件事传播出去。

[32]攒矢：集中地射箭。

聂 隐 娘[1]

裴铏

　　聂隐娘者，贞元中魏博大将聂锋之女也。年方十岁，有尼乞食于锋舍，见隐娘，悦之，云："问押衙乞取此女教。"锋大怒，叱尼。尼曰："任押衙铁柜中盛，亦须偷去矣。"及夜，果失隐娘所向。锋大惊骇，令人搜寻，曾无影响[2]。父母每思之，相对涕泣而已。后五年，尼送隐娘归，告锋曰："教已成矣，子却领取。"尼欻亦不见。一家悲喜，问其所学。曰："初但读经念咒，余无他也。"锋不信，恳诘[3]。隐娘曰："真说又恐不信，如何？"锋曰："但真说之。"曰："隐娘初被尼挈，不知行几里。及明，至大石穴之嵌空，数十步寂无居人。猿狖[4]极多，松萝益邃。已有二女，亦各十岁。皆聪明婉丽，不食，能于峭壁上飞走，若捷猱登木，无有蹶失。尼与我药一粒，兼令长执宝剑一口，长二尺许，锋利吹毛[5]，令剃逐[6]二女攀缘，渐觉身轻如风。一年后，刺猿狖百无一失；后刺虎豹，皆决[7]其首而归；三年后能飞，使刺鹰隼，无不中。剑之刃渐减五寸，飞禽遇之，不知其来也。至四年，留二女守穴，挈我于都市，不知何处也。指其人者，一一数其过，曰：'为我刺其首来，无使知觉。定其胆，若飞鸟之容易也[8]。'受以羊角匕首，刀广三寸，遂白日刺其人于都市，人莫能见。以首入囊，返主人舍，以药化之为水。五年，又曰：'某大僚有罪，无故害人若干，夜可入其室，决其首来。'又携匕首入室，度其门隙无有障碍，伏之梁上。至暝，持得其首而归。尼大怒曰：'何太晚如是？'某云：'见前人戏弄一儿，可爱，未忍便下手。'尼叱曰：'已后遇此辈，先断其所爱[9]，然后决之。'某拜谢。尼曰：'吾为汝开脑后，藏匕首而无所伤，用即抽之。'曰：'汝术已成，可归家。'遂送还，云：'后二十年，方可一见。'"锋闻语甚惧。后遇夜即失踪，及明而返。锋已不敢诘之。因兹亦不甚怜爱。忽值磨镜[10]少年及门，女曰："此人可与我为夫。"白父，父不敢不从，遂嫁之。其夫但能淬镜[11]，余无他能。父乃给衣食甚丰。外室而居。数年后，父卒。魏帅稍知其异，遂以金帛署为左右吏。如此又数年。至元和间，魏帅与陈许[12]节度使刘昌裔[13]不协，使隐娘贼[14]其首。隐娘辞帅之许。刘能神算，已知其来。召衙将[15]，令来日早至城北候一丈夫、一女子各跨白黑卫[16]至门，遇有鹊前噪，丈夫以弓弹之不中，妻夺夫弹，一丸而毙鹊者，揖之云：吾欲相见，故远相祗迎[17]也。衙将受约束[18]，遇之。隐娘夫妻曰："刘仆射果神人。不然者，何以洞[19]吾也。愿见刘公。"刘劳之。隐娘夫妻拜曰："合负仆射万死[20]。"刘曰："不然，各亲其主，人之常事。魏今与许何异。愿请留此，勿相疑也。"隐娘谢曰："仆射左右无人，愿舍彼而就此，服公神明也。"知魏帅之不及刘。刘问其所须。曰："每日只要钱二百文足矣。"乃依所请。忽不见二卫所之。刘使人寻之，不知所向。后潜收布囊中，见二纸卫，一黑一白。后月余，白刘曰："彼未知住[21]，必使人继至。今宵请剪发，系之以红绡，送于魏帅枕前，以表不回。"刘听之。至四更，却返曰："送其信了。后夜必使精精儿来杀某及贼仆射之首。此时亦万计杀之。乞不忧耳。"刘豁达大度[22]，亦无畏色。是夜明烛[23]，半宵之后，果有二幡子[24]，一红一白，飘飘然如相击于床四隅。良久，见一人望空而踣，身首异处。隐娘亦出曰："精精儿已毙。"拽出于堂之下，以药化为水，毛发不存矣。隐娘曰："后夜当使妙手空空儿继至。空空儿之神术，人莫能窥其用，鬼莫得蹑其踪，能从空虚而入冥，善无形而灭影。隐娘之艺，故不能造其境。此即系[25]仆射之福耳。但以于阗[26]玉周其颈[27]，拥以衾，隐娘当化为蠛蠓[28]，潜入仆射肠中听伺，其余无逃避处。”刘如言。至三更，瞑目未熟，果闻项上铿然[29]，声甚厉。隐娘自刘口中跃出，贺曰：“仆射无患矣。此人如俊鹘[30]，一搏不中，即翻然[31]远逝，耻其不中，才未逾一更，已千里矣。”后视其玉，果有匕首划处，痕逾数分。自此刘转厚礼之。自元和八年，刘自许入觐，隐娘不愿从焉。云：“自此寻山水访至人[32]。”但乞一虚给[33]与其夫。刘如约，后渐不知所之。及刘薨于统军，隐娘亦鞭驴而一至京师柩前，恸哭而去。开成[34]年，昌裔子纵除陵州[35]刺史，至蜀栈道，遇隐娘，貌若当时。甚喜相见，依前跨白卫如故。语纵曰：“郎君大灾，不合适此。”出药一粒，令纵吞之。云：“来年火急抛官归洛，方脱此祸。吾药力只保一年患耳。”纵亦不甚信。遗其缯彩，隐娘一无所受，但沉醉而去。后一年，纵不休官，果卒于陵州。自此无复有人见隐娘矣。

注释

[1]本篇主题思想和《红线》大体相同。

聂隐娘学会本领后，去刺杀无故害人的大僚，是符合人民愿望的。她以大将之女——封建统治阶级的身分，却自愿嫁与劳动人民——磨镜少年为妻，也反映了作者反抗当时门阀制度的思想。

[2]曾无影响：一点消息、一点头绪也没有。

[3]恳诘：苦苦追问。

[4]狖（yòu）：猴类的野兽。

[5]吹毛：吹毛可断，极喻锋利。

[6]剸（zhuān）逐：专门跟着。

[7]决：砍杀。

[8]定其胆，若飞鸟之容易也：放大了胆，就会像刺杀飞鸟一样地容易。

[9]先断其所爱：先把他心爱的人杀了。

[10]磨镜：古时用青铜做镜子，日久发黯，必须磨亮才能用，因而有以磨镜为业的工人。

[11]淬镜：把铜镜烧红了，放在水里浸蘸一下，以利磨治，叫做"淬镜"。

[12]陈许："陈"，陈州，也称淮扬郡，约辖今河南淮阳、太康、项城等地区，州治在今淮阳县。"许"，许州，也称颍川郡，约辖今河南许昌、长葛、鄢陵等地区，州治在今许昌市。

[13]刘昌裔：字光后，唐阳曲人。曾任陈州刺史、检校工部尚书、左仆射等官职。

[14]贼：杀害，作动词用。

[15]衙将：唐代军府里的武官。

[16]卫：驴子的别名。

[17]祗迎：敬迎。

[18]受约束：奉命令。

[19]洞：知道、明白。

[20]合负仆射万死：实在对不住你（仆射指刘昌裔），罪该万死。

[21]住：住手、罢休。

[22]豁达大度：胸怀坦白、度量宽大。

[23]明烛：点亮了蜡烛。

[24]幡子：旗帜之类。

[25]系：倚仗着。

[26]于阗：古时西域国名，今新疆和田县。当地以产美玉出名。

[27]周其颈：围在脖子上。

[28]蠛（miè）蠓（měng）：一种比蚊子还小、色白而头有絮毛的飞虫。

[29]铿（kēng）然：金石物撞击的声音。

[30]俊鹘（hú）：迅疾的鹰隼。

[31]翩然：形容飘忽轻捷的样子。

[32]至人：得道的高人。

[33]虚给：拿干薪的挂名差事。

[34]开成：唐文宗（李昂）的年号（公元八三六至八四〇年）。

[35]陵州：也称仁寿郡，约辖今四川仁寿、井研等地区，州治在今仁寿县。

裴　航[1]

裴铏

长庆[2]中，有裴航秀才，因下第游于鄂渚[3]，谒故旧友人崔相国。值相国赠钱二十万，远挈归于京。因佣巨舟载于湘、汉。同载有樊夫人，乃国色[4]也。言词问接，帷帐昵洽。航虽亲切，无计道达而会面焉。因赂侍妾袅烟而求达诗一章，曰："同为胡越[5]犹怀想，况遇天仙隔锦屏。傥若玉京[6]朝会去，愿随鸾鹤入青云。"诗往，久而无答。航数诘袅烟。烟曰："娘子见诗若不闻，如何？"航无计，因在道求名酝珍果而献之。夫人乃使袅烟召航相识。及褰帷，而玉莹光寒，花明丽景，云低鬟鬓，月淡修眉，举止烟霞外人[7]，肯与尘俗为偶！航再拜揖，愕眙良久之。夫人曰："妾有夫在汉南[8]，将欲弃官而幽栖岩谷[9]，召某一诀耳。深哀草扰，虑不及期[10]，岂更有情留盼他人，的不然耶[11]？但喜与郎君同舟共济，无以谐谑为意耳。"航曰："不敢。"饮讫而归。操比冰霜，不可干冒。夫人后使袅烟持诗一章，曰："一饮琼浆百感生，玄霜[12]捣尽见云英。蓝桥便是神仙窟，何必崎岖[13]上玉清[14]。"航览之，空愧佩而已，然亦不能洞达诗之旨趣。后更不复见，但使袅烟达寒暄而已。遂抵襄汉[15]，与使婢挈妆奁，不告辞而去。人不能知其所造。航遍求访之，灭迹匿形，竟无踪兆。遂饰装归辇下[16]。经蓝桥驿侧近，因渴甚，遂下道求浆而饮。见茅屋三四间，低而复隘。有老姬缉麻苎。航揖之，求浆。姬咄曰："云英，擎一瓯浆来，郎君要饮。"航讶之，忆樊夫人诗有云英之句，深不自会[17]。俄于苇箔[18]之下，出双玉手，捧瓷[19]。航接饮之，真玉液也。但觉异香氤郁[20]，透于户外。因还瓯，遽揭箔，睹一女子，露裛琼英，春融雪彩，脸欺腻玉，鬓若浓云，娇而掩面蔽身，虽红兰之隐幽谷，不足比其芳丽也。航惊怛植足[23]，而不能去。因白姬曰："某仆马甚饥，愿憩于此，当厚答谢，幸无见阻。"姬曰："任郎君自便。"且遂饭仆[24]秣马。良久，谓姬曰："向睹小娘子，艳丽惊人，姿容擢世[25]，所以踌躅而不能适[26]。愿纳厚礼而娶之，可乎？"姬曰："渠已许嫁一人，但时未就耳。我今老病，只有此女孙。昨有神仙遗灵丹一刀圭[27]，但须玉杵臼[28]，捣之百日，方可就吞，当得后天而老[29]。君约[30]取此女者，得玉杵臼，吾当与之也。其余金帛，吾无用处耳。"航拜谢曰："愿以百日为期，必携杵臼而至，更无他许人。"姬曰："然。"航恨恨而去。及至京国[31]，殊不以举事[32]为意。但于坊曲闹市喧衢而高声访其玉杵臼，曾无影响。或遇朋友，若不相识，众言为狂人。数月余日，或遇一货玉老翁曰："近得虢州[33]药铺卞老书云：'有玉杵臼货之。'郎君恳求如此，此君吾当为书导达。"航愧荷珍重[34]，果获杵臼。卞老曰："非二百缗不可得。"航乃泻囊[35]，兼货仆货马，方及其数。遂步骤[36]独挈而抵蓝桥。昔日姬大笑曰："有如是信士乎？吾岂爱惜女子而不酬其劳哉。"女亦微笑曰："虽然，更为吾捣药百日，方议姻好。"姬于襟带间解药，航即捣之。昼为而夜息，夜则姬收药臼于内室。航又闻捣药声，因窥之，有玉兔持杵臼，而雪光辉[37]室，可鉴毫芒[38]。于是航之意愈坚。如此日足，姬持而吞之曰："吾当入洞而告姻戚，为裴郎具帐帏。"遂挈女入山，谓航曰："但少留此。"逡巡，车马仆隶，迎航而往。别见一大第连云，珠扉晃日，内有帐幄屏帏，珠翠珍玩，莫不臻至[39]，愈如贵戚家焉。仙童侍女，引航入帐就礼讫。航拜姬悲泣感荷。姬曰："裴郎自是清冷裴真人[40]子孙，业[41]当出世，不足深愧[42]老姬也。"及引见诸宾，多神仙中人也。后有仙女，鬓髻霓衣[43]，云是妻之姊耳。航拜讫。女曰："裴郎不相识耶？"航曰："昔非姻好，不醒拜侍[44]。"女曰："不忆鄂渚同舟回而抵襄汉乎？"航深惊怛，恳悃陈谢。后问左右，曰："是小娘子之姊，云翘夫人，刘纲仙君之妻也。已是高真[45]，为玉皇之女吏。"妪遂遣航将妻入玉峰洞中，琼楼珠室而居之，饵以绛雪琼英之丹，体性清虚，毛发绀绿，神化自在，超为上仙。至太和[46]中，友人卢颢遇之于蓝桥驿之西。因说得道之事。遂赠蓝田[47]美玉十斤、紫府[48]云丹一粒，叙话永日[49]，使达书于亲爱[50]。卢颢稽颡[51]曰："兄既得道，如何乞一言而教授？"航曰："老子曰：'虚其心，实其腹。'[52]今之人，心愈实，何由得道之理。"卢子憪然[53]。而语之曰："心多妄想，腹漏精溢，即虚实可知矣。凡人自有不死之术，还丹[54]之方，但子未便可教，异日言之。"卢子知不可请，但终宴而去。后世人莫有遇者。

注释

[1]这是一篇描写人和神仙恋爱的故事。

作者生当唐末，局势动荡不安，人民生活痛苦，兼之在封建社会里，婚姻是不能自由的。在残酷的现实情况下，人们自我陶醉，幻想脱离尘世，成仙得道，也渴望获得恋爱自由，过幸福的日子，这两种心情的结合，就成为本篇所写这一类故事产生的根源。

"蓝桥相会"，佳话流传至今。明人龙膺作《蓝桥记》传奇，即据此篇演绎而成。

[2]长庆：唐穆宗（李恒）的年号（公元八二一至八二四年）。

[3]鄂渚：古地名，传在今湖北武昌黄鹤山上游三百步长江中。

[4]国色：绝色、最美丽。

[5]胡越：胡在北方，越（今浙江一带）在南方，比喻距离很远。

[6]玉京：道家说法，天帝居住的地方。

[7]烟霞外人：尘世以外的人。

[8]汉南：唐县名，今湖北宜城县。

[9]幽栖岩谷：隐居深山的意思。

[10]深哀草扰，虑不及期：心中非常悲痛烦乱，惟恐不能如期到达那里。

[11]的不然耶：难道不的确是这样吗。

[12]玄霜：一种丹药的名称。

[13]崎岖：道路不平、经历艰险。

[14]玉清：道家说法的三清之一。道家以玉清元始天尊、上清灵宝道君、太清太上老君所住的天外仙境为玉清、上清、太清三清境。

[15]襄汉：就是襄阳。襄阳地当襄水回转处，襄水为汉水的一段，故称襄阳为"襄汉"。

[16]辇下：皇帝的车子叫做"辇"，封建时代便把京城叫做"辇下"。后文《王知古》篇"辇毂之下"，义同。"遂饰装归辇下"："装"，原作"妆"。似应作"装"，《无双传》篇亦作"饰装"，改。

[17]深不自会：心里很想不出这个道理来。

[18]苇箔：苇织的帘子。

[19]瓷：瓷瓯。

[20]氲郁：气味熏腾的样子。

[21]露裛琼英："裛"，湿润的样子。"琼英"，本是美的玉石，这里指花。"露裛琼英"，带露水的花朵，形容极其娇艳。

[22]欺：这里引申作赛过、胜似解释。

[23]植足：站定了脚。这里是形容看见了美色，失神落魄，呆呆的站着。

[24]饭（fǎn）仆：给仆人饭吃。"饭"，作动词用。

[25]擢世：世上少有的意思。

[26]踌躇而不能适：恋恋不舍的意思。"踌躇"，犹疑不决的样子。

[27]一刀圭："刀圭"，古时的错刀（一种二寸长的货币），上面有

一圈像圭璧（圆形有孔、上有短柄的玉）一样，习惯用来作取药的工具。用刀圭取药的分量是不多的，所以"一刀圭"指少量的药。

[28]杵臼：春捣东西的器具。

[29]后天而老：天是永恒存在的，"后天而老"，寿命在天之后老，极言可以长生。

[30]约：打算的意思。

[31]京国：都城。

[32]举事：应考的事情。

[33]虢州：唐郡名，也称弘农，约辖今河南黄河以南、宜阳以北，和陕西洛水上游一些地区，州治在今河南灵宝县西南。

[34]愧荷珍重：重视别人予以恩惠的情谊，而又感到很惭愧。

[35]泻囊：把腰包里的钱全部拿出来。

[36]步骤：走得很快。

[37]辉：照耀，作动词用。

[38]毫芒："毫"，毫毛。"芒"，草谷的细须。"毫芒"，形容细小、纤微。

[39]臻至：达于极点，极言其齐备，美好。

[40]真人：道家称修道成仙的人。

[41]业：佛家迷信说法：人的作为叫做"业"。业有善有恶，也就善有善报，恶有恶报。在这里的意思犹如说"命中注定"。

[42]不足深愧："不足"，用不着。"愧"，作感谢的意思解释。

[43]霓衣：彩色的衣裳。

[44]不醒拜侍：记不得什么时候曾经在一起、记不得在哪里见过面。"醒"，引申作记忆、觉察解释，用如"省"字。

[45]高真：指得道的仙人。

[46]太和：唐文宗（李昂）的年号（公元八二七至八三五年）。

[47]蓝田：山名，在陕西蓝田县东南，出美玉。

[48]紫府：神话传说中仙人居住的地方。

[49]永日：终日。

[50]使达书于亲爱：叫他代为传递书信给至亲好友。

[51]稽颡：磕头时以额触地的敬礼。

[52]老子曰："虚其心，实其腹"："老子"，一般认为指老聃（dān），姓李名耳，春秋时人。著有《道德经》五千言，是道教的主要经典，也是古代一部著名的哲学书；"虚其心，实其腹"这两句，就出在这部书里。老子是主张无为而治的。"虚其心，实其腹"，历来解释不一。一说是要人吃饱肚子，但却应该没有知识，没有欲望。这里引用，是说修道求仙的人，应该消除妄念，没有欲望。

[53]懵（méng）然：糊涂不懂的样子。

[54]还丹：道家炼丹，把丹砂放在火炉内烧成水银，然后又还为丹砂，叫做"还丹"。据说吃了还丹，就可以成仙。完全是迷信的方术。道家以炉火炼药为"外丹"，修炼气功为"内丹"。

崔　护

孟棨[1]

　　博陵[2]崔护，资质甚美，而孤洁寡合。举进士下第[3]。清明日，独游都城南。得居人庄，一亩之宫[4]，而花木丛萃[5]，寂若无人。扣门久之。有女子自门隙窥之，问曰："谁耶？"护以姓字对，曰："寻春独行，酒渴求饮。"女入，以杯水至；开门，设床命坐；独倚小桃斜柯伫立，而意属殊厚[6]，妖姿媚态，绰有馀妍。崔以言挑之，不对。彼此目注者久之。崔辞去，送至门，如不胜情而入。崔亦眷盼而归。尔后绝不复至。及来岁[7]清明日，忽思之，情不可抑，径往寻之。门院如故，而已锁扃之。崔因题诗于左扉曰："去年今日此门中，人面桃花相映红；人面不知何处去，桃花依旧笑春风。"后数日，偶至都城南，复往寻之。闻其中有哭声，扣门问之。有老父出曰："君非崔护耶？"曰："是也。"又哭曰："君杀吾女！"崔惊怛，莫知所答。老父曰[8]："吾女笄年知书，未适人。自去年以来，常恍惚若有所失。比日[9]与之出，及归，见左扉有字[10]，读之，入门而病，遂绝食数日而死。吾老矣，惟此一女，所以不嫁者，将求君子，以托吾身[11]。今不幸而殒，得非君杀之耶！"又持崔大哭。崔亦感恸，请入哭之。尚俨然[12]在床。崔举其首，枕其股[13]，哭而祝曰："某在斯，某在斯[14]。"须臾开目，半日复活。老父大喜，遂以女归之[15]。

注释

[1]作者孟棨，字初中，唐人，曾在梧州（今广西梧州市）为官。著有《本事诗》，其中颇多唐代诗人轶事。

本篇即见于《本事诗》。它写男女互恋，精诚相感，女的终于死而复生，两人成为佳偶，是一篇美丽的爱情故事。

"人面桃花"这一典故，后世常加引用。元人白仁甫、尚仲贤，都曾本此作"崔护渴浆"杂剧。

[2]博陵：唐郡名，也称定州，约辖今河北定县、井陉、藁城等地区，州治在今定县。

[3]举进士下第：原无"下"字。"举进士"，其下不必再有"第"字，似应作"下第"，据顾本增。

[4]一亩之宫："宫"，本指普通房屋，后来才作宫殿解释，这里仍是原义，指墙垣。"一亩之宫"，有一亩地大小的围墙。语出《礼记·儒行》："儒有一亩之宫。"

[5]而花木丛萃：原无"而"字，似有"而"字较胜，据顾本增。

[6]意属殊厚：待他的意思很殷勤。

[7]来岁：明年。

[8]莫知所答。老父曰：原无"老"字，无"老"字文义不顺，且前后文均作"老父"，据顾本增。

[9]比日：近日。

[10]见左扉有字：原"见"下有"在"字（许本"左"作"在"），"在"字似可略去，据顾本删。

[11]将求君子，以托吾身：打算找一个好女婿，好让我老来有靠。

[12]俨（yǎn）然：形容态度端庄如生的样子。

[13]枕其股：把头睡在死者的大腿上。

[14]"某在斯，某在斯"："某"，本指别人，这里崔护却是指自己。语出《论语·卫灵公》：孔子和盲乐师名冕的相见，坐定之后，一一

为他介绍在座的人说，某人在这里，某人在这里（某在斯，某在斯）。

"某在斯，某在斯"：原无下"某在斯"三字。重复言之，似较传神，据顾本增。

[15]归之：嫁给他。

王　知　古

皇甫枚[1]

咸通庚寅岁[2]，卢龙军[3]节度使、检校尚书、左仆射张直方[4]抗表[5]，请修入觐之礼[6]。优诏[7]允焉。先是，张氏世莅燕土，民亦世服其恩。礼昭台之嘉宾，抚易水之壮士[8]；地沃兵庶，朝廷每姑息[9]之。洎直方之嗣事[10]也，出绮纨之中[11]，据方岳之上[12]，未尝以民间休戚[13]为意；而酣酒于室，淫兽于原[14]，巨赏狎于皮冠，厚宠袭于绿帻[15]，暮年而三军大怨。直方稍不自安。左右有为其计者，乃尽室[16]西上至京。懿宗授之左武卫大将军[17]。而直方飞苍走黄[18]，莫亲徼道之职[19]，往往设置罘[20]于通道，则犬彘无遗。臧获[21]有不如意者，立杀之。或曰："辇毂之下，不可专戮。"其母曰："尚有尊于我子者乎？"则僭轶[23]可知也。于是谏官[24]列状上，请收付廷尉[25]。天子不忍置于法[26]，乃降为昭王府司马[27]，俾分务洛师[28]焉。直方至东京，既不自新，而慢游[29]愈亟。洛阳四旁翥者走者[30]，见皆识之，必群噪长噪而去。有王知古者，东诸侯之贡士[31]也。虽薄涉儒术[32]，而数奇不中春官选[33]，乃退处于三川[34]之上，以击鞠飞觞[35]为事，遨游于南邻北里间。至是有闻于直方者。直方延之。睹其利喙赡辞[36]，不觉前席[37]；自是日相狎。壬辰岁，冬十一月，知古尝晨兴，俄舍无烟[38]，愁云塞望，悄然弗怡。乃徒步造直方第；至则直方急

197

趋，将出畋[39]也。谓知古曰："能相从乎？"而知古以祁寒有难色[40]。直方顾谓僮曰："取短皂袍[41]来。"请知古衣之。知古乃上加麻衣焉，遂联辔而去。出长夏门，则凝霰始零[42]，由阙塞[43]而密雪如注。乃渡伊水[44]而东，南践万安山之阴麓[45]，而韝弋之获甚伙[46]。倾羽觞[47]，烧兔肩，殊不觉有严冬意。及乎霰开雪霁[48]，日将夕焉，忽有封狐[49]突起于知古马首，乘酒驰之[50]数里，不能及，又与猎徒相失。须臾雀噪烟暝，莫知所如；隐隐闻洛城暮钟，但彷徨于樵径古陌之上。俄而山川黯然，若一鼓将半[51]，试长望，有炬火甚明，乃依积雪光而赴之。复若十馀里，至则乔木交柯，而朱门中开，皓壁横亘，真北阙[52]之甲第也。知古及门，下马，将徙倚以达旦[53]。无何，小驷顿辔[54]，阍者觉之，隔壁而问阿谁[55]。知古应曰："成周[56]贡士太原王知古也。今旦有友人将归于崆峒旧隐者[57]，仆饯之伊水滨，不胜离觞，既掺袂[58]，马逸，复不能止，失道至此耳。迟明将去，幸无见让[59]。"阍[60]曰："此乃南海副使[61]崔中丞[62]之庄也。主父[63]近承天书赴阙[64]，郎君复随计吏[65]西征，此惟闺闱中人耳，岂可淹久乎。某不敢去留[66]，请闻于内。"知古虽怵惕不宁[67]，自度中宵矣，去将安适？乃拱立[68]以候。少顷，有秉蜜炬[69]自内至者，振钥管[70]辟扉，引保母[71]出。知古前拜，仍述厥由。母曰："夫人传语：主与小子，皆不在家，于礼无延客之道。然僻居与山薮接畛[72]，豺狼所嗥[73]，若固相拒，是见溺不救[74]也。请舍外厅，翌日可去。"知古辞谢。乃从保母而入。过重门，门侧厅事[75]，栾栌宏敞[76]，帷幌鲜华，张银灯，设绮席，命知古坐焉。酒三行，陈方丈之馔[77]，豹胎鲂腴，穷水陆之美[78]。保母亦时来相勉[79]。食毕，保母复问知古世嗣宦族[80]及内外姻党[81]，知古具言之。乃曰："秀才轩裳令胄[82]，金玉奇标[83]，既富春秋[84]，又洁操履[85]，斯实淑媛之贤夫也。小君[86]以钟爱稚女，将及笄年，尝托媒妁，为求谐对[87]久矣。今夕何夕，获遘良人[88]。潘、杨之睦可遵，凤凰之兆斯在[89]。未知雅抱[90]何如耳？"知古敛容曰："仆文愧金声，才非玉润[91]；岂家室为望，惟泥涂是忧[92]。不谓宠及迷津，庆逢子夜[93]。聆好音于鲁馆，逼佳气于秦台[94]。二客游神，方兹莫及；三星委照，唯恐不扬[95]。倘获托彼强宗[96]，睸以佳耦[97]，则生平所志，毕在斯乎。"保母喜，谑浪而入[98]白。复出，致小君之命，曰："儿自移天[99]崔门，实秉懿范[100]；奉蘋蘩之敬，如琴瑟之和[101]。惟以稚女是怀[102]，思配君子。既辱高义[103]，乃叶夙心[104]。上京[105]飞书，路且不远；百两陈礼[106]，事亦非赊[107]。忻慰孔[108]多，倾瞩[109]而已。"知古磬折[110]而答曰："某虫沙微类[111]，分及湮沦[112]；而钟鼎高门[113]，忽蒙采拾。有如白水，以奉清尘[114]，鹤企凫趋[115]，惟待休旨[116]。"知古复拜。保母戏曰："他日锦雉之衣欲解，青鸾之匣全开[117]；貌如月华，室若云邃。此际颇相念否？"知古谢曰："以凡近仙，自地登汉[118]，不有所举[119]，孰能自媒。谨当誓彼襟灵，志之绅带；期于没齿，佩以周旋[120]。"复拜。少时，则燎沈当庭[121]，良夜将艾。保母请知古脱服以休。既解麻衣，而皂袍见。保母诮曰："岂有逢掖之士[123]，而服从役之衣耶？"知古谢曰："此乃假之于与所游熟者，固非己有。"又问所从。答曰："乃卢龙张直方仆射所借耳。"保母忽惊叫仆地，色如死灰。既起，不顾而走入宅。遥闻大叱曰："夫人，差事[124]！宿客乃张直方之徒也！"复闻夫人者叫曰："火急斥去，无启寇雠[125]！"于是婢子小竖[126]辈，群出秉猛炬[127]，曳白桲而登阶。知古伾儴[128]，避于庭中，四顾逊谢。骂言狎至，仅得出门。既出，已横关[129]阖扉，犹闻喧哗未已。知古愕立道左，自怛久之。将隐颓垣，乃得马于其下，遂驰走。遥望大火若燎原者，乃纵辔赴之。至则输租车[130]方饭牛附火[131]耳。询其所，则伊水东草店之南也。复枕辔假寐[132]。食顷，而震方洞然[133]，心思稍安。乃扬鞭于大道。比及都门，已有张直方骑数辈来迹[134]矣。遥至其第。既见直方，而知古愤懑不能言。直方慰之。坐定，知古乃述宵中怪事。直方起而抚髀[135]曰："山魈木魅[136]，亦知人间有张直方耶？"且止知古。复益[137]其徒数十人，皆射皮饮胾者[138]，享以卮酒豚肩。与知古复南出；既至万安之北，知古前导，雪中马迹宛然。直诣柏林下，则碑板废于荒坎，樵苏[139]残于茂林。中列大冢十余，皆狐兔之窟宅，其下成蹊。于是直方命四周张罗縠弓以待[140]。内则秉蕴[141]荷锸，且掘且薰。少焉，有群狐突出，焦头烂额者，罥罗罥挂[142]者，应弦饮羽[143]者，凡获狐大小百余头以归。三水人[144]曰："嗟乎王生，生世不谐，而为狐貉所侮，况其大者乎。向若无张公之皂袍，则强死[145]于秽兽之穴也。余时在洛敦化里第，于宴集中，博士[146]渤海[147]徐公说为余言之。岂曰语怪，亦以摭实，故传之焉。"

注释

[1]作者皇甫枚，字遵美，唐安定（今甘肃泾川北）人。懿宗时曾任汝州鲁山（今河南鲁山县）令。著有《三水小牍》三卷，他所写的传奇，均出此书。

这虽是写王知古遭遇狐精的故事，但主题却在于反映当时藩镇的专横跋扈，蹂躏人民。作者极力渲染鸟兽精怪都异常畏惧张直方，只是有意作为陪衬之笔，从这里可以看出，人民处在淫威之下，是如何地遭到迫害。这是一种巧妙的暗示。

[2]咸通庚寅岁："咸通"，唐懿宗（李漼〔cuǐ〕）的年号（公元八六〇至八七三年）。"咸通庚寅岁"为咸通十一年（公元八七〇年）。下文"壬辰岁"，咸通十三年（公元八七二年）。

[3]卢龙军：唐方镇名，即范阳镇，辖幽、蓟、平、檀、妫（guī）、燕等州，约在今河北永定河以北、长城以南地区，治所在幽州（今北京市西南）。

[4]张直方：唐范阳人。他父亲张仲武，曾在幽州卢龙一带任兵马留后等军职多年；仲武死后，他又任节度留后、副大使，所以下文说"张氏世莅燕土"。本篇虽对他作了一些夸张的描写，但也非全无根据。《唐书》里就曾说他："性暴，奴婢细过辄杀。""后居东都，弋猎愈甚，洛阳飞鸟皆识之，见必群噪。"

[5]抗表：直率地、无所隐讳地上奏章。

[6]修入觐之礼：履行谒见皇帝的礼节。

[7]优诏：嘉奖而含有抚慰意味的诏书。

[8]礼昭台之嘉宾，抚易水之壮士："礼"，有礼貌地接待。战国时，燕昭王发奋图强，采纳郭隗的建议，在易水东南筑台，招延天下贤士。见《战国策·燕策》。"易水"为大清河上源支流，有中易、南易、北易之分，均源出河北易县，会合后入南拒马河。燕太子丹叫侠上荆轲去刺秦王，临行时，在易水边为他饯行。荆轲曾高歌"风萧萧兮易水寒，壮士一去兮不复还"的句子。见《史记·刺客列传》。这里引用这两个典故，是说张氏能够以礼接待并任用贤能之士。

[9]姑息：敷衍宽容，以求得暂时平安的意思。一说："姑"指归女，"息"指小孩，"姑息"，像对待妇女和小孩一样地不多加责备。古人每每以妇女和小孩相提并论，认为妇女是同小孩一样地幼稚无知，这是封建社会里重男轻女观念的反映。

[10]嗣事：继任。

[11]出绮纨之中："绮纨"，丝织品，这里义同"纨绔"，作为娇生惯养的富贵人家子弟的代称。"出绮纨之中"，富贵人家出身的意思。

[12]据方岳之上："方岳"，四方之岳，指东岳泰山、南岳衡山、西岳华山、北岳恒山。古时帝王出巡到某方岳，那一方面的诸侯就要赶去朝见。节度使的地位有如从前的诸侯，所以引作比喻。"据方岳之上"，就是霸据一方的意思。

[13]休戚：喜忧、乐苦。

[14]淫兽于原：事情做得过度叫做"淫"。"淫兽于原"，成天在郊外打猎的意思。

[15]巨赏狎于皮冠，厚宠袭于绿帻："狎"，狎昵，亲近。"皮冠"，古时猎人戴的帽子。"袭"，及的意思。"绿帻"，古时服劳役的人戴的绿色头巾。那时轻视劳动人民，把绿帻当做"贱者之服"。这两句的意思是说：张直方喜欢和猎人们在一起，亲近他们，而且给他们很多赏

赐；又宠爱所谓"下贱"的劳动人民。

[16]尽室：全家。

[17]左武卫大将军：唐代设左右武卫，各置大将军一员，位在上将军之上，是掌宫禁宿卫的高级武官。

[18]飞苍走黄：放出苍鹰和猎犬，指打猎。"苍"，苍鹰。"黄"，黄犬。

[19]莫亲徼（jiào）道之职：不负警卫禁地的职责。"徼"，巡察。"徼道"，指禁卫之地。

[20]罝（jū）罦（fú）：捕兽的网。

[21]臧获：奴婢。

[22]专戮：擅自杀人。

[23]僭轶："僭"，僭越。"轶"，超过。

[24]谏官：指御史、给事中这一类负责诤谏的官员。

[25]收付廷尉：逮捕到监牢里的意思。"廷尉"，本秦、汉时掌司法的官员，为九卿之一，就是后来主管刑狱的大理寺卿。

[26]置于法：治罪、处刑。

[27]昭王府司马："昭王"，名李汭（ruì），唐宣宗的儿子。"王府司马"，是统领府寮纪纲职务的官员。

[28]分务洛师："师"，京师。唐以洛阳为东都，所以称为"洛师"。当时称分发洛阳去做官为"分务洛师"或"分司洛阳"。

[29]慢游：任意出游。

[30]蓍（zhù）者走者：飞禽和走兽。"蓍"，飞的意思。

[31]东诸侯之贡士：指洛阳地方官保举进京应试的人。洛阳是东都。把东都的地方官比作古代诸侯，所以称为"东诸侯"。

[32]薄涉儒术：略为知道一点儒家之道，也就是曾读过一些书的意思。"涉"，涉猎，以涉水和猎兽比喻对事情并不专精。

[33]数（shù）奇（jī）不中（zhòng）春官选：因为命运不好，没有

考中明经或进士。"春官"，是主持明经、进士考试的礼部的别称。武则天时代，曾一度改礼部为春官。

[34]三川：指伊水、洛水和黄河。又古郡名，在伊水、洛水、黄河间，治所在今洛阳东北。

[35]击鞠飞觞：打球喝酒。"鞠"，皮球。"飞觞"，喝酒时把杯子传来传去。

[36]利喙（huì）赡辞："利喙"，犹如说一张利嘴。"赡辞"，会说话、善于辞令。

[37]前席：古人席地而坐，当谈得高兴，听得入神时，不知不觉地移到前面来凑近一点，叫做"前席"。

[38]僦（jiù）舍无烟："僦舍"，租住的房子。"无烟"，不能举火，无以为炊的意思。

[39]出畋（tián）：打猎。"畋"，同"田"字。

[40]祁寒：严寒、酷冷。"祁"，原作"祈"，应两字形似误刻，据许本改。

[41]皂袍：黑色的袍子，古代劳动人民（所谓"贱者"）的服装，所以下文说"服从役之衣"。

[42]凝霰（xiàn）始零：下起雪珠儿来了。"凝霰"，凝结的雪珠。"零"，降落。

[43]阙塞：山名，就是伊阙，也叫龙门山，在洛阳南约十里处。因龙门山（西山）和香山（东山）隔伊水夹峙如门，故称"伊阙"。上有著名的龙门石窟佛像。

[44]伊水：也称伊河、伊川。源出河南嵩县外方山，流经洛阳等地，至偃师县入洛水。

[45]万安山之阴麓："万安山"，在洛阳东南四十里，也名石林山、半石山。"阴麓"，北面山脚下。

[46]鞲（gōu）弋之获："鞲"，射箭用的、像袖套一类的臂衣。

"弋"，射。"韝弋之获"，指由于射猎而得到的收获。"弋"，原作"采"。"弋"字似较胜，据谈本改。

[47]倾羽觞：倒酒喝的意思。"羽觞"，古时一种鸟形、有头尾羽翼的酒器。

[48]及乎霰开雪霁："霰"，原作"霞"。前云"凝霰始零，密雪如注"，此处似应作"霰"是，据谈本改。

[49]封狐：大狐。

[50]乘酒驰之：趁着酒意追逐它。

[51]一鼓将半：古时一夜分为五更，报更用鼓。"一鼓将半"，就是半更天的时候。

[52]北阙："阙"，见前《李娃传》篇"岁一至阙下"注。皇宫是坐北朝南的，所以叫做"北阙"。

[53]将徙倚以达旦：打算在这里往来走动以等待天明。"徙倚"，徘徊不定，走来走去的样子。

[54]小驷顿辔：四匹马驾的车子叫做"驷"，这里"小驷"指小马。"顿辔"，抖动马缰绳。

[55]阿谁：什么人。"阿"，加强语气的助词。

[56]成周：古地名，旧城在今洛阳东北。这里指洛阳。

[57]将归于崆（kōng）峒（tóng）旧隐者：将要回到崆峒山里仍然隐居的人。崆峒山有好几处，这里可能指在河南临汝县西南的一处，传说是古仙人广成子隐居修道的地方。

[58]掺（shǎn）袂：拉着袖子，是不要人离去的一种惜别表示，因以"掺袂"指离别。

[59]见让：加以责备。

[60]阍：阍者，看门人。

[61]副使：唐代除节度使有副使外，还设有观察、团练、防御等使，负地方军政责任，地位略高于刺使，其副长官也都称副使。

[62]中丞：御史中丞的简称。

[63]主父：古时婢妾对"主人"的称呼。

[64]承天书赴阙：奉皇帝的诏命而到京城里去。"天书"，皇帝的诏书。

[65]计吏：掌管会计簿籍的官员。

[66]不敢去留：意思是自己不敢作主：让王知古离开或者留住他。

[67]怵（chù）惕（tì）不宁：惊惧不安的样子。

[68]拱立：两手合起来（右手在内，左手在外）站着，古时表示恭敬的一种礼节。

[69]蜜炬：也叫"蜜烛"，就是蜡烛。

[70]振钥管：拿着钥匙开锁。"钥管"，钥匙。

[71]保母：古人在姬妾中选择一人负抚育子女的责任，称为"保母"。

[72]与山薮（sǒu）接畛：和深山大泽交界。

[73]然僻居与山薮接畛，豺狼所嗥：原作"然僻居于山薮，接畛豺狼所嗥"，文义不顺，据谈本改，"接畛"二字连上文读。

[74]见溺不救：看见别人淹没在水里而不加以援救，比喻的话。

[75]厅事：堂屋、大厅。原作"听事"，是官署问案的地方，后来私家堂屋也叫"听事"，一般通写作"厅事"。

[76]栾栌宏敞：房屋高大的意思。"栌"，斗栱，就是柱上的方木。"栾"，柱上两头承受斗栱的曲木。

[77]陈方丈之馔："方丈"，面积方一丈。"陈方丈之馔"，意思是饭菜满满地摆了一桌。

[78]豹胎鲂（fáng）腴，穷水陆之美：古时以"豹胎"和龙肝、熊掌并列，认为是食品中的珍味之一。《晋书·潘岳传》："厥肴伊何？龙肝豹胎。""鲂"，就是鳊鱼。"鲂腴"，指鲂鱼腹内的脂肪，味最美。"穷水陆之美"，极尽山珍海味的鲜美。

[79]勉：劝请多吃一些的意思。

[80]世嗣宦族：世家的后裔，就是出身于官僚地主大家庭。

[81]内外姻党："内"，指母系方面的；"外"，指父系方面的。"内外姻党"，指和父母亲有血统关系的亲戚。"党"，也是姻亲的意思。

[82]轩裳令胄：指贵族子弟。"轩裳"，车服，是富贵人家所用的。"令"，贤善，称呼别人的客气话。"胄"，后嗣。

[83]金玉奇标：像金玉一样高贵纯洁的风格。

[84]富春秋：正当少壮的时候。"富"，充裕、厚实的意思。"春秋"，指年龄。

[85]洁操履：品行和作为都保持清白、纯洁。"操"，指操行。"履"，指行为。

[86]小君：古时称诸侯的夫人为"小君"，副使的夫人地位和诸侯夫人略同，所以也以此相称。

[87]谐对：好配偶。

[88]良人：《诗经·唐风·绸缪》："今夕何夕，见此良人。"本是丈夫对妻子的称呼，妻子也可称丈夫为良人。古时也称善人、君子为良人。此为后一义。后文《谭意哥传》篇"不得从良人"，就是不能嫁一个丈夫的意思。

[89]潘、杨之睦可遵，凤凰之兆斯在：这两句的意思是说：两家结亲之后，可望彼此和洽；这种婚姻，事先就有了好兆头的。晋代潘岳的妻子，是杨仲武的姑母；潘杨两家世代结亲，很是和好。潘岳在《杨仲武诔》文中说："藉三叶世亲之恩，而子之姑，余之伉俪焉，潘杨之睦，有自来矣。"又春秋时，陈国公子完，因陈乱出奔齐国，齐大夫懿氏要把女儿许嫁给他；懿仲的妻子就先占卜一下，得到"凤凰于飞，和鸣锵锵"的吉利卦象，后来婚姻碰巧十分美满。见《左传》庄公二十二年。

[90]雅抱：指别人内心意志的客气话。

[91]文愧金声，才非玉润：古时称人文章作得好为"掷地作金石

206

声"。"文愧金声"，惭愧自己的文章作得不好。"才非玉润"，才华不如玉之光润，也是比喻的话。

[92]岂家室为望，惟泥涂是忧：哪里有结婚成家的念头，只是以自己身分卑贱，没有前途为虑。"泥涂"，指草野卑贱的人。

[93]不谓宠及迷津，庆逢子夜：想不到你们会看上我这迷路的人，在半夜里碰到这种好事情。"迷津"，本是水路找不到出处的意思，典出《桃花源记》，这里指迷失路途的人。

[94]聆好音于鲁馆，逼佳气于秦台：春秋时，鲁庄公以周王同姓的关系，代为主持王姬的婚事，派大夫把周王姬迎到鲁国，在外面筑馆招待居住，然后送到齐国去和齐侯成婚。见《春秋》庄公元年。后来就以"鲁馆"为嫁女外住的代词。"佳气"，吉祥气象。"秦台"，就是凤台，见前《莺莺传》篇"萧史"注。这两句的意思是说：被许婚事，招为女婿，对于这个好消息，感到兴奋愉快。

[95]二客游神，方兹莫及；三星委照，唯恐不扬："二客游神"，出典不详。可能指刘晨、阮肇在天台遇仙的故事，"二客"，指刘晨和阮肇。"游神"，游于神仙境界。参看前《昆仑奴》篇"阮郎"注。"方"，比。如果是这样解释，意思就是说：他现在所处的环境，就是刘、阮在天台遇仙的情况也比不了。"三星"，指二十八宿里的心星。古人认为，心星有尊卑夫妇父子之象（夫尊妇卑，是封建社会里夫权意识的反映）；又以为，心星天昏黑时见于东方，是二月的合宿，也正是男女婚嫁的适当时候，因而以"三星"为婚姻的象征词。"三星委照"，犹如说"红鸾星照命"。"不扬"，不显著。"三星委照，唯恐不扬"，是唯恐怕婚姻不能成功、不能如愿的意思。

[96]托彼强宗："强宗"，豪门大族。"托彼强宗"，和豪门大族结亲的意思。

[97]睠以佳耦："睠"，同"眷"字，关心、顾念的意思。"耦"，同"偶"字。"睠以佳耦"，由于关切、顾念而介绍一个好配偶。

[98]谑浪而入:"谑浪",戏谑、开玩笑。"谑浪而入",一面走进去,一面嘴里开着玩笑。

[99]移天:封建时代,妇女尊称父亲和丈夫为"所天"。"移天",由父家转移到夫家去,就是出嫁的意思。

[100]懿范:美德的模范,专指女性而言。

[101]奉蘋蘩之敬,如琴瑟之和:《诗经》有《采蘋》和《采蘩》两章,古人认为是表扬大夫和诸侯的夫人能够敬祀祖先的作品,后来因以"奉蘋蘩"为妇女主持家务的代词。又《诗经·小雅·常棣》里有"妻子好合,如鼓琴瑟"这两句,以琴瑟声音的相应和,比喻夫妇的要好。

[102]是怀:放在心上的意思。

[103]辱高义:承蒙答应婚事的意思。"辱",辱没,亵渎了别人的身分,客气话。参看前《柳毅传》篇"求托高义"注。

[104]叶夙心:犹如说趁心如意。"叶",同"协"字,和合的意思。

[105]上京:京师的通称,这里指东都洛阳。

[106]百两陈礼:古时诸侯出嫁女儿,要以百两为陪送,后来就以"百两"为嫁娶的代词。"两",同"辆"字。"百两",一百辆车子。"百两陈礼",泛指婚嫁的礼物。

[107]赊:同"奢"字。

[108]孔:很、甚。

[109]倾瞩:用钦佩的眼光看着。

[110]磬折:形容弯着腰,恭恭敬敬地站着,像磬(古时以玉或石制成的乐器,中部是弯折的)一样。

[111]虫沙微类:指渺小无足重轻的东西。古代神话:周穆王南征,军队全化为异物:君子变为猿、鹤,小人变为虫、沙。见《太平御览》七十四引《抱朴子》。

[112]分(fèn)及湮沦:自料要终身埋没、倒霉了。

[113]钟鼎高门:指富贵人家。封建时代,官僚地主大家庭,吃饭时要

先鸣钟，然后列鼎而食（鼎，古食器。列鼎，排列着多少碗的意思），所以称为"钟鼎高门"。

[114]有如白水，以奉清尘："有如白水"，是对着河水发出的一句誓词。春秋时，狐偃随着晋公子重耳流亡在外，遇事进谏，重耳很不高兴。后来重耳返国将任国君，当路过一条河流的时候，狐偃向重耳告辞，打算他往。他说：过去对你没有礼貌，是很有罪的，所以不能跟你一道回国了。重耳不许他走，并指着河水发誓说：今后和你如果不是一条心，有如白水！见《左传》僖公二十四年。"清尘"，见前《莺莺传》篇"犹托清尘"注。这两句是发誓要追随在一起的意思。

[115]鹤企凫趋：鹤的颈子很长，"鹤企"，形容伸长着颈子盼望着。"凫趋"以野鸭的随群趋赴，形容欢欣鼓舞的样子。

[116]休旨：好消息。

[117]锦雉之衣欲解，青鸾之匣全开：这两句是形容成婚时的情况。"锦雉之衣"，指华美的衣服。"青鸾"，指镜子。古代传说，鸾喜对镜而舞，故以青鸾为镜的代词。"青鸾之匣全开"，把妆台里的镜匣全打开了。

[118]自地登汉：犹如说平地登天。"汉"，河汉，就是天河。

[119]不有所举：如果不是因为有人保举、推荐。

[120]誓彼襟灵，志之绅带；期于没齿，佩以周旋：这四句是把保母介绍婚事的恩惠记在心里，终身不忘的意思。"襟灵"，指胸怀、怀抱。"誓彼襟灵"，发誓记在心里。"绅"，腰带的下垂部分。"志之绅带"，把这件事记在衣带上。"没齿"，终身的意思。"期于没齿"，打算一直到终身。"佩以周旋"，走到哪里，就把这一种心情带到哪里。

[121]燎沈当庭："燎"，庭燎，古时用松柴、苇竹之类浇上油脂，于举行典礼时，在庭院里燃烧作照明之用的东西。其形有如叉杆，一般用铁制，上有圆斗，可插燃料。"燎沈当庭"，在庭院里把庭燎烧得很久。

[122]将艾：将尽。

[123]逢掖之士："逢",大的意思。"掖",同"腋"字,指衣腋、衣袖。"逢掖",犹如说宽袍大袖。古时读书人和官僚地主阶级是不参加劳动的,所以可以穿着宽袍大袖的衣服。"逢掖之士",就指这一类的人。

[124]差事:奇事,怪事。差在唐宋俗语中有奇怪的意思。

[125]无启寇雠:不要找麻烦、不要惹祸端。

[126]小竖:小使、小仆人。

[127]猛炬:大火把。

[128]伥(kuāng)儴(ráng):形容慌慌张张,走路时跌跌冲冲的样子。

[129]横关:把门闩插起来。

[130]输租车:缴纳租税的车子。

[131]饭牛附火:喂牛烤火。

[132]假寐:不脱衣服睡觉叫做"假寐"。

[133]震方洞然:"震",《易经》卦名。《易经》里八卦方位,以震卦为东方。"震方洞然",意思是在东方,也就是狐精所在的方向,空空洞洞地,什么都看不见、听不见了。

[134]迹:寻觅。

[135]抚髀:拍着大腿。

[136]山魈(chī)木魅:古代说法,一种山林异气所生的害人怪物。

[137]益:增加。

[138]射皮饮胄者,指武士、猎人。把箭射进去叫做"饮"。"胄",头盔,武士所用。

[139]樵苏:砍木为薪叫做"樵",割取野草叫做"苏"。

[140]于是直方命四周张罗彀弓以待:原无"罗"字。按下文云,"置罗胃挂,应弦饮羽",则此处似应有一"罗"字,据谈本增。张罗彀弓:张开了猎网,拉满了弓弦:射猎前的准备工作。

[141]秉蕴:拿着引火的草把。

[142]罝罗罥（juàn）挂：悬挂在猎网上。"罝罗"，捕兽的网。"罥"，结系。

[143]应弦饮羽：弓弦响处，鸟兽应声命中。"饮羽"，射箭深入，连箭尾的羽毛也射进去了。

[144]三水人：作者皇甫枚自称，皇甫枚是三水人。

[145]强死：非命而死、不正常的死亡。"强"，强健。强健的人死亡了，就不会是死于疾病，因而一定是被害、非命而死。

[146]博士：官名。唐时有太学、国子等博士，是教授官僚贵族子弟的官员，一般所称博士指此；但其他官署里，也还有博士这一名目。

[147]渤海：古郡名，唐时为沧州景城郡，州治在今河北沧县。又唐时另有渤海县，在今山东惠民、乐陵一带地方。

飞 烟 传[1]

皇甫枚

临淮[2]武公业，咸通中任河南府功曹参军[3]。爱妾曰飞烟，姓步氏，容止[4]纤丽，若不胜绮罗。善秦声[5]，好文墨，尤工击瓯[6]，其韵与丝竹合。公业甚嬖之。其比邻，天水[7]赵氏第也，亦衣缨之族[8]，不能斥言[9]。其子曰象，端秀有文，才弱冠矣。时方居丧礼。忽一日，于南垣隙中窥见飞烟，神气俱丧，废食忘寐。乃厚赂公业之阍，以情告之。阍有难色，复为厚利所动，乃令其妻伺飞烟闲处，具以象意言焉。飞烟闻之，但含笑凝睇而不答。门媪尽以语象。象发狂心荡，不知所持[10]，乃取薛涛笺[11]，题绝句曰："一睹倾城貌，尘心只自猜。不随萧史去，拟学阿兰来[12]。"以所题密缄之，祈门媪达飞烟。烟读毕，吁嗟良久，谓媪曰："我亦曾窥见赵郎，大好才貌。此生薄福，不得当之。"盖鄙武生麤[13]悍，非良配耳。乃复酬[14]一篇，写于金凤笺，曰："绿惨双娥不自持，只缘幽恨在新诗。郎心应似琴心怨，脉脉春情更泥谁[15]。"封付门媪，令遗象。象启缄，吟讽数四，抃掌喜曰："吾事谐矣。"又以剡溪玉叶纸[16]，赋诗以谢，曰："珍重佳人赠好音，彩笺芳翰两情深。薄于蝉翼难供恨，密似蝇头未写心[17]。疑是落花迷碧洞，只思轻雨洒幽襟[18]。百回消息千回梦，裁作长谣寄绿琴[19]。"诗去旬日，门媪不复来。象忧懑[20]，恐事泄；或飞烟追悔。

212

春夕，于前庭独坐，赋诗曰："绿暗红藏起暝烟[21]，独将[22]幽恨小庭前。沉沉[23]良夜与谁语，星隔银河[24]月半天。"明日，晨起吟际，而门媪来，传飞烟语曰："勿讶旬日无信，盖以微有不安。"因授象以连蝉锦香囊[25]并碧苔笺[26]，诗曰："无力严妆[27]倚绣枕[28]，暗题蝉锦思难穷。近来赢得[29]伤春病，柳弱花敧怯晓风。"象结锦香囊于怀，细读小简。又恐飞烟幽思增疾，乃剪乌丝阑为回械[30]，曰："春日迟迟[31]，人心悄悄[32]。自因窥觑，长役梦魂[33]。虽羽驾尘襟[34]，难于会合；而丹诚皎日，誓以周旋[35]。昨日瑶台[36]青鸟[37]忽来，殷勤寄语。蝉锦香囊之赠，芬馥盈怀，佩服徒增，翘恋弥切。况又闻乘春多感，芳履乖和[38]，耗冰雪之妍姿，郁蕙兰之佳气。忧抑之极，恨不翻飞[39]。且望宽情[40]，无至憔悴。莫孤短韵[41]，宁爽后期[42]。惝恍寸心，书岂能尽[43]？兼持菲什[44]，仰继华篇。伏惟试赐凝睇。"诗曰："见说伤情为九春[45]，想封蝉锦绿蛾颦[46]。叩头为报烟卿道，第一风流最损人。"门媪既得回报[47]，径赍诣飞烟阁中。武生为府掾属[48]，公务繁夥，或数夜一直[49]，或竟日不归。此时恰值入府曹。飞烟拆书，得以款曲寻绎[50]。既而长太息[51]曰："丈夫之志，女子之情，心契魂交，视远如近也。"于是阖户垂幌[52]，为书曰："下妾不幸，垂髫[53]而孤。中间为媒妁所欺，遂匹合于琐类[54]。每至清风明月，移玉柱[55]以增怀；秋帐冬釭，泛金徽[56]而寄恨。岂谓公子，忽贻好音。发华缄而思飞，讽丽句而目断。所恨洛川波隔，贾午墙高；连云不及于秦台，荐梦尚遥于楚岫[57]。犹望天从素恳，神假微机[58]，一拜清光，九殒无恨[59]。兼题短什，用寄幽怀。伏惟特赐吟讽也。"诗曰："画檐春燕须同宿[60]，兰浦双鸳肯独飞？长恨桃源诸女伴，等闲花里送郎归[61]。"封讫，召门媪[62]，令达于象。象览书及诗，以飞烟意稍切，喜不自持，但静室焚香，虔祷以候。忽一日[63]，将夕，门媪促步而至[64]，笑且拜曰："赵郎愿见神仙否？"象惊，连问之。传飞烟语曰："值今夜功曹府直，可谓良时。妾家后庭，即君之前垣也。若不渝惠好，专望来仪[65]。方寸万重[66]，悉候晤语。"既曛黑[67]，象乃乘梯而登，飞烟已令

213

重榻于下[68]。既下，见飞烟靓妆盛服[69]，立于庭前。交拜讫，俱以喜极不能言。乃相携自后门入房中，遂背釭解幌，尽缱绻之意焉。及晓钟初动，复送象于垣下。飞烟执象手曰："今日相遇，乃前生姻缘耳。勿谓妾无玉洁松贞之志，放荡如斯。直以郎之风调，不能自固。愿深鉴之。"象曰："挹希世之貌，见出人之心[70]。已誓幽庸[71]，永奉欢洽。"言讫，象逾垣而归。明日，托门媪赠飞烟诗曰[72]："十洞三清[73]虽路阻，有心还得傍瑶台。瑞香风引思深夜，知是蕊宫[74]仙驭来。"飞烟览诗微笑，复赠象诗曰："相思只怕不相识，相见还愁却别君。愿得化为松下鹤，一双飞去入行云。"付门媪[75]，仍令语象曰："赖值儿家有小小篇咏[76]，不然，君作几许大才面目[77]？"兹不盈旬，常得一期于后庭。展幽微之思，馨宿昔之心，以为鬼神不知，天人相助。或景物寓目，歌咏寄情，来往便繁，不能悉载。如是者周岁。无何，飞烟数以细过挞其女奴，奴阴衔之，乘间尽以告公业。公业曰："汝慎勿扬声！我当伺察之。"后至直日，乃伪陈状请假。迨夜，如常入直，遂潜于里门。街鼓既作，匍伏[78]而归。循墙至后庭，见飞烟方倚户微吟，象则据垣斜睨。公业不胜其愤，挺前欲擒。象觉，跳去。公业搏之，得其半襦。乃入室，呼飞烟诘之。飞烟色动声颤，而不以实告。公业愈怒，缚之大柱，鞭楚血流。但云："生得相亲，死亦何恨。"深夜，公业怠而假寐。飞烟呼其所爱女仆曰："与我一杯水。"水至，饮尽而绝。公业起，将复笞之，已死矣。乃解缚，举置阁中，连呼之，声言飞烟暴疾[79]致殒。数日，窆之北邙[80]。而里巷间皆知其强死矣。象因变服，易名远，自窜于江、浙间。洛中才士，有崔、李二生，尝与武揖游处。崔赋诗末句云[81]："恰似传花人饮散，空床抛下最繁枝[82]。"其夕，梦飞烟谢曰："妾貌虽不迨桃李，而零落[83]过之。捧君佳什，愧抑无已。"李生诗末句云："艳魄香魂如有在，还应羞见坠楼人[84]。"其夕，梦飞烟戟手[85]而詈曰："士有百行，君得全乎？何至务矜片言，苦相诋斥[86]？当屈君于地下面证之。"数日，李生卒。时人异焉。远后调授汝州鲁山县[87]主簿，陇西李垣代之[88]。咸通末，予复代垣，而与远少相狎，故洛中秘事，亦知之，而垣复为手记，故得以传焉。三水人曰："噫！艳冶之貌，则代有之矣；洁朗之操，则人鲜闻乎。故士矜才则德薄，女炫色[89]则情私。若能如执盈[90]，如临深[91]，则皆为端士淑女矣。飞烟之罪，虽不可逭[92]，察其心，亦可悲矣！"

注释

[1]步飞烟为了争取婚姻自由，和所爱的人相会，大胆地冲破了封建礼教的藩篱。在事情败露、处于被"鞭楚流血"的情况下，仍然意志坚强，一直到死也不肯屈服。作者塑造了这样一个反封建的叛逆女性的光辉形象，较之其他恋爱故事中的女性，多少还带有一些畏缩顾虑情绪的，就更显得突出。然而，她毕竟被虐杀了！在夫权主义社会里，被压迫、被侮辱的妇女，终于成为牺牲者！相爱的青年，不能成为配偶；被媒妁所欺，嫁给粗暴之人为妾的，终身不能自由。这正是封建婚姻制度酿成的悲剧。

作者在旧礼教的压力下，不能不说飞烟是"罪不可逭"；然而又说，"察其心，亦可悲矣"，这就流露了同情。在文末穿插的小故事里，飞烟感谢悼念她身世零落的人，而要诋斥她为"羞见坠楼人"者"于地下面证之"，也可见作者用意一斑。

[2]临淮：见前《谢小娥传》篇"泗州"注。

[3]功曹参军：即功曹司功参军事。唐代在西都、东都、北都、凤翔、成都等府设置掌管考课、假使、祭祀、礼乐、学校、表疏等事务的官员。参看前《霍小玉传》篇"参军"注。

[4]容止：容貌，举止。

[5]秦声：秦地（今陕西）的歌曲，犹如说"秦腔"。

[6]击瓯："瓯"，瓦盆。"击瓯"，排列瓦盆十余只，里面各盛不等量的水，用箸击盆，随着轻重缓急，就发出音乐般的声音，是唐代盛行的一种娱乐。

[7]天水：唐郡名，也称秦州，约辖今甘肃天水、临洮等地区，州治在今天水市。

[8]衣缨之族：犹如说衣冠门第，就是官僚地主大家庭。

[9]不能斥言：不便把他的名字明白说出来。"斥"，指明的意思。

[10]不知所持：不知道怎样克制自己的感情了。

[11]薛涛笺："薛涛"，唐代能诗的名妓。她曾制作一种深红色的小诗笺，当时称之为"薛涛笺"，后来也以薛涛笺指红八行笺。

[12]这四句的意思是说：自从看到飞烟的美貌，就打动了自己尘俗之心，而以不能相聚为恨。但愿她不要像弄玉一样地随着萧史仙去，而能如杜兰香之谪降人间。"倾城"，见前《长恨传》篇"倾国"注。"猜"，恨。"萧史"，见前《莺莺传》篇注。"阿兰"，出典不详，可能指古代神话传说中的仙女杜兰香，她曾因罪谪降人间。

[13]麤：同"粗"字。

[14]酧：同"酬"字，指作诗和答。

[15]"绿"，妇女画眉毛用的青绿色颜料。"惨"，形容色泽的深暗。"娥"，娥眉，见前《长恨传》篇"娥眉"注。"绿惨双娥"，指画的两道浓黑色的细眉。眉毛是可以表达情意的。"脉脉"，形容含蓄着情意的样子。用柔情的言语来要求为"泥"（nì），犹如说软缠。愁思困人也叫"泥"。"脉脉春情更泥谁"："泥"，原作"拟"。"泥"字似较胜，据虞本改。

[16]剡（shàn）溪玉叶纸："剡溪"，水名，在浙江嵊（shèng）县南，曹娥江上游。用剡溪水制成的藤纸最有名，有一种洁白如玉，名为"玉叶纸"。

[17]薄于蝉翼难供恨，密似蝇头未写心：这两句的意思是说：你写信用这么薄的纸，尽管写了很多页，也不能把怅恨之情全行表达；这么密的小字，似乎也没有接触到内心。"薄于蝉翼"，指笺纸如蝉翼之薄。"密似蝇头"，指写的字小而且密，有如蝇头。

216

[18]疑是落花迷碧洞，只思轻雨洒幽襟：上句似是形容飞烟诗句的优美。下句似是形容自己读诗后感到一些快慰。"思"，想象的意思。"轻雨"，微雨。"幽襟"，幽深的情怀。

[19]百回消息千回梦，裁作长谣寄绿琴：上句的意思是说：对于飞烟的音信，念念不忘，魂思梦想。"百回""千回"，都是夸张的说法。下句的意思是说：写成长篇曲调，把相思情绪，从弹的曲调里发抒出来。"谣"，指曲调。"寄"，寄托。"绿琴"，绿绮琴。汉司马相如有绿绮琴，后来就以绿绮琴指佳琴。

[20]象忧懑："忧"，原作"幽"。"忧"字似较胜，据虞本改。

[21]绿暗红藏起暝烟：这是描写"春夕"的一句诗：在朦胧暮烟中，庭前的花木都看不见了。

[22]将（jiāng）：带着。

[23]沉沉：时间悠长的形容词。

[24]银河：天河。

[25]连蝉锦香囊：一种薄绸做成的香囊。"连蝉锦"，连文而薄如蝉翼之锦。

[26]碧苔笺：用水苔制成的笺纸，也叫"侧理纸"。

[27]严妆：着意打扮。

[28]绣栊：即绣户，指装饰华美的门窗。

[29]赢得：获得、剩得。

[30]回械：回信。"械"，同"缄"字。

[31]春日迟迟："日"，原作"景"。"春日迟迟"出《诗经》，似较胜，据虞本改。形容春天的日子，过得懒洋洋而又漫长。

[32]人心悄悄：指内心忧愁的样子。

[33]长役梦魂："役"，牵挂、纠缠一类的意思。"长役梦魂"，神魂颠倒，睡梦里也想念着的意思。

[34]羽驾尘襟：天上人间的意思。"羽驾"，指神仙。仙人飞升变

化，如有羽翼，故称"羽驾"。"尘襟"，尘俗的襟怀，指世俗。

[35]丹诚皦日，誓以周旋：一片诚恳的赤心，可以对着太阳发誓，一定要追随着和你在一起。

[36]瑶台：神话传说中仙人居住的地方。

[37]青鸟：神话传说：汉武帝见青鸟飞集殿前，知道它是西王母的信使，果然一会儿西王母就来了。见《汉武故事》。后来因称传达信息的人为"青鸟"。

[38]芳履乖和：犹如说"玉体不适"。

[39]恨不翻飞：恨不能如鸟之有翅，可以飞到你那里去的意思。

[40]宽情：宽心。

[41]莫孤短韵：不要辜负我在短诗里所表达的情意。

[42]宁爽后期：哪里就没有再见面的日子。

[43]惝（tǎng）恍寸心，书岂能尽：抑郁不乐的心情，信里哪能说得完。

[44]菲什：《诗经》里的《雅》《颂》，每十篇为"什"，后来就以"什"称诗篇。"菲什"，犹如说拙诗。下文"短什""佳什"，就是短诗、好诗。

[45]九春：春季。一季九十天，所以称春天为"九春"。

[46]颦：皱着眉头。

[47]门媪既得回报："门"，原作"阍"。按前文均作"门"，不统一，虞本则一律作"门媪"。据虞本改。

[48]掾（yuàn）属：属官、佐吏。

[49]直：值班。

[50]款曲寻绎："款曲"，仔细、周密的意思。"寻绎"，研究。

[51]太息：长叹。

[52]垂幌（huǎng）：拉下了帷幕。

[53]垂髫（tiáo）：古时儿童的头发是披散的，叫做"垂髫"；到了少年时代，才把头发梳扎起来，谓之"束发"。因而就以"垂髫"为童年的

218

代词。

[54]琐类：犹如说小人。

[55]玉柱：琴、琵琶等乐器，在指板上凸起的一排小横木条，名为"柱"，用来确定音位，以便按弦取音；可以向左右移动，以调节音之高低。也称"品柱"或"品位"。"玉柱"，玉饰的柱。

[56]金徽：古琴在面板左方镶嵌一排圆星点，名为"徽位"，简称作"徽"。有用磁或贝壳制成的，有用金属物制成的；"金徽"，指后者。徽位共十三个，居中者最大，其余以次递小。在任何一徽位处，用左手指轻按，右手指挑拨琴弦，即可奏出泛音。"移玉柱，泛金徽"，就指弹琴。

[57]洛川波隔，贾午墙高；连云不及于秦台，荐梦尚遥于楚岫："洛川"，指洛妃的故事。"贾午"，晋代贾充的女儿。她爱上了贾充的属吏韩寿，韩寿就于夜间跳墙进去和她相会。"云"，朝云，巫山神女自称"旦为朝云"。"连云"，意指欢会。"秦台"，就是凤台，见前《莺莺传》篇"萧史"注。"荐梦"，在梦中"荐枕，侍寝"。"楚岫"，指巫山神女的故事。"洛川""楚岫"，见前《霍小玉传》篇"巫山、洛浦"注。"波隔""墙高""不及""遥"，都是形容有阻碍。这四句的意思是说：他们的恋爱困难很多，不能像上述故事里的人可以如愿以偿。

[58]天从素恳，神假微机："天从素恳"，犹如说天从人愿。"素恳"，指一向就具有的诚心诚意。"神假微机"，神仙给予一点机会。

[59]一拜清光，九殒无恨：极言只要能和你晤见，即使让自己死去若干次，也无所怨恨。"清光"，对人的敬词，犹如说"尊容"。"九殒"，九死。古时以九为极数。

[60]画檐春燕须同宿："檐"，原作"帘"。"檐"字似较胜，疑形似误刻，据虞本改。

[61]长恨桃源诸女伴，等闲花里送郎归："等闲"，随随便便、很轻易的意思。这里是用刘晨、阮肇入天台的故事。刘晨、阮肇想回家，仙女

就指示归途，让他们回去。参看前《昆仑奴》篇"阮郎"注。

[62]召门媪："门"，原作"阗"，据虞本改。

[63]但静室焚香，虔祷以候。忽一日："忽"，原作"息"，连上文读，费解。疑形似误刻，据郭本改。

[64]促步：急行。"门媪促步而至"："门"，原作"阗"，据虞本改。

[65]来仪：《书经·益稷》："凤凰来仪"，意思是凤凰来舞而有容仪。后来就以"来仪"为称人到来的敬词。

[66]方寸万重：心里有千言万语的意思。

[67]曛黑：落日的馀光为"曛"。"曛黑"，指黄昏时候。

[68]重榻于下：指把榻椅之类重叠地搭起来放在下面。

[69]靓（jìng）妆盛服："靓妆"，搽粉抹脂地打扮。"盛服"，穿得很漂亮。

[70]挹希世之貌，见（xiàn）出人之心：生成世上少有的美貌，显露高出一般人的心性。"挹"，本含有"取"的意思，引申作长成、生长解释。

[71]已誓幽庸：已经对着鬼神发过誓。"幽庸"，犹如说幽冥、阴间。

[72]托门媪赠飞烟诗曰："门"，原作"阗"，据虞本改。

[73]十洞三清：道家认为，大地名山里，有"十大洞天"，是上天分遣群仙统治的地方，如王屋山洞、小有清虚之天，委羽山洞、大有空明之天等等。见《云笈七签》。"三清"，见前《裴航》篇"玉清"注。

[74]蕊（ruǐ）宫："蕊珠宫"的简称。道家认为是上清境里的宫名。

[75]付门媪："门"，原作"阗"，据虞本改。

[76]赖值儿家有小小篇咏：幸亏遇到我还能作几句诗的意思。

[77]作几许大才面目：犹如说摆弄那么大才学的样子。

[78]匍伏：手爬在地下走路。

[79]暴疾：急病。

[80]北邙（máng）：山名，在洛阳东北，古时贵族的葬地。

220

[81]崔赋诗末句云：原无"赋"字，似应有"赋"字，据虞本增。

[82]恰似传花人饮散，空床抛下最繁枝：这两句是比喻飞烟被男子玩弄，有如击鼓催花里的花枝一样地被传来传去；后来遭凌辱而死，情人也逃走不能顾她，正如酒席散了，花枝也被抛弃了。"传花"，指饮酒时行的"击鼓催花"令。"最繁枝"，花朵开得最多最盛的一枝。

[83]零落：凋谢衰落。这里指不幸的命运。

[84]还应羞见坠楼人："坠楼人"，指绿珠，是晋代石崇的爱妾，很美丽。孙秀要石崇把绿珠送给他，石崇不肯，孙秀就假传皇帝的旨意，发兵围捕石崇，绿珠跳楼自杀。见《晋书·石崇传》。这句的意思是说：飞烟和别人恋爱，不能如绿珠之"守贞"，所以应该对之有愧色的。

[85]戟手：用手指着，像戟（古时一种杆上有歧出的刀尖的武器）一样，是怒骂时的一种姿态。

[86]何至务矜片言，苦相诋斥：何至于一定要傲慢地用一两句话（指诗），来极力诬蔑侮辱我呢。

[87]汝州鲁山县："汝州"，也称临汝郡，约辖今河南北汝河、沙河流域一带地区，州治在今临汝县。"鲁山县"，今河南鲁山县，唐时属汝州管辖。

[88]代之：做他的后任。下文"代有之矣"的"代"，指朝代、世代。

[89]炫（xuàn）色：犹如说搔首弄姿。"炫"，炫露、卖弄。

[90]执盈：义同"持盈"，语出《国语·越语》。"持"，守。"盈"，满。"持盈"，意思是人处在盛时，不要骄傲自满，才可以长久保持自己的地位。

[91]临深："如临深渊"的省语，出《诗经·小雅·小旻》。人走在深水边上，知道危险，就会自己提高警惕，因而以"如临深渊"比喻小心谨慎。

[92]逭（huàn）：逃，推脱。

温 京 兆[1]

皇甫枚

　　温璋，唐咸通壬辰尹正天府[2]。性黠货[3]，敢杀，人亦畏其严残不犯，由是治有能名。旧制：京兆尹之出，静通衢[4]，闭里门；有笑其前道者，立杖杀之。是秋，温公出自天街[5]，将南抵五门[6]，呵喝风生。有黄冠[7]老而且伛[8]，弊衣[9]曳杖，将横绝其间[10]，驺人[11]呵不能止。温公命捽来，笞背二十。振袖而去，若无苦者。温异之，呼老街吏，令潜而觇之，有何言；复命黄冠扣之[12]。既而迹之，迫暮过兰陵里，南入小巷，中有衡门[13]，止处也。吏随入关。有黄冠数人，出谒甚谨，且曰："真君[14]何迟也？"答曰："为凶人所辱。可具汤水。"黄冠前引，双鬟青童从而入，吏亦随之。过数门，堂宇华丽，修竹夹道，拟王公之甲第。未及庭，真君顾曰："何得有俗物气？"黄冠争出索之。吏无所隐，乃为所录[15]。见真君。吏叩头拜伏，具述温意。真君盛怒曰："酷吏不知祸将覆族[16]，死且将至，犹敢肆毒于人，罪在无赦！"叱街吏令去。吏拜谢了，趋出，遂走诣府，请见温，时则深夜矣。温闻吏至，惊起，于便室召之。吏悉陈所见，温大嗟惋。明日将暮，召吏引之。街鼓既绝[17]，温微服[18]，与吏同诣黄冠所居。至明，吏款扉。应门者问谁。曰："京兆温尚书[19]来谒真君。"既辟重闱，吏先入拜，仍白曰："京兆尹温璋。"温趋入拜。真君

222

踞坐堂上，戴远游冠[20]，衣九霞之衣[21]，色貌甚峻。温伏而叙曰："某任惣浩穰[22]，权唯震肃，若稍畏懦，则损威声。昨日不谓凌迫大仙，自贻罪戾，故来首服[23]，幸赐矜哀。"真君责曰："君忍杀立名，专利不厌，祸将行及，犹逞凶威！"温拜首求哀者数四，而真君终蓄怒不许。少顷，有黄冠自东序[24]来，拱立于真君侧，乃跪启曰："尹虽得罪，亦天子亚卿[25]；况真君洞其职所统，宜少降礼。"言讫，真君令黄冠揖温升堂，别设小榻，令坐。命酒数行。而真君怒色不解。黄冠复启曰[26]："尹之忤犯，弘宥[27]诚难；然则真君变服尘游，俗士焉识？白龙鱼服，见困豫且[28]。审思之[29]。"真君悄然，良久曰："恕尔家族[30]。此间亦非淹久之所。"温遂起，于庭中拜谢而去。与街吏疾行至府，动晓钟矣。虽语亲近，亦秘不令言。明年，同昌主[31]薨，懿皇[32]伤念不已。忿药石之不征[33]也，医韩宗绍等四家，诏府穷竟[34]，将诛之。而温鬻狱缓刑[35]，纳宗绍等金带及余货，凡数千万。事觉，饮酖[36]而死。

注释

[1]本篇揭露了封建官僚贪赃枉法，残忍好杀的卑鄙酷虐行为。正是这样的人，却偏偏"治有能名"。作者借真君对温璋的斥责，表示了人民对贪官酷吏的无比愤怒，也是对他们的严重警告。可是在封建时代里，人民虽然遭受虐害剥削，往往无从抗拒，于是作者便幻想出神仙可以制伏他们，就造作这一故事。在人民面前作威作福的大官僚，在神仙面前，却又卑躬屈节，显得软弱渺小了。这位酷吏终于饮酖而死，正如神仙的预言，虽有一些宿命论思想，但这毕竟是使人感到快意的事。

[2]尹正天府：做京兆府府尹。"正天府"，就是京兆府。"尹"，做动词用。

[3]黩（dú）货：贪财。

[4]静通衢：封建大官僚出行时，要街上的行人回避，不许喧哗，以表

示他的威严。这种行为叫做"静街"，"静通衢"指此。"通衢"，四通的街道。

[5]天街：京城里的道路。

[6]五门：指唐代长安正南面的明德门。唐时长安各城门都有三个门洞，惟明德门有五个门洞，称为"五门"。又大明宫南面正中一门，也称"五门"。

[7]黄冠：古时道士戴金色冠，因而就以"黄冠"为道士的代称。一说唐代李淳风之父李播弃官出家为道士，自号"黄冠子"，是道士称"黄冠"的由来。

[8]伛（yǔ）：弯着腰，指驼背。

[9]弊衣：古时一种长仅及膝的裤子叫做"弊衣"。也可作坏衣解释。

[10]将横绝其间：打算从仪仗中间横冲过去。

[11]驺（zōu）人：骑马跟在官员前后护卫的人。

[12]复命黄冠扣之：又取道士的帽子叫他戴上，就是也让他扮作道士模样。

[13]衡门：横木做的门，形容居处的简陋。

[14]真君：道教对神仙的称呼，地位在真人之上。

[15]录：查察的意思，这里指因发觉而被抓获。

[16]覆族：犹如说灭族。因为有罪而连同父母妻子都被杀害，叫做"覆族"。

[17]街鼓既绝：指敲过了街鼓，也就是路无行人的时候。"鼓"，同"鼓"字。参看前《任氏传》篇"候鼓"注。

[18]微服：穿着平常人的服装，让人看不出自己的身分，叫做"微服"。

[19]京兆温尚书：温璋当时以京兆尹的身分，获有"检校吏部尚书"的加衔，所以称为"京兆温尚书"。

[20]远游冠：古时王爵戴的一种高帽子，和皇帝戴的通天冠大体相同，但前面没有山子——衬起的一块木头。

[21]九霞之衣：华丽多彩的衣服。

[22]任惣（zǒng）浩穰：意思是京城里人口很多，因而自己的公务十分繁忙。"任惣"，公务很忙。"浩穰"，盛大的样子，形容人口的众多。

[23]首服：认罪。

[24]东序：东边廊下。

[25]亚卿：比正卿低一等的官员为"亚卿"。这里指京兆尹。京兆尹是京城地方长官，仅比中央政府宰相一类的官员低一等，所以称为"亚卿"。

[26]黄冠复启曰："启"，原作"答"。未问何以答，应误，据许本改。

[27]弘宥：宽洪大量地予以饶恕。

[28]白龙鱼服，见困豫且：比喻有地位的人微服出行而遭遇灾难的一个故事。有一条白龙，化为鱼形，被渔人豫且射中了眼睛。于是白龙到天帝处去控告。天帝问它：当你被射的时候，是一个什么模样呢？白龙说：我在水里，变做一条鱼的样子。天帝说：鱼本是渔人所射之物。你既然变做鱼，豫且当然可以射你，所以他是无罪的。见《说苑·正谏》。

[29]审思之：多想一下、多考虑一下。

[30]恕尔家族：上文说温璋"祸将覆族"，现在由于他的哀求，因而决定由他一人身受其祸，而免除全家族的遭到诛灭，所以说"恕尔家族"。

[31]同昌主：就是"卫国文懿公主"，最初封为同昌公主，是唐懿宗最宠爱的女儿。

[32]懿皇：指唐懿宗。

[33]不征：没有效验。

[34]穷竟：极力追究。

[35]鬻狱缓刑：由于受贿而出卖官司，对犯人拖延着不用刑法。

[36]酖：同"鸩"字，一种毒酒。据说鸩是一种似鹰而大、紫黑色、食蛇的禽类。古人说鸩羽有毒，把鸩羽和在酒里，人喝了就会毒死。后来"酖"就成为一般毒酒的通称。

闾 丘 子

张读[1]

有荥阳郑又玄，名家子[2]也。居长安中。自小与邻舍闾丘氏子，偕读书于师氏。又玄性骄，率以门望清贵[3]，而闾丘氏寒贱者，往往戏而骂之曰："闾丘氏非吾类也！而我偕学于师氏，我虽不语，汝宁不愧于心乎？"闾丘子嘿[4]然有惭色。后数岁，闾丘子病死。及十年，又玄以明经上第。其后调补参军于唐安郡[5]。既至官，郡守命假尉唐兴[6]。有同舍仇生者，大贾之子，年始冠。其家资产万计。日与又玄会，又玄累受其金钱赂遗[7]，常与宴游。然仇生非士族[8]，未尝以礼貌接之。尝一日，又玄置酒高会[9]，而仇生不得预[10]。及酒阑，有谓又玄者曰："仇生与子同舍，会宴而仇生不得预，岂非有罪乎？"又玄惭，即召仇生。生至，又玄以卮饮之。生辞不能引满，固谢。又玄怒骂曰："汝市井之民[11]，徒知锥刀尔[12]，何为僭居官秩邪？且吾与汝为伍，实汝之幸，又何敢辞酒乎？"因振衣起。仇生羞且甚，俯而退。遂弃官闭门，不与人往来。经数月病卒。明年，郑罢官，侨居濛阳郡[13]佛寺。郑常好黄老之道[14]。时有吴道士者，以道艺闻[15]，庐[16]于蜀门山。又玄高其风[17]，即驱而就谒，愿为门弟子。吴道士曰："子既慕神仙，当且居山林，无为汲汲[18]于尘俗间。"又玄喜谢曰："先生真有道者。某愿为隶于左右，其可乎？"道士许而留之。凡十五年，又玄志稍惰。吴道士曰："子不能固其心，徒为居山林中，无补矣。"又玄即辞去。宴游濛阳郡久之。其后东入长安，次褒城[19]，舍逆旅氏。遇一童儿十馀岁，貌甚秀。又玄与之语，其辨慧千转万化，又玄自谓不能及。已而谓又玄曰："我与君故人有年矣，君省之乎？"又玄曰："忘矣。"童儿曰："吾尝生间丘氏之门，居长安中，与子偕学于师氏。子以我寒贱，且曰'非吾类也'。后又为仇氏子，尉于唐兴。与子同舍。子受我金钱赂遗甚多。然子未尝以礼貌遇我，骂我市井之民。——何吾子骄傲之甚邪？"又玄惊，因再拜谢曰："诚吾之罪也。然子非圣人，安得知三生事乎？"童儿曰："我太清真人。上帝以汝有道气，故生我于人间，与汝为友，将授真仙之诀；而汝以性骄傲，终不能得其道。吁！可悲乎！"言讫，忽亡[20]所见。又玄既寤[21]其事，甚惭恚，竟以忧卒。

注释

[1]作者张读，字圣朋（一作圣用），唐深州陆泽（在今河北深县北）人。宣宗时进士，历任礼部侍郎、尚书左丞等官职。著有《宣室志》十卷，是一部记载鬼神怪异的书。

这是一篇讽刺当时门阀制度的作品。唐代重视门第，贵族豪门，属于统治阶级的上层，是瞧不起一般所谓"市井之民"的。商人是新兴的市民阶层之一，由于有了经济基础，也想往上爬，要做官，这就和贵族豪门有了矛盾。本文写他们之间的磨擦，而"门望清贵"者因为"性骄傲，不能得其道"，终于"惭恚忧卒"，可以看出作者对于门阀制度之不满，是具有进步意义的。但是，全篇贯串着因果报应之说，这又反映了作者思想落后的一面。

[2]名家子：高贵门第出身的子弟。

[3]率以门望清贵：自以为家世高贵。"率以"，自以。"门望"，就是门第、家世的意思。封建社会里，官僚贵族出身的人家，是一般人所美慕仰望的，所以也称门第为"门望"。

[4]嘿：同"默"字。

[5]唐安郡：也称蜀州，约辖今四川崇庆、新津等地区，州治在今崇庆县。

[6]假尉唐兴：官员兼代某一职务叫做"假"。"唐兴"，唐安郡的属县。"假尉唐兴"，是说郑又玄以州郡参军的资格，去兼代唐兴县尉的职务。

[7]赗遗（wèi）：馈赠。

[8]士族：唐代山东的大贵族地主集团称为"士族"，就是所谓"高门""郡望"。当时最著名的，有崔、卢、郑、李等家，它们在社会上具有很大的潜势力，在政治上和另一贵族地主集团——关陇集团是对立的，而且与新兴的工商业市民阶层也有较大的矛盾。

[9]高会：盛大的宴会。

[10]预：参加。

[11]市井之民："市井"，犹如说市场。古人在井边打水时，顺带着做交易买卖，后来因以"市井"称一般市场。"市井之民"，做生意买卖的人。

[12]徒知锥刀尔："锥刀之末"是一句成语，比喻微利。"徒知锥刀尔"，只知道做生意图一点微利罢了。"尔"，语助词。

[13]濛阳郡：也称彭州，约辖今四川彭县、什邡（fāng）、郫（pí）县等地区，州治在今彭县。

[14]黄老之道："黄"，黄帝。"老"，老子。道家奉二人为始祖，所以称道家为"黄老之道"。

[15]以道艺闻：因为有道术而出了名。"道艺"，这里指道术。

[16]庐：房屋，这里作动词用，居住的意思。

[17]高其风：崇拜他的风格、作为。

[18]汲汲：形容忙忙碌碌的样子。

[19]褒城：唐县名，在今陕西褒城县东南。

[20]亡：同"无"字。

[21]寤：同"悟"字。

虬髯客传

杜光庭[1]

隋炀帝[2]之幸江都[3]也，命司空杨素[4]守西京[5]。素骄贵，又以时乱，天下之权重望崇者，莫我若也[6]，奢贵自奉，礼异人臣[7]。每公卿入言，宾客上谒，未尝不踞床而见[8]，令美人捧出[8]，侍婢罗列，颇僭于上[9]。末年愈甚，无复知所负荷[10]，有扶危持颠[11]之心。一日，卫公李靖[12]以布衣上谒[13]，献奇策。素亦踞见。公前揖曰："天下方乱，英雄竞起。公为帝室重臣[14]，须以收罗豪杰为心，不宜踞见宾客。"素敛容而起，谢公；与语，大悦，收其策而退。当公之骋辩[15]也，一妓有殊色，执红拂，立于前，独目公。公既去，而执拂者临轩指吏曰："问去者处士第几？住何处？"公具以对。妓诵而去。公归逆旅[16]。其夜五更初，忽闻叩门而声低者，公起问焉。乃紫衣戴帽人，杖揭[17]一囊。公问谁。曰："妾，杨家之红拂妓也。"公遽延入。脱衣去帽，乃十八九佳丽人也。素面画衣而拜。公惊答拜。曰："妾侍杨司空久，阅天下之人多矣，无如公者。丝萝[18]非独生，愿托乔木，故来奔耳。"公曰："杨司空权重京师，如何[19]？"曰："彼尸居馀气[20]，不足畏也。诸妓知其无成，去者众矣。彼亦不甚逐也。计之详矣，幸无疑焉。"问其姓。曰："张。"问其伯仲之次[21]。曰："最长。"观其肌肤、仪状、言词、气性，真天人也。公不自意^[22]获之，愈喜愈惧，瞬息万虑不安。而窥户者无停履^[23]。数日，亦闻追访之声，意亦非峻^[24]。乃雄服乘马，排闼而去。将归太原。行次灵石^[25]旅舍，既设床，炉中烹肉且熟。张氏以发长委地^[26]，立梳床前。公方刷马，忽有一人，中形^[27]，赤髯如虬，乘蹇驴而来。投革囊于炉前，取枕欹卧^[28]，看张梳头。公怒甚，未决^[29]，犹亲刷马。张熟视其面，一手握发，一手映身^[30]摇示公，令勿怒。急急梳头毕，敛衽前问其姓。卧客答曰："姓张。"对曰："妾亦姓张，合是妹。"遽拜之。问第几。曰："第三。"问妹第几。曰："最长。"遂喜曰："今夕多幸逢一妹。"张氏遥呼："李郎且来见三兄！"公骤拜之。遂环坐。曰："煮者何肉？"曰："羊肉，计已熟矣。"客曰："饥。"公出市胡饼^[31]。客抽腰间匕首，切肉共食。食竟，馀肉乱切送驴前食之，甚速。客曰："观李郎之行^[32]，贫士也。何以致斯异人^[33]？"曰："靖虽贫，亦有心者焉。他人见问，故不言^[34]；兄之问，则不隐耳。"具言其由。曰："然则将何之？"曰："将避地太原。"曰："然吾故非君所致也^[35]。"曰："有酒乎？"曰："主人^[36]西，则酒肆也。"公取酒一斗^[37]。既巡，客曰："吾有少^[38]下酒物，李郎能同之^[39]乎？"曰："不敢。"于是开革囊，取一人头并心肝。却头囊中^[40]，以匕首切心肝，共食之。曰："此人天下负心者，衔之^[41]十年，今始获之。吾憾释矣。"又曰："观李郎仪形器宇，真丈夫也。亦闻太原有异人乎？"曰："尝识一人，愚谓之真人^[42]也；其余，将帅而已。"曰："何姓？"曰："靖之同姓。"曰："年几？"曰："仅二十。"曰："今何为？"曰："州将之子^[43]。"曰："似矣。亦须见之。李郎能致吾一见乎？"曰："靖之友刘文静^[44]者，与之狎。因文静见之可也。然兄何为？"曰："望气者^[45]言太原有奇气，使访之。李郎明发，何日到太原？"靖计之日^[46]。曰："达之明日，日方曙，候我于汾阳桥。"言讫，乘驴而去，其行若飞，回顾已失。公与张氏且惊且喜，久之，曰："烈士^[47]不欺人，固无畏。"促鞭^[48]而行。及期，入太原。果复相见。大喜，偕诣刘氏。诈谓文静曰："有善相者思见郎君，请迎之。"文静素奇其人，一旦闻有客善相，遽致使迎之。使回而至[49]，不衫不履，裼裘[50]而来，神气扬扬，貌与常异。虬髯默然居末坐，见之心死。饮数杯，招靖曰："真天子也！"公以告刘，刘益喜，自负。既出，而虬髯曰："吾得十八九[51]矣。然须道兄见之。李郎宜与一妹复入京。某日午时，访我于马行东酒楼，下有此驴及瘦驴，即我与道兄俱在其上矣。到即登焉。"又别而去。公与张氏复应之。及期访焉，宛见[52]二乘。揽衣登楼，虬髯与一道士方对饮，见公惊喜，召坐。围饮十数巡，曰："楼下柜中有钱十万。择一深隐处驻一妹。某日复会我于汾阳桥。"如期至，即[53]道士与虬髯已到矣。俱谒文静。时方弈棋，揖而话心[54]焉。文静飞书迎文皇[55]看棋。道士对弈，虬髯与公傍侍焉。俄而文皇到来，精采惊人，长揖而坐。神气清朗，满坐风生，顾盼炜如[56]也。道士一见惨然，下棋子曰："此局全输矣！于此失却局哉！救无路矣！复奚言[57]！"罢弈而请去。既出，谓虬髯曰："此世界非公世界，他方可也。勉之，勿以为念。"因共入京。虬髯曰："计李郎之程，某日方到。到之明日，可与一妹同诣某坊曲小宅相访。李郎相从一妹，悬然如磬[58]。欲令新妇祗谒，兼议从容[59]，无前却也。"言毕，吁嗟而去。公策马而归。即到京，遂与张氏同往。乃一小版门子，叩之，有应者，拜曰："三郎令候李郎、一娘子久矣。"延入重门，门愈壮。婢四十人，罗列庭前[60]。奴二十人，引公入东厅。厅之陈设，穷极珍异，巾箱妆奁冠镜首饰之盛，非人间之物。巾栉妆饰毕，请更衣，衣又珍异。既毕，传云："三郎来！"乃虬髯纱帽裼裘而来，亦有龙虎之状[61]，欢然相见。催其妻出拜，盖亦天人耳。遂延中堂，陈设盘筵之盛，虽王公家不侔也。四人对馔讫，陈女乐二十人，列奏于前，若从天降，非人间之曲。食毕，行酒[62]。家人自堂东舁出二十床，各以锦绣帕覆之。既陈，尽去其帕，乃文簿钥匙耳。虬髯曰："此尽宝货泉贝[63]之数。吾之所有，悉以充赠。何者？欲于此世界求事，当或龙战[64]三二十载，建少功业。今既有主，住亦何为？太原李氏，真英主也。三五年内，即当太平。李郎以奇特之才，辅清平之主，竭心尽善，必极人臣。一妹以天人之姿，蕴不世之艺[65]，从夫之贵，以盛轩裳[66]。非一妹不能识李郎，非李郎不能荣一妹。起陆之贵，际会如期，虎啸风生，龙吟云萃[67]，固非偶然也。持余之赠，以佐真主，赞功业也，勉之哉！此后十年，当东南数千里外有异事，是吾得事之秋也。一妹与李郎可沥酒[68]东南相贺。"因命家童列拜，曰："李郎、一妹，是汝主也！"言讫，与其妻从一奴，乘马而去。数步，遂不复见。公据其宅，乃为豪家，得以助文皇缔构之资[69]，遂匡天下[70]。贞观[71]十年，公以左仆射平章事[72]。适南蛮[73]入奏曰："有海船千艘，甲兵十万，入扶馀国[74]，杀其主自立。国已定矣。"公心知虬髯得事也。归告张氏，具衣拜贺，沥酒东南祝拜之。乃知真人之兴也，非英雄所冀[75]。况非英雄者乎？人臣之谬思乱者，乃螳臂之拒走轮耳。我皇家垂福万叶[76]，岂虚然哉[77]。或曰："卫公之兵法，半乃虬髯所传耳。"

注释

[1]作者杜光庭，字宾至，唐处州缙云（今浙江缙云）人。曾学道天台山。僖宗时为内庭供奉，后任前蜀的户部侍郎等官职。晚年隐居青城山，自号东瀛子。著有《奇异记》《谏书》等书。

红拂是一个豪侠而又美丽多情的少女。她看出杨素尸居馀气，必无所成，断然舍去；她也看出李靖是一位胸怀大志的英雄人物，毅然奔就；途中遇见虬髯客，又能知道他不是常人而设法结识：她不但慧眼识人，而且果断机智。虬髯客爽直慷慨，李靖则甚为沉着。作者成功地塑造了这三人的形象，后世称他们为"风尘三侠"。

作者生当唐末，天下大乱，但他却还有维护正统思想，认为"人臣之谬思乱者，乃螳臂之拒走轮耳"。他描写唐太宗是"真命天子"，所以容貌举止，不同于常人，而且他所在的地方出现"奇气"。虬髯客走起路来也有"龙虎之状"，所以到底也在海外做了皇帝。这种唯心的宿命论观点，是不可取的。

明人张凤翼著《红拂记》传奇，凌初成著《虬髯翁》杂剧，都是根据此篇改写的。

虬（qiú）髯客：两腮长着蜷曲胡子的人。"虬"，生有两个角的小龙，这里是形容盘绕蜷曲的样子。"髯"，胡须。

[2]隋炀帝：名杨广，隋朝末代的皇帝，因荒淫无道而亡国。

[3]江都：隋郡名，也称扬州，州治在今江苏扬州市东北。参看前《柳毅传》篇"广陵"注。

[4]杨素：隋华阴人，字处道。他曾帮助隋文帝（杨坚）获取政权，后来又替隋炀帝策划，排挤了他哥哥杨勇而夺得帝位。执掌朝政多年，曾任司空，封越国公、楚国公。

[5]西京：指长安，隋代的都城。

[6]莫我若也：没有人比得了我。

[7]礼异人臣：所享受的仪制，不是臣子所应有的。

[8]捧出：簇拥而出的意思。

[9]颇僭于上：很有点皇帝气派的意思。"僭"，僭越，指超过本分所应有。

[10]无复知所负荷（hè）：不再关心自己所应该负担的责任了。

[11]扶危持颠：挽救危亡颠覆的局势。

[12]卫公李靖："卫公"，卫国公的简称。"李靖"，号药师，三原人。他是唐代的开国功臣之一，屡立战功，帮助唐高祖夺取了政权。封卫国公。

[13]以布衣上谒：以一个普通老百姓的资格去谒见。"布衣"，指平民的身分，古时平民只能穿布衣。

[14]重臣：负国家重要责任的大臣。

[15]骋（chěng）辩：滔滔不绝地辩论。"骋"，奔放、恣纵的意思。

[16]逆旅：旅馆。

[17]揭：挑举着。

[18]丝萝："菟（tù）丝"和"女萝"，都是蔓生的植物，参看前《霍小玉传》篇"女萝"注。

[19]如何：怎么办。

[20]尸居馀气：比死人只多一口气，犹如说"苟延残喘"，意思是快要死去的人。

[21]伯仲之次：兄弟之间，老大叫做"伯"，老二叫做"仲"。"伯仲之次"，就是兄弟姊妹间排行的次序。

[22]不自意：没有想到，出于意外。

[23]窥户者无停履："窥户者"，在窗外偷看的人。"无停履"，此去彼来，川流不息的样子。

[24]非峻：不算厉害、并不严紧。

[25]灵石：唐县名，今山西灵石县。

[26]委地：拖到地下。

[27]中形：中等身材。

[28]欹卧：斜躺着。

[29]未决：没有决定要不要向虬髯客提出抗议，也可解作虽怒而没有决裂、发作。

[30]一手映身：把一只手放在身后。红拂女向李靖摆手示意，叫他不要发怒，却又不愿意被虬髯客看见，所以把手放在身后。

[31]胡饼：烧饼。烧饼上面有胡麻（芝麻），故名。

[32]行：行为、模样。

[33]异人：指红拂女。

[34]故不言：本来是不说的。

[35]吾故非君所致也：我自然不是你所要投奔、寻觅的人。虬髯客自以为有做皇帝的希望，应该有人来投奔他；但李靖却要到太原去，所以这样说。

[36]主人：客店主人，这里作客店的代词。

[37]斗：古酒器。

[38]少：一点点。

[39]同之：指同吃。

[40]却头囊中：把头还放回囊里。

[41]衔之：恨他。

[42]真人："真命天子"的意思。封建统治阶级故意说做皇帝是命中注定的，因而称皇帝为真命天子，借以迷惑人民。

[43]州将之子：指唐太宗。当时他父亲李渊做隋朝的太原留守，所以说是"州将之子"。

[44]刘文静：字肇仁，武功人。隋末任晋阳令。曾协助唐高祖、太宗起兵反隋。高祖称帝后，历任民部尚书、左仆射，封鲁国公。后因故被杀。

[45]望气者：会望云气的人。封建统治阶级的骗人说法：要做皇帝的人，当他还没有露头角时，潜伏在某一地区，那里便有"王气"出现，会望云气的人，一看就看得出来。

[46]计之日：计算到达的日期。

[47]烈士：豪侠、侠义的人。

[48]促鞭：急鞭、加鞭。

[49]使回而至：派去邀请的人才回来，他随即就到了。

[50]裼（xí）裘："裼"，卷起袖子。古人穿皮袍，袍外还要加上一件正服；习惯把皮袍的两袖微微卷起，让里面的皮毛露出来，是当时的一种装扮，叫做"裼裘"。

[51]十八九：十分之八九。

[52]宛见：显然看见。

[53]即：则。

[54]话心：谈心。

[55]文皇：就是唐太宗，因为他死后谥号为"文"。这篇故事虽是讲

唐太宗未做皇帝以前的情形，但却是在太宗死后多年才追述的，所以称为"文皇"。

[56]顾盼炜如：眼睛看人，炯炯有光的样子。

[57]复奚言：还有什么说头。以上四句话，是借下棋来暗喻虬髯客和唐太宗竞争帝位注定要失败。

[58]悬然如磬：喻贫穷。"磬"，古时一种玉或石制的乐器，悬在横木上，可击以发声。古语"室如悬磬"，意思是家里一无所有，四壁空空，只有屋梁像悬磬一样。典出《国语·鲁语》。

[59]兼议从容：顺带着随便谈谈。"从容"，本是形容悠闲自在的样子，引申作叙谈、聚会解释。《崔玄微》篇"只此从容不恶"，《李使君》篇"愿召诸子从容"，从容，都是这个意思。

[60]罗列庭前："庭"，原作"廷"（谈本作"于"）。似作"庭"是，据虞本改。

[61]龙虎之状："龙行虎步"的样子。封建社会里认为，做皇帝的人是"天生"的，走起路来也像龙虎一样。这是统治者为了抬高自己身分而捏造出来的说法。

[62]行酒：敬酒、劝人喝酒。

[63]泉贝：古时称钱为"泉"，因为钱是像泉水一样到处流通的。"贝"也指钱，古时以贝壳为货币。

[64]龙战：指封建割据势力争夺帝位的战争。

[65]蕴不世之艺：具有非常的、世间少有的才能。

[66]以盛轩裳：意思是坐着高贵车子，穿着华美衣裳，享受荣华富贵。

[67]起陆之贵，际会如期，虎啸风生，龙吟云萃："起陆"，龙蛇起陆，比喻帝王的兴起。这四句的意思是说：当皇帝开创基业的时候，就有一些辅佐他的人，像"云从龙、风从虎"一样地，从四面八方集合到一起来了。这是一种"英雄造时势"的歪曲说法。

[68]沥酒：洒酒。

[69]缔构之资：经营事业的费用。

[70]匡天下：安定了天下，统一了政权。

[71]贞观：唐太宗（李世民）的年号（公元六二七至六四九年）。

[72]左仆射（yè）平章事：唐代的左右仆射，有时是宰相，有时又不是；惟有仆射再加上"平章事"的头衔，才确定是宰相的身分。参看前《柳氏传》篇"左仆射"注。

[73]南蛮：古时对南方少数民族的侮辱性称呼。

[74]扶馀国：古国名，在今辽宁、吉林、内蒙古一带地方。

[75]非英雄所冀：不是英雄所料想得到的。

[76]万叶：万世。

[77]岂虚然哉：这哪里是没有根据的呢。

吴　堪

皇甫氏[1]

　　常州义兴县[2]，有鳏夫吴堪，少孤，无兄弟。为县吏。性恭顺。其家临荆溪，常于门前，以物遮护溪水，不曾秽污。每县归，则临水看玩[3]，敬而爱之。积数年，忽于水滨得一白螺，遂拾归，以水养。自县归，见家中饮食已备，乃食之。如是十余日。然堪为[4]邻母怜其寡独，故为之执爨[5]，乃卑谢[6]邻母。母曰："何必辞[7]？君近得佳丽修事[8]，何谢老身？"堪曰："无。"因问其母。母曰："子每入县后，便见一女子，可十七八，容颜端丽，衣服轻艳；具馔讫，即却入房。"堪意疑白螺所为，乃密言于母曰："堪明日当称入县，请于母家自隙窥之，可乎？"母曰："可。"明旦诈出，乃见女自堪房出，入厨理爨。堪自门而入，其女遂归房不得。堪拜之。女曰："天知君敬护泉源，力勤小职，哀君鳏独，敕余以奉媲[9]。幸君垂悉[10]，无致疑阻。"堪敬而谢之。自此弥将敬洽。间里传之，颇增骇异。时县宰豪士[11]，闻堪美妻，因欲图之。堪为吏恭谨，不犯笞责[12]。宰谓堪曰："君熟于吏能久矣。今要虾蟆毛及鬼臂二物，晚衙[13]须纳；不应此物[14]，罪责非轻！"堪唯而走出。度人间无此物，求不可得。颜色惨沮，归述于妻，乃曰："吾今夕殒矣！"妻笑曰："君忧余物，不敢闻命；二物之求，妾能致矣。"堪闻言，忧色稍解。妻曰："辞出取之。"少顷而到。堪得以纳令。令视二物，微笑曰："且出。"然终欲害之。后一日，又召堪曰："我要蜗斗一枚，君宜速觅此；若不至，祸在君矣！"堪承命奔归，又以告妻。妻曰："吾家有之，取不难也。"乃为取之。良久，牵一兽至，大如犬，状亦类之。曰："此蜗斗也。"堪曰："何能?"妻曰："能食火，奇兽也。君速送。"堪将此兽上宰。宰见之，怒曰："吾索蜗斗，此乃犬也！"又曰："必何所能?"曰："食火。其粪火。"宰遂索炭烧之，遣食；食讫，粪之于地，皆火也。宰怒曰："用此物奚为！"令除火埽粪。方欲害堪，吏以物及粪，应手洞然[15]，火飚暴起，焚爇墙宇，烟焰四合，弥亘城门，宰身及一家，皆为煨烬。乃失吴堪及妻。其县遂迁于西数步，今之城是也。

注释

[1]作者皇甫氏，唐末人，事迹无可考。此篇和下文《京都儒士》《画琵琶》，都选自他所著的《原化记》。

这是一篇在晋人所写螺精故事基础上而加以发展的作品。作者写一个小市民，勤恳供职而又鳏独无依，上帝可怜他，叫白螺精做他的配偶。可是县官却生妄想，想出种种方法迫害他；由于螺精的智慧，结果县官自食恶果，被火烧死。这反映了当时人民的愿望。

[2]义兴县：唐代常州的属县，今江苏宜兴县。

[3]翫：同"玩"字。

[4]为：以为。

[5]执爨（cuàn）：烧饭。下文"理爨"，义同。

[6]卑谢：客气地、作揖打躬地道谢。

[7]何必辞：何必说什么客气话的意思。

[8]得佳丽修事：得到美丽的妻子为你料理家务。

[9]勑余以奉媲：叫我来做你的配偶。"勑"，同"敕"字，命令的意

思。"媲"，配偶。

[10]幸君垂悉：希望你了解。

[11]豪士：这里不是指豪杰之士，而是指豪强称霸的人。

[12]不犯笞责：没有因为犯罪而挨过打。

[13]晚衙：从前官员每天早晚两回坐堂问事，晚上坐堂叫做"晚衙"。

[14]不应此物：不能够把这样东西取来。

[15]应手洞然：手碰上去空空洞洞地，好像没有接触到东西一样。

京都儒士[1]

皇甫氏

近者，京都有数生会宴，因说人有勇怯，必由胆气；胆气若盛，自无所惧，可谓丈夫。座中有一儒士自媒[2]曰："若言胆气，余实有之。"众人笑曰："必须试，然[3]可信之。"或曰："某亲故有宅，昔大凶[4]，而今已空锁。君能独宿于此宅，一宵不惧者，我等酬君一局[5]。"此人曰："唯命[6]。"明日便往。——实非凶宅，但暂空耳。——遂为置酒果灯烛，送于此宅中。众曰："公更要何物？"曰："仆有一剑，可以自卫，请无忧也。"众乃出宅，锁门却归。此人实怯懦者。时已向夜，系所乘驴别屋，奴客并不得随，遂向阁宿，了[7]不敢睡，唯灭灯抱剑而坐，惊怖不已。至三更，有月上，斜照窗隙，见衣架头有物如鸟鼓翼，飘飘而动。此人凛然强起，把剑一挥，应手落壁，磕然有声。后寂无音响。恐惧既甚，亦不敢寻究，但把剑坐。及五更，忽有一物，上阶推门；门不开，于狗窦中出头，气休休然[8]。此人大怕，把剑前斫，不觉自倒，剑失手抛落。又不敢觅剑，恐此物入来，床下跧伏[9]，更不敢动。忽然困睡，不觉天明。诸奴客已开关，至阁子间，但见狗窦中，血淋漓狼籍[10]。众大惊呼，儒士方悟，开门尚自战栗，具说昨宵与物战争之状。众大骇异。遂于此壁下寻，惟见席帽[11]，半破在地，即夜所斫之鸟也：乃故帽[12]破敝，为风所吹，如鸟动翼耳。剑在狗窦侧。众又绕堂寻血踪，乃是所乘驴，已斫口喙，唇齿缺破：乃是向晓因解[13]，头入狗门，遂遭一剑。众大笑绝倒[14]，扶持而归。士人惊悸，旬日方愈。

注释

[1]这是一篇喜剧性而具有讽刺意味的作品。

作者具有"无鬼论"的唯物主义观点。他笔底下的京都儒士，是一个表面说大话，实际却十分怯懦的人。作者嘲笑他由于不能破除迷信，心里是相信有鬼的，以致庸人自扰，造成种种错觉，使得自己陷于极度紧张而窘迫的环境里。

[2]自媒：自己介绍自己、推荐自己。

[3]然：然后。

[4]古时人迷信，认为某一所房子里常有鬼怪出现，往往捣乱得令人不安，甚至致人死亡，就称这种房子为"凶宅"——不吉利的房子。

[5]酬君一局：请你吃喝一顿。

[6]唯命：就依你所说。

[7]了：完全、简直的意思。

[8]休休然：本应作"咻咻然"，形容喘息、呼吸急促的样子。

[9]踡（quán）伏：爬在地下。

[10]狼籍：乱七八糟的样子。

[11]席帽：一种用藤子编织的帽子。唐时习惯，读书人外出时，每以席帽随身；等到中举后，就弃置不用了。

[12]故帽：旧帽。

[13]因解：因为挣脱了所系的绳索。

[14]绝倒：狂笑、笑得打跌。

画 琵 琶[1]

皇甫氏

　　有书生欲游吴地，道经江西，因风阻泊船，书生因上山闲步。入林数十步，上有一坡。见僧房院开，中有床，床塌。门外小廊数间，傍有笔砚。书生攻画[2]，遂把笔，于房门素壁上，画一琵琶，大小与真不异。画毕，风静船发。僧归，见画处，不知何人。乃告村人曰："恐是五台山[3]圣琵琶。"当亦戏言，而遂为村人传说，礼施求福甚效。书生便到杨家[4]，入吴经年，乃闻人说江西路僧室，有圣琵琶，灵应非一。书生心疑之。因还江西时，令船人泊船此处，上访之。僧亦不在，所画琵琶依旧，前幡花香炉。书生取水洗之尽。僧亦未归。书生夜宿于船中，至明日又上。僧夜已归，觉失琵琶，以告；邻人大集，相与悲叹。书生故问，具言前验："今应有人背着[5]，琵琶所以潜隐。"书生大笑，为说画之因由，及拭却之由。僧及村人信之，灵圣亦绝耳。

注释

　　[1]这是一篇破除迷信的故事。它指出了一切所谓神灵，都只是唯心主义的产物，根本是没有的。它也说明了，凡事不可盲从，必须经过调查研

究，才能得出正确的结论。

此篇据《太平广记》选录。各家版本，篇首都有缺文，这里是根据《唐人说荟》补入的。《唐人说荟》本不全可靠，而且《太平广记》自"泊船"以上原缺二十二字，《唐人说荟》却仅补入十四字，也未必就是原文。姑采录以待考订。

[2]攻画：会画画、对绘画有研究。"攻"，同"工"字。

[3]五台山：在山西五台县东北。道家、佛家均以五台为圣地，有关于五台的种种神话传说，过去经常到此处朝山进香，所以这里说"五台山圣琵琶"。

[4]书生便到杨家："杨家"二字文中无根据。人本校记云，明抄本"家"作"州"。疑"杨"系"扬"字形似误刻，"杨家"应作"扬州"，指地名。下文云："入吴经年"，亦可为系扬州之证。

[5]背着：指做了不好的事情，违反了神的意旨。

李 謩

缺名[1]

〔李〕謩,开元中吹笛为第一部[2],近代无比。有故[3],自教坊请假至越州[4],公私更宴,以观其妙。时州客举进士者十人,皆有资业,乃醵二千文同会镜湖[5],欲邀李生湖上吹之,想其风韵,尤敬人神[6]。以费多人少,遂相约各召一客。会中有一人,以日晚方记得,不遑他请;其邻居有独孤生者,年老,久处田野,人事不知[7],茅屋数间,尝呼为"独孤丈",至是遂以应命。到会所,澄波万顷,景物皆奇。李生拂笛,渐移舟于湖心。时轻云蒙笼[8],微风拂浪,波澜陡起。李生捧笛,其声始发之后,昏曀齐开[9],水木森然[10],仿佛如有鬼神之来。坐客皆更赞咏之,以为钧天之乐[11]不如也。独孤生乃无一言。会者皆怒。李生为轻己,意甚忿之。良久,又静思作一曲,更加妙绝,无不赏骇。独孤生又无言。邻居召至者甚惭悔,白于众曰:"独孤村落幽处,城郭稀至,音乐之类,率所不通。"会客同诮责之;独孤生不答,但微笑而已。李生曰:"公如是,是轻薄,为复是[12]好手?"独孤生乃徐曰:"公安知仆不会也?"坐客皆为李生改容谢之。独孤曰:"公试吹《凉州》[13]。"至曲终,独孤生曰:"公亦甚能妙;然声调杂夷乐[14],得无有龟兹[15]之侣乎?"李生大骇,起拜曰:"丈人[16]神绝!某亦不自知,本师实龟兹人也。"又曰:"第

245

十三叠[17]误入《水调》[18]，足下知之乎？”李生曰：“某顽蒙[19]，实不觉。”独孤生乃取吹之。李生更有一笛，拂拭以进。独孤视之曰：“此都不堪取，执者粗通耳[20]。”乃换之，曰：“此至入破[21]，必裂，得无恡惜否？”李生曰：“不敢。”遂吹。声发入云，四座震栗；李生蹙踖[22]不敢动。至第十三叠，揭示谬误之处，敬伏将[23]拜。及入破，笛遂败裂，不复终曲。李生再拜，众皆帖息[24]，乃散。明旦，李生并会客皆往候之，至则唯茅舍尚存，独孤生不见矣。越人知者皆访之，竟不知其所去。

注释

[1]本篇录自《太平广记》，原注出《逸史》。《逸史》今已失传，仅《说郛》里存有三则，但并没有这一篇。据《逸史》的短序，知道作者姓卢，著《逸史》三卷共四十五篇。作序的时间为大中初年，可知作者为唐末人，其他不详。

文内首一字原无“李”字，似于文例不合，今暂以六角括弧补之。

这篇故事告诉我们，学无止境，尽管有相当成就，也应该虚心向人学习，而不能故步自封，骄傲自满。故事也说明了，在旧社会里，虽然身怀绝技，也往往埋没终身，没有办法可以表现、发展自己的才能，独孤生就是一个例子。

[2]第一部：犹如说第一把好手。

[3]有故：因为有事。

[4]越州：也称会稽郡，约辖今浙江馀姚和浦阳江（除浦江县）、曹娥江流域一带地区，州治在今绍兴市。

[5]镜湖：鉴湖的别名，绍兴的名湖。

[6]想其风韵，尤敌人神：想象他笛子吹出优雅的腔调，听了令人十分神往。

[7]久处田野，人事不知：长期住在乡村里，对社会情况一点也不

了解。

[8]蒙笼：形容云彩的密集。

[9]昏曀（yì）齐开：本来阴沉沉的天气完全开朗了。

10]森然：阴冷的样子。

[11]钧天之乐：天上的音乐，意思是美妙非人间所有的。"钧天"，天上的中央。

[12]为复是：唐人常用语，还是的意思。

[13]《凉州》：乐曲名。唐天宝时，很多乐曲都以边地为名，《凉州》是其中之一。这个乐曲是由西凉州进献的，所以名为《凉州》。

[14]杂夷乐：夹杂着外国音乐的调子。

[15]龟（qiū）兹（cí）：汉时西域的国家之一。龟兹音乐在唐代很流行，很多乐曲都是用的龟兹乐。

[16]丈人：对老人的敬称。

[17]叠：段、遍。

[18]《水调》：唐时曲调名，共十一叠：前五叠是歌，后六叠是入破，调子很悲切。

[19]顽蒙：愚蠢。

[20]执者粗通耳：持有这个笛子的人，不过略为懂得一点音乐的皮毛罢了。

[21]入破：唐、宋时大曲（宫廷宴会上奏的大型乐曲）中专用名词。当时每套大曲都有十余"遍"，分别归入"散序""中序""破"三大段。"入破"是"破"这一段的第一遍。入破以前各遍，乐调舒缓而不舞；入破后，打击乐器羯鼓等和丝竹合奏，声繁拍急，此时舞者入场。

[22]虁蹐（jí）：恭敬而又惭愧不安的样子。

[23]将：且。

[24]帖息：顺服。

李 使 君

康骈[1]

　　乾符[2]中，有李使君出牧罢归[3]，居在东洛。深感一贵家旧恩，欲召诸子从容。有敬爱寺僧圣刚者，常所往来，李因以具宴为说。僧曰："某与为门徒[4]久矣。每观其食，穷极水陆滋味；常馔必以炭炊，往往不惬其意。此乃骄逸成性，使君召之可乎？"李曰："若朱象髓、白猩唇，恐未能致；止于精办小筵，亦未为难。"于是广求珍异，俾妻孥[5]亲为调鼎[6]，备陈绮席雕盘。选日邀致。弟兄列坐，矜持[7]俨若冰玉。肴羞[8]每至，曾不入口；主人揖之再三，唯沾果实而已。及至冰餐，俱置一匙于口，各相眄良久，咸若啮蘖[9]吞针。李莫究其由，但以失饪[10]为谢。明日复见圣刚，备述诸子情貌。僧曰："前者所说岂谬哉！"既而造其门问之曰："李使君特备一筵，肴馔可谓丰洁，何不略领其意？"诸子曰："燔炙[11]煎和未得法。"僧曰："他物纵不可食，炭炊之餐，又嫌何事？"乃曰："上人[12]未知，凡以炭炊馔，先烧令熟，谓之'炼炭'，方可入爨；不然，犹有烟气。李使君宅炭不经炼，是以难食。"僧拊掌大笑曰："此则非贫道所知也！"及"巢寇"陷洛[13]，财产剽掠[14]俱尽。昆仲数人，乃与圣刚同窜，潜伏山谷，不食者至于三日。"贼"锋稍远，徒步将往河桥。道中小店始开，以脱粟[15]为餐而卖。僧囊中有钱数百，买于土杯[16]同食；腹枵[17]

既甚，膏粱[18]之美不如。僧笑而谓之曰："此非炼炭所炊，不知堪与郎君吃否？"皆低头惭靦，无复词对。

注释

[1]作者康骈，字驾言，唐池阳（今陕西泾阳县西北）人。僖宗时进士，曾任崇文馆校书郎。著有《剧谈录》三卷，记天宝以来杂事。

此篇描写封建时代的贵族子弟，靠着父兄的剥削收入，穷奢极欲，尽情享受。在饮食方面，他们对烹饪用的炭火，也有种种讲究；炭火不对，即使是山珍海味，也食不下咽。这简直到了令人难以相信的地步！后来逃难时，因为饿极了，于是吃"脱粟之餐"时也觉得"膏粱之美"不如。和尚嘲笑他们："此非炼炭所炊，不知堪与郎君吃否？"使得他们惭愧得无话可答。前后鲜明而强烈的对照，突出了文字的讽刺性。

[2]乾符：唐僖宗（李儇）的年号（公元八七四至八七九年）。

[3]出牧罢归：在外做太守（刺史），免职回家。

[4]门徒：门客。

[5]妻孥：妻子。

[6]调鼎：做烹饪工作。

[7]矜持：因骄傲自大而故意做出不轻言动的样子。

[8]肴馐：美味的饮食。

[9]啮（niè）蘖（bò）："蘖"，本作"檗"，就是黄檗，一种芸香科的落叶乔木，茎的内皮和果实，都可以作药用，味道极苦。"啮蘖"，形容犹如吃了苦的东西。

[10]失饪：烹调食物，有的火候不到，有的烧过了火，以致味道不好，叫做"失饪"。

[11]燔（fán）炙：烧烤。

[12]上人：佛教称上德的人为"上人"，后来就作为对和尚的通称。

[13]"巢寇"陷洛："巢"，指黄巢，曹州冤句（今山东菏泽）人，唐末农民起义军的领袖。他先打下了洛阳，后来又攻取长安，唐僖宗逃往四川。他在长安称帝，国号"大齐"，改元"金统"。由于组织松懈，内部有矛盾，又中了封建统治阶级分化的诡计，终于失败，在泰山下不屈自杀。这一支农民起义军，当时很受人民爱戴；入长安时，居民曾夹道欢迎。这里称为"巢寇"，称打下洛阳为"陷洛"，下文又说他"剽掠"，诬他的军队为"贼"，是作者站在反动阶级的立场看问题的缘故。

[14]剽（piào）掠：抢劫。

[15]脱粟：糙米饭。

[16]土杯：盛羹的瓦器。

[17]腹枵（xiāo）：肚子饿了。"枵"，空虚的意思。

[18]膏粱："膏"，肥肉。"粱"，细粮。

流 红 记

张实[1]

唐僖宗时，有儒士于祐，晚步禁衢[2]间。于时万物摇落，悲风素秋[3]，颓阳[4]西倾，羁怀[5]增感。视御沟[6]，浮叶续续而下。祐临流浣手。久之，有一脱叶，差[7]大于他叶，远视之，若有墨迹载于其上。浮红泛泛[8]，远意绵绵[9]。祐取而视之，果有四句题于其上。其诗曰：

流水何太急，深宫尽日闲。殷勤谢红叶，好去到人间。

祐得之，蓄于书笥，终日咏味，喜其句意新美，然莫知何人作而书于叶也。因念御沟水出禁掖，此必宫中美人所作也。祐但宝之，以为念耳，亦时时对好事者[10]说之。祐自此思念，精神俱耗。一日，友人见之，曰："子何清削[11]如此？必有故，为吾言之。"祐曰："吾数月来，眠食俱废。"因以红叶句言之。友人大笑曰："子何愚如是也！彼书之者，无意于子。子偶得之，何置念如此？子虽思爱之勤，帝禁深宫，子虽有羽翼，莫敢往也。子之愚，又可笑也。"祐曰："天虽高而听卑[12]，人苟有志，天必从人愿耳。吾闻王仙客遇无双之事[13]，卒得古生之奇计。但患无志耳，事固未可知也。"祐终不废思虑，复为二句，题于红叶上云[14]：

曾闻叶上题红怨，叶上题诗寄阿谁？

置御沟上流水中，俾其流入宫中。人或笑之[15]，亦为好事者称道。有赠之诗者，曰：

　　君恩不禁东流水，流出宫情是此沟。

祐后累举不捷[16]，迹颇羁倦，乃依河中[17]贵人韩泳门馆[18]，得钱帛稍稍自给，亦无意进取。久之，韩泳召祐谓之曰："帝禁宫人三十馀得罪，使各适人。有韩夫人者，吾同姓，久在宫。今出禁庭，来居吾舍。子今未娶，年又逾壮，困苦一身，无所成就，孤生独处，吾甚怜汝。今韩夫人箧中不下千缗，本良家女，年才三十，姿色甚丽。吾言之，使聘子[19]，何如？"祐避席伏地曰："穷困书生，寄食门下，昼饱夜温，受赐甚久。恨无一长，不能图报，早暮愧惧，莫知所为。安敢复望如此。"泳令人通媒妁，助祐进羔雁，尽六礼之数，交二姓之欢。祐就吉之夕，乐甚。明日，见韩氏装橐甚厚，姿色绝艳。祐本不敢有此望，自以为误入仙源，神魂飞越。既而韩氏于祐书笥中见红叶，大惊曰："此吾所作之句，君何故得之？"祐以实告。韩氏复曰："吾于水中亦得红叶，不知何人作也。"乃开笥取之，乃祐所题之诗。相对惊叹感泣久之。曰："事岂偶然哉？莫非前定也。"韩氏曰："吾得叶之初，尝有诗，今尚藏箧中。"取以示祐。诗云：

　　独步天沟岸，临流得叶时。此情谁会得[20]，肠断一联诗。

闻者莫不叹异惊骇。一日，韩泳开宴召祐泊[21]韩氏。泳曰："子二人今日可谢媒人也。"韩氏笑答曰："吾为[22]祐之合，乃天也，非媒氏之力也。"泳曰："何以言之？"韩氏索笔为诗，曰：

　　一联佳句题流水，十载幽思满素怀。今日却成鸾凤友，方知红叶是良媒。

泳曰："吾今知天下事无偶然者也。"僖宗之幸蜀[23]，韩泳令祐将[24]家僮百人前导。韩以宫人得见帝，具言适祐事。帝曰："吾亦微闻之。"召祐，笑曰："卿乃朕门下旧客也。"祐伏地拜，谢罪。帝还西都，以从驾得官，为神策军[25]虞候。韩氏生五子三女。子以力学[26]俱有

252

官，女配名家。韩氏治家有法度，终身为命妇。宰相张濬[27]作诗曰：

> 长安百万户，御水日东注。水上有红叶，子独得佳句。子复题脱叶，流入宫中去。深宫千万人，叶归韩氏处。出宫三十人，韩氏籍中数。回首谢君恩，泪洒胭脂雨。寓居贵人家，方与子相遇。通媒六礼具，百岁为夫妇。儿女满眼前，青紫盈门户。兹事自古无，可以传千古。

议曰：流水，无情也。红叶，无情也。以无情寓无情而求有情，终为有情者得之，复与有情者合，信前世所未闻也。夫在天理可合，虽胡、越之远，亦可合也；天理不可，则虽比屋邻居[28]，不可得也。悦于得，好于求者，观此，可以为诫也。

注释

[1]作者张实，字子京，宋魏陵人。事迹无可考。

唐时已有"红叶题诗"的故事，见《本事诗》和《云溪友议》，本篇是根据这一类的传说渲染加工写成的。

封建时代，宫女们长期被禁在深宫里，她们精神非常苦闷，渴望获得自由，作者反映这一事实，是有一定的积极意义的。

[2]禁衢：指皇城里的街道。唐代长安城分三部分，宫城在最北面，是皇帝和后妃们住的地方；宫城之南为皇城，是官员办公的地方；皇城之南和宫城、皇城的两侧为京城，是一般人民居住的地方。下文"禁掖""禁庭"，指皇宫。

[3]素秋：秋天的别称。

[4]颓阳：落日、斜阳。

[5]羁怀：流浪的情绪。

[6]御沟：唐时引终南山水从宫内流过，叫做"御沟"，也称"禁沟"，就是下文所指的"天沟"。

[7]差（chā）：略为。

[8]浮红泛泛："浮红"，漂浮的红叶。"泛泛"，形容东西浮在水面的样子。

[9]远意绵绵：带来了远方绵长的情意。

[10]好（hào）事者：爱管闲事的人。

[11]清削：消瘦。

[12]天虽高而听卑：古人认为，天上有主宰人间的神，它虽然高高在上，却能鉴察下界的一切事情。这是一种迷信的说法。

[13]王仙客遇无双之事：见前《无双传》篇。"吾闻王仙客遇无双之事"："王"，原作"牛"，据《无双传》改。

[14]复为二句，题于红叶上云：原"为"作"题"，"题"作"书"。似作"为""题"较胜，据惠本改。

[15]人或笑之："或"，原作"为"。似作"或"较胜，据惠本改。

[16]累举不捷：屡次应试都没有考中。

[17]河中：唐府名，见前《莺莺传》篇"蒲"注。

[18]门馆：从前文人教书，或者代人办办笔墨一类的事情，借以维持生活，叫做"处馆"。这里"依河中贵人韩泳门馆"，就是在韩泳家里教书或担任文墨职务。后文《谭意哥传》篇"门馆如市"，"门馆"却指住所。

[19]使聘子：叫她嫁给你。"聘"，聘礼，即六礼中的"纳征"，是封建婚礼中的一个重要过程，引申作娶妻解释，这里却指嫁给。

[20]会得：体会得到。

[21]洎：及、和。

[22]为：与、同。

[23]僖宗之幸蜀：当时黄巢打下了洛阳和长安，唐僖宗匆忙地逃往蜀地。后来唐朝统治者勾结沙陀族的军队打败了黄巢，僖宗才得回来。

[24]将（jiāng）：率领。

[25]神策军：唐代设左右神策军，以大将军为首，掌卫兵及内外八镇兵，和左右龙武军、左右神武军，号为"六军"。代宗后，神策军由宦官主持，势力在其他禁军之上。

[26]力学：用功读书。

[27]张濬：字禹川，唐河间人。僖宗时任尚书右仆射，所以称为宰相。

[28]比屋邻居："比"，近的意思。"比屋邻居"，住宅挨着住宅的邻居。

谭意哥传

秦醇[1]

谭意哥小字英奴，随亲生于英州[2]。丧亲，流落长沙[3]，今潭州也。年八岁，母又死，寄养小工张文家。文造竹器自给。一日，官妓[4]丁婉卿过之，私念苟得之，必丰吾屋[5]。乃召文饮，不言而去。异日复以财帛贶[6]文，遗颇稠叠[7]。文告婉卿曰："文廛市贱工，深荷厚意。家贫，无以为报。不识子欲何图也？子必有告。幸请言之。愿尽愚图报，少答厚意。"婉卿曰："吾久不言，诚恐激君子之怒。今君恳言，吾方敢发。窃知意哥非君之子。我爱其容色。子能以此售我，不惟今日重酬子，异日亦获厚利。无使其居子家，徒受寒饥。子意若何？"文曰："文揣知君意久矣，方欲先白。如是，敢不从命。"是时方十岁，知文与婉卿之议[8]，怒诘文曰："我非君之子，安忍弃于娼家乎？子能嫁我，虽贫穷家，所愿也。"文竟以意归婉卿。过门，意哥大号泣曰："我孤苦一身，流落万里，势力微弱，年龄幼小。无人怜救，不得从良人。"闻者莫不嗟悯。婉卿日以百计诱之。以珠翠饰其首，轻暖披其体，甘鲜足其口[9]，既久益勤，若慈母之待婴儿。晨夕浸没，则心为爱夺[10]，情由利迁[11]。意都忘其初志[12]。未及笄，为择佳配。肌清骨秀，发绀眸长，荑手纤纤[13]，宫腰搦搦[14]，独步于一时。车马骈溢[15]，门馆如市。加之性明敏慧，解音律，尤工诗笔。年

256

少千金买笑春风[16]，惟恐居后；郡官宴聚，控骑[17]迎之。时运使[18]周公权府[19]会客，意先至府，医博士[20]及有故至府，升厅拜公。及美髯可爱，公因笑曰："有句，子能对乎？"及曰："愿闻之。"公曰："医士拜时须拂地。"及未暇对答，意从旁曰："愿代博士对。"公曰："可。"意曰："郡侯宴处幕侵天[21]。"公大喜。意疾既愈，庭见府官，多自称诗酒于刺[22]。蒋出见其言，颇笑之。因令其对句，指其面曰："冬瓜霜后频添粉[23]。"意乃执其公裳袂，对曰："木枣秋来也著绯[24]。"公且惭且喜，众口嗷然[25]称赏。魏谏议之镇长沙[26]，游岳麓[27]时，意随轩[28]。公知意能诗，呼意曰："子可对吾句否？"公曰："朱衣吏，引登青障[29]。"意对曰："红袖人，扶下白云。"公喜，因为之立名文婉，字才姬。意再拜曰："某，微品[30]也。而公为之名字，荣逾万金之赐。"刘相之镇长沙，云一日登碧湘门[31]纳凉，幕官[32]从焉。公呼意对。意曰："某，贱品也，安敢敌公之才。——公有命，不敢拒。"尔时迤逦望江外湘渚间[33]，竹屋茅舍，有渔者携双鱼入修巷[34]。公相曰："双鱼入深巷。"意对曰："尺素[35]寄谁家。"公喜，赞美久之。他日，又从公轩游岳麓，历抱黄洞[36]望山亭吟诗，坐客毕和[37]。意为诗以献曰：

> 真仙去后已千载，此构危亭四望赊[38]。灵迹几迷三岛[39]路，凭高空想五云车[40]。清猿啸月千岩晓，古木吟风一径斜。鹤驾何时还古里，江城应少旧人家[41]。

公见诗愈惊叹；坐客传观，莫不心服。公曰："此诗之妖[42]也。"公问所从来[43]，意哥以实对。公怆然[44]悯之。意乃告曰："意入籍[45]驱使迎候之列有年矣，不敢告劳。今幸遇公。倘得脱籍为良人箕帚之役[46]，虽死必谢。"公许其脱。异日，诣投牒[47]，公诺其请。意乃求良匹，久而未遇。会汝州民张正字为潭茶官[48]，意一见谓人曰："吾得婿矣。"人询之，意曰："彼风调才学，皆中吾意。"张闻之，亦有意。一日，张约意会于江亭。于时亭高风怪，江空月明。陛帐垂丝[49]，清风射牖，疏帘透月，银鸭[50]喷香。玉枕相连，绣衾低覆，密语调簧，春心飞絮[51]。如仙范之并蒂，若双鱼之同泉，相得之欢，虽死未已。翌日，意尽挈其装囊归张。有情者赠之以诗曰：

才色相逢方得意[52]，风流相遇事尤佳。牡丹移入仙都去，从此湘东无好花。

后二年，张调官，复来见。意乃治行[53]，饯之郊外。张登途，意把臂[54]嘱曰："子本名家，我乃娼类，以贱偶贵，诚非佳婚。况室无主祭之妇[55]，堂有垂白之亲[56]。今之分袂[57]，决无后期。"张曰："盟誓之言，皎如日月，苟或背此，神明非欺。"意曰："我腹有君之息[58]数月矣。此君之体[59]也，君宜念之。"相与极恸，乃舍去。意闭户不出，虽比屋莫见意面。既久，意为书与张云：

阴老[60]春回，坐移岁月。羽伏鳞潜[61]，音问两绝。首春[62]气候寒热，切宜保爱。逆旅都辇[63]，所见甚多。但幽远之人，摇心左右，企望回辕[64]，度日如岁。因成小诗，裁寄所思[65]。兹外千万珍重。

其诗曰：

潇湘江上探春回，消尽寒冰落尽梅。愿得儿夫似春色，一年一度一归来。

逾岁，张尚未回，亦不闻张娶妻。意复有书曰：

相别入此新岁，湘东地暖，得春尤多。溪梅堕玉，槛杏吐红，旧燕初归，暖莺已啭。对物如旧，感事自伤。或勉为笑语，不觉泪泠[66]。数月来颇不喜食，似病非病，不能自愈。孺子无恙（意子年二岁），无烦流念[67]。向尝面告，固匪[68]自欺。君不能违亲之言，又不能废己之好，仰结高援[69]，其无口焉。或俯就微下，曲为始终，百岁之恩，没齿何报。虽亡若存，摩顶至足，犹不足答君意。反覆其心，虽秃十兔毫，磬三江楮[70]，亦不能口兹稠叠，上浼[71]君听。执笔不觉堕泪几砚中。郁郁之意，不能自已。千万对时善育[72]，无或以此为至念也。短唱二阕[73]，固非君子齿牙间可吟，盖欲摅情[74]耳。

曲名《极相思令》一首：

湘东最是得春先，和气暖如绵。清明过了，残花巷陌，犹见秋千。

对景感时情绪乱，这密意，翠羽空传[75]。风前月下，花时永昼[76]，洒泪何言。

又作《长相思令》一首：

旧燕初归，梨花满院，迤逦天气融和。新晴巷陌，是处[77]轻车骄马[78]，禊饮[79]笙歌。旧赏人非[80]，对佳时一向，乐少愁多。远意沉沉，幽闺独自颦蛾。　　正消黯[81]，无言自感，凭高远意，空寄烟波。从来美事，因甚天教，两处多磨？开怀强笑，向新来，宽却衣罗[82]。似恁地[83]，人怀憔悴，甘心总为伊呵。

张得意书辞，情悰[84]久不快，亦私以意书示其所亲，有情者莫不嗟叹。张内逼慈亲之教，外为物议之非[85]，更期月[86]，亲已约孙贲殿丞[87]女为姻。定问[88]已行，媒妁素定，促其吉期，不日佳赴[89]。张回肠危结，感泪自零。好天美景，对乐成悲，凭高怅望，默然自已。终不敢为记报意。

逾岁，意方知，为书云：

妾之鄙陋，自知甚明。事由君子，安敢深扣[90]。一入闺帏，克勤妇道[91]，晨昏恭顺，岂敢告劳。自执箕帚，三改岁囗[92]。苟有未至，固当垂诲；遽此见弃，致我失图[93]。求之人情，似伤薄恶；揆之天理，亦所不容。业已许君，不可贻咎[94]。有义则合[95]，常风服于前书[96]；无故见离，深自伤于微弱。盟顾可欺，则不复道[97]。稚子今已三岁，方能移步。期于成人，此犹可待。妾囊中尚有数百缗，当售[98]附郭[99]之田亩，日与老农耕耨别穰[100]，卧漏复毳[101]，凿井灌园。教其子知诗书之训，礼义之重。愿其有成，终身休庇[102]妾之此身，如此而已。其他清风馆宇，明月亭轩，赏心乐事，不致如心[103]久矣。今有此言，君固未信，俟在他日，乃知所怀。燕尔方初[104]，宜君子之多喜；拔葵在地，徒向日之有心[105]。自兹弃废，莫敢凭高。思入白云，魂游天末。幽怀蕴积，不能穷极。得官何地，因风寄声。固无他意，贵知动止。饮泣[106]为书，意绪无极。千万自爱。

张得意书，日夕叹怅。后三年，张之妻孙氏谢世[107]，湖外莫通信耗。会有客自长沙替归[108]，遇于南省书理间[109]。张询客意哥行没[110]。客抚掌[111]大骂曰："张生乃木人石心也！使有情者见之，罪不容诛！"张曰："何以言之？"客曰："意自张之去，则掩户不出，虽比屋莫见其面。闻张已别娶，意之心愈坚，方买郭外田百亩以自给。治家清肃，异议纤毫不可入。亲教其子。吾谓古之李住满女，不能远过此。吾或见张，当唾其面而非之。"张惭怩久之。召客饮于肆，云："吾乃张生。子责我皆是。但子不知吾家有亲，势不得已。"客曰："吾不知子乃张君也。"久乃散。张生乃如长沙。数日，既至，则微服游于市[112]，询意之所为。言意之美者不容刺口[113]。默询其邻，莫有见者。门户潇洒[114]，庭宇清肃。张固已恻然。意见张，急闭户不出。张曰："吾无故涉重河[115]，跨大岭，行数千里之地，心固在子。子何见拒之深也，岂昔相待之薄欤？"意云："子已有室，我方端洁以全其素志。君宜去，无浼我。"张云："吾妻已亡矣。曩者之事，君勿复为念，以理推之可也。吾不得子，誓死于此矣。"意云："我向慕君，忽遽入君之门[116]，则弃之也容易。君若不弃焉，君当通媒妁，为行吉礼[117]，然后妾敢闻命。不然，无相见之期。"竟不出。张乃如其请，纳彩问名，一如秦晋之礼焉。事已，乃挈意归京师。意治闺门，深有礼法，处亲族皆有恩意，内外和睦，家道已成。意后又生一子，以进士登科[118]，终身为命妇。夫妇偕老，子孙繁茂。呜呼，贤哉！

注释

[1]作者秦醇，字子复（一作子履），宋谯川人。事迹无可考。

这是一篇脱胎于《霍小玉传》、某些地方又模仿《莺莺传》笔意写成的故事，却以团圆为结局。

谭意哥被人遗弃，"怨而不怒"，闭户教子，贞节自持，是一个遵守旧礼教的妇女的典型。她虽然出身娼门，但一经嫁人，就是"良家"身分，"失节事大"，尽管对方薄幸，她在社会的压力下，除了"闭户教子"，却别无出路。在张生要求重合时，她起初加以拒绝，后来又表示因为"忽遽入门"，所以"弃之容易"，必须"通媒妁，行吉礼"，否则就"无相见之期"。她这一微弱的"抗议"，只要求以"明媒正娶"来保障自己未来的地位，这是一种无力的反抗。她被迫为娼，念念不忘从良，自以为找到一个好对象，可以过美满幸福的生活了，却又遭到挫折。从这里可见封建势力影响之大和封建思想毒害之深。

"谭意哥传"："哥"，原作"歌"。内文或作"意哥"，或作"意歌"，未统一，惠本则全作"哥"，据惠本改。

[2]英州：也称英德府，州治在今广东英德。

[3]长沙：宋郡名，也称潭州，约辖今湖南长沙、湘潭、浏阳、醴陵等地区，州治在今长沙市。

[4]官妓：封建时代，官僚们指定一批妓女为官府当差，送往迎来，供他们玩弄，叫做"官妓"。

[5]丰吾屋：扩大我的门户，就是发家致富的意思。

[6]贶（kuàng）：赐给。

[7]遗（wèi）颇稠叠：屡次赠送东西、赠送的东西很多很多。"稠叠"，重叠的意思。下文"□兹稠叠"，稠叠，指要说的话很多很多，犹如说千言万语。

[8]知文与婉卿之议："议"，原作"意"。似"议"字较胜，据惠本改。

[9]轻暖披其体，甘鲜足其口：给她最好的衣服穿，最好的食物吃。

[10]晨夕浸没：意思是早晚随时用话来逐渐劝诱说动，像用水慢慢把东西浸湿一样。"晨夕浸没，则心为爱夺"："晨"，原作"辰"；"为"，原作"自"。似"晨"字、"为"字较胜，据惠本改。

[11]心为爱夺，情由利迁：由于为物质享受所诱惑，使得原来的意志动摇、改变了。

261

[12]意都忘其初志："都"，原作"哥"。似"都"字较胜，据惠本改。

[13]荑（tí）手纤纤："荑"，本指草木刚长出来的嫩芽，《诗经·卫风·硕人》有"手如柔荑"这一句，形容手柔而且白，这里就以"荑手"借指女人的手。"纤纤"，形容细而柔的样子。

[14]宫腰搦（nuò）搦：春秋时，楚灵王爱好细腰的女子，于是宫中妃嫔们都流行着细腰的装束。见《韩非子·二柄》。"宫腰"就指细腰。"搦"，疑"嫋"（niǎo）字之误。"嫋嫋"同"袅袅"，形容柔弱而细长。

[15]车马骈溢：车马排列得很多的样子。

[16]买笑春风：狎妓的代词。

[17]控骑：驾驭车马。

[18]运使：转运使的简称。宋代设有都转运使、转运使和副使，最初掌管军需、粮饷、水陆转运，后来职权扩大，对边防、盗贼、狱讼、钱谷、按察等事，也都在管辖范围内。当时分路而治，运使就成为一路的监司。

[19]权府：暂时代理太守的职务。

[20]医博士：唐、宋时州县所设主管治疗民间疾病的官员。

[21]郡侯宴处幕侵天：夸张的说法：指太守举行盛宴，所张的帷幕十分高大。"郡侯"，本爵名，这里作为太守的代称，因为太守主管一郡，有如古时诸侯。

[22]多自称诗酒于刺：往往把自己会作诗、能喝酒的本领写在名帖上。

[23]冬瓜霜后频添粉：这句话是讥笑谭意哥虽然时时往脸上搽粉，可是却长得像冬瓜一样地难看。

[24]木枣秋来也著绯："绯"，红色。"著绯"，穿绯色官服（宋代四五品官员的制服）。这里挖苦蒋田的面貌像木枣一样地难看，又借秋天枣子熟了变为红色来比喻蒋田穿着绯服。

[25]噏（xī）然：形容啧啧夸赞的样子。

[26]魏谏议之镇长沙：指姓魏的以谏议大夫的身分，外放做长沙郡守。"谏议"，谏议大夫的省称。宋代侍中省下设左谏议大夫，中书省下设右谏议大夫，主规谏讽谕。下文"刘相之镇长沙"，指姓刘的以做过宰相的身分来做长沙郡守。

[27]岳麓：山名，在长沙西南，湘江西岸，是南岳七十二峰的一峰。

[28]随轩：跟在车子后面，就是追随的意思。

[29]青障：青色的步障。参看前《南柯太守传》篇"步障"注。

[30]微品：犹如说贱人。下文"贱品"，义同。

[31]碧湘门：也称黄道门，就是长沙的南门。

[32]幕官：幕僚、属官。

[33]迤逦望江外湘渚间："迤逦"，歪歪斜斜、曲曲折折的样子。"湘渚"，湘水间的小洲。湘水曲折纡回，有"三十六湾"之称，所以说"迤逦望江外湘渚间"。参看前《柳毅传》篇"湘滨"注。下文"迤逦天气晴和"，迤逦却引申作到处、遍地解释。

[34]修巷：深巷、长巷。

[35]尺素：指书信，参看前《柳毅传》篇"尺书"注。《古乐府·饮马长城窟行》："客从远方来，遗我双鲤鱼；呼儿烹鲤鱼，中有尺素书。"唐人寄书信，就常常以尺素结成双鲤的形状。这里因出对有"双鱼"二字，因引用古诗的典故而以"尺素"为对。

[36]抱黄洞：岳麓山的古迹之一，在禹碑北山谷中，本建有寺观，后湮废。传说古时有道士在岩下修炼，丹成仙去，所以下文诗中有"真仙去后已千载"之句。

[37]坐客毕和（hè）：在座的客人都做了和诗。

[38]此构危亭四望赊：从这里高耸的亭子向四面眺望，可以看得很远很远。"构"，建筑结构。"危亭"，高亭。"赊"，远。

[39]三岛：就是三神山，参看前《长恨传》篇"蓬壶"注。

[40]五云车：仙人所乘五色祥云簇拥着的车子。《真诰》："朱孺子乘五云车登天。"

[41]鹤驾何时还古里，江城应少旧人家：这里是用丁令威化鹤归来的故事。《搜神后记》：丁令威，汉辽东人，入山学道成仙。后化鹤归辽，徘徊空中说："有鸟有鸟丁令威，去家千年今始归。城郭如故人民非，何不学仙冢累累！"仙人能驾鹤飞升，因称仙驾为"鹤驾"。

[42]诗之妖："妖"，在这里是奇怪、不比寻常的意思。因为谭意哥以一妓女而能作出很好的诗，所以这样说。

[43]问所从来：问她身世、经历的意思。

[44]怆（chuàng）然：形容因同情而心里难过的样子。下文"恻然"，义同。

[45]入籍："籍"，簿册。这里指官署里的妓女登记簿。"入籍"把名字写在妓女登记簿上，就是征为官妓的意思。下文"脱籍"，是把名字从妓女登记簿上注销，这样，身体就可以自由了。

[46]为良人箕帚之役：嫁人的意思。参看前《任氏传》篇"奉巾栉"注。

[47]诣投牒：到官府里递送呈文。

[48]茶官：宋代设"提举茶盐"和"提举茶马"等官；又在某些地区（潭州是其中之一）设置山场，征收茶税，派员主持山场，管理茶民。"茶官"，统指这一类的官员。

[49]陡帐垂丝："陡"，本是峻峭的意思，这里引申作深严、严密解释。"垂丝"，指帐上挂的流苏一类的饰物。

[50]银鸭：香炉的别称。

[51]密语调簧，春心飞絮：笙竽一类乐器管中装有薄铜片，吹以发声，名为簧。"密语调簧"，亲密的言语，像调弄乐器一样地好听。"春心飞絮"，彼此要好的情怀，像飞絮一样地不能自主。

[52]才色相逢方得意："色"，原作"识"。似"色"字较胜，据惠

本改。

[53]治行：整理行装。

[54]把臂：手挽着手，亲密的表示。

[55]主祭之妇：指正妻。参看前《李娃传》篇"奉蒸尝"注。

[56]垂白之亲：指年老的父母。参看前《李娃传》篇"垂白上偻"注。

[57]分袂：指离别。

[58]息：儿女、孩子。

[59]体：体胤、后嗣，犹如说亲骨血。

[60]阴老："阴"，指冬天。"阴老"，犹如说冬天过去了。

[61]羽伏鳞潜：毫无信息的意思。"羽"，指鸟。"鳞"，指鱼。借用古时雁足和鲤腹传书的故事。

[62]首春：早春，指农历正月。

[63]逆旅都辇："逆旅"，旅馆，这里作动词用，旅居的意思。"都"，京都；"辇"，辇下，指京城。

[64]企望回辕：犹如说盼望着大驾回来。

[65]所思：所怀念的人，通常指情人。

[66]泪泠：落泪。"泠"，同"零"字。

[67]无烦流念：用不着挂念。

[68]匪：同"非"字。

[69]仰结高援：仰攀富贵人家结亲的意思。

[70]秃十兔毫，磬三江楮："兔毫"，笔。"磬"，同"罄"字。"三江"，有种种说法，这里可能指浙江、浦阳江、剡江；剡江就是剡溪，是著名出产纸张的地方。"楮"，纸。这两句是夸张说法，把十支笔写秃了，三江出产的纸写完了的意思。

[71]浼（měi）：沾染、弄脏了。

[72]对时善育：适应着季节气候的变化而好好地保养自己。

[73]阕（què）：一出乐歌叫做"一阕"。下面的《极相思令》和《长

相思令》是两首曲词，可以歌唱，所以称之为"阕"。

[74]摅（shū）情：发泄情怀。

[75]这密意，翠羽空传："翠羽"，本是珍饰，这里指眉毛。黛色深青，妇女用以画眉，称为翠眉；晋人傅玄诗，有"蛾眉分翠羽"之句。这两句的意思是说：眉目间所含的深情密意，没有相爱的人可以领会、接受，不免辜负了。

[76]永昼：长日、漫长的光阴。

[77]是处：到处、遍处。

[78]轻车骄马：轻巧玲珑的车子和放纵不羁的马匹。"骄"，原作"轿"，似作"骄"是。疑两字形似误刻，据惠本改。

[79]禊（xì）饮："禊"，修禊。古人在上巳日要到郊外游玩，在水边洗濯，名为"修禊"。"禊饮"，在修禊时饮酒作乐。

[80]旧赏人非：如今在一起游玩的，却不是从前的旧人了。

[81]消黯：黯然消魂的意思，表示伤感的情绪。

[82]宽却衣罗：即宽却罗衣，因押韵关系，故作"衣罗"。衣服穿起来觉得宽大，也就是说人消瘦了。

[83]似恁（rèn）地：像这般。

[84]情悰：情怀、心情。

[85]物议之非：指亲友的批评责难。

[86]期（jī）月：满了一月。

[87]殿丞：宋代"殿中省监丞"的简称，是管理皇帝服食医药的官员。

[88]定问：即问名。见前《莺莺传》篇"纳采问名"注。

[89]不日佳赴：不久就有好的前程，指结婚。

[90]扣：扣问，就是询问。

[91]克勤妇道：能竭尽做妻子的道理。参看前《李娃传》篇"妇道甚修"注。

[92]三改岁□："□"，惠本作"垂"，疑"华"字之误。

[93]苟有未至，固当垂诲；遽此见弃，致我失图：如果我有什么不到的地方，你本应当教导我；可是你却骤然抛弃了我，以致我毫无指望、毫无办法。

[94]不可贻咎：不应该埋怨哪个、不能把责任推在哪个身上。

[95]有义则合："合"，原作"企"。似"合"字义较胜，且与下文"无故见离"之"离"字为对，疑形似误刻，据惠本改。

[96]有义则合，常风服于前书：人和人之间，本于正道才能结合在一起，我是很钦佩古书里关于这一类的记载的。

[97]盟顾可欺，则不复道：倘若盟约是可以背弃的，那就没有什么可说的了。

[98]售：这里是买的意思。

[99]附郭：靠近城边。

[100]耕耨（nòu）别穰（ráng）：就是耕田的意思。"耨"，锄草。"穰"，禾茎。

[101]卧漏复毳（cuì）：睡在漏雨的屋子里，盖上粗毛毡，形容生活艰苦。"复"，同"覆"字。"毳"，毳幕，就是毡帐。

[102]休庇：好的照顾。

[103]不致如心：不能够趁心如意。

[104]燕尔方初：正在新婚的时候。"燕"，同"宴"字。《诗经·邶风·谷风》："宴尔新昏，如兄如弟。"后来就以"燕尔"指新婚。

[105]拔葵在地，徒向日之有心：战国时，鲁国宰相公仪休回家时，吃着家里种的葵菜，味道很好，又看见妻子在织布；于是把地里的葵菜拔掉，而且休了妻子。他的意思是：自己做了宰相，高官厚禄，是不应该在种菜织布这些小地方与民争利的。见《史记·董仲舒传》。这里引用这一典故，并借"葵菜"为向日葵之"葵"，比喻自己尽管像葵花向日一样地向着丈夫，但到底还是被抛弃了。如果不根据上述典故，而只是照着字面

267

如此解释，也说得通。

[106]饮泣：眼泪流到嘴里。

[107]谢世：去世、死亡。

[108]替归：由于官职有了更动而回来。

[109]南省书理间：宋代尚书省的地址在皇宫南面，习惯称为"南省"。"书理间"，办理公文的地方，犹如说办公厅。

[110]行没：行止、动静。

[111]抚掌：喜笑高兴而拍手叫做"抚掌"，这里却是形容愤怒。

[112]则微服游于市："市"，原作"肆"。似"市"字义较胜，疑音近误刻，据惠本改。

[113]不容刺口：不许别人多所批评。"刺口"，多话的意思。

[114]潇洒：这里是清静、干净的意思。

[115]重河：好几道河。

[116]忽遽入君之门："忽"，疑"匆"字形似误刻。

[117]吉礼：古称祭祀之礼为"吉礼"，后来一般指婚礼。

[118]登科："科"，科举。"登科"，科举考试及格了，就是及第。

268

梅 妃 传

缺名[1]

梅妃，姓江氏，莆田[2]人。父仲逊，世为医。妃年九岁，能诵《二南》[3]，语父曰："我虽女子，期以此为志。"父奇之，名之曰采蘋[4]。开元中，高力士使闽、粤，妃笄矣。见其少丽，选归，侍明皇[5]，大见宠幸。长安大内[6]、大明、兴庆三宫，东都大内、上阳两宫，几四万人，自得妃，视如尘土；宫中亦自以为不及。妃善属文，自比谢女[7]。淡妆雅服，而姿态明秀，笔不可描画。性喜梅，所居阑槛，悉植数株，上榜[8]曰梅亭。梅开赋赏，至夜分[9]尚顾恋花下不能去。上以其所好，戏名曰梅妃。妃有《萧兰[10]》《梨园》《梅花》《凤笛》《玻杯》《剪刀》《绮窗》七赋。是时承平[11]岁久，海内无事，上于兄弟间极友爱，日从燕[12]间，必妃侍侧。上命破橙往赐诸王。至汉邸[13]，潜以足蹙[14]妃履，妃登时[15]退阁。上命连宣[16]，报言："适履珠脱缀，缀竟当来。"久之，上亲往命妃。妃拽衣迓上，言胸腹疾作，不果前[17]也。卒不至。其恃宠如此。后上与妃斗茶[18]，顾诸王戏曰："此梅精也。吹白玉笛，作《惊鸿舞》[19]，一座光辉[20]。斗茶今又胜我矣。"妃应声曰："草木之戏，误胜陛下。设使调和四海，烹饪鼎鼐[21]，万乘[22]自有宪法[23]，贱妾何能较胜负也。"上大喜。会太真杨氏入侍，宠爱日夺，上无疏意[24]。而二人相嫉，避路而行。上尝方之英、皇[25]，议者谓广狭不类[26]，窃笑之。太真忌而智，妃性柔缓，亡以胜[27]。后竟为杨氏迁于上阳东宫。后上忆妃，夜遣小黄门[28]灭烛，密以戏马[29]召妃至翠华西阁，叙旧爱，悲不自胜。继而上失寤[30]，侍御惊报曰："妃子已届[31]阁前，当奈何？"上披衣，抱妃藏夹幕间。太真既至，问："梅精安在？"上曰："在东宫。"太真曰："乞宣至，今日同浴温泉。"上曰："此女已放屏[32]，无并往也。"太真语益坚，上顾左右不答。太真大怒曰："看核狼籍，御榻下有妇人遗舄，夜来何人侍陛下寝，欢醉至于日出不视朝[33]？陛下可出见群臣。妾止此阁俟驾回。"上愧甚，挼衾向屏假寐曰："今日有疾，不可临朝。"太真怒甚，径归私第。上顷觅妃所在，已为小黄门送令步归东宫。上怒斩之。遗舄并翠钿命封赐妃。妃谓使者曰："上弃我之深乎？"使曰："上非弃妃，诚恐太真恶情[34]耳。"妃笑曰："恐怜我则动肥婢[35]情，岂非弃也？"妃以千金寿[36]高力士，求词人拟[37]司马相如为《长门赋》[38]，欲邀上意[39]。力士方奉[40]太真，且畏其势，报曰："无人解赋。"妃乃自作《楼东赋》，略曰：

玉鉴尘生，凤奁香殄。懒蝉鬓之巧梳，闲缕衣之轻练[41]。苦寂寞于蕙宫，但凝思乎兰殿。信摽落之梅花，隔长门而不见[42]。况乃花心扬恨，柳眼弄愁，暖风习习，春鸟啾啾；楼上黄昏兮，听凤吹[43]而回首，碧云日暮兮，对素月而凝眸。温泉不到，忆拾翠[44]之旧游；长门深闭，嗟青鸾之信修[45]。忆昔太液清波，水光荡浮，笙歌赏燕，陪从宸旒[46]。奏舞鸾之妙曲，乘画鹢[47]之仙舟。君情缱绻，深叙绸缪。誓山海而常在，似日月而无休。奈何嫉色庸庸[48]，妒气冲冲，夺我之爱幸，斥我乎幽宫[49]。思旧欢之莫得，想梦著乎朦胧。度花朝与月夕，羞懒对乎春风。欲相如之奏赋，奈世才之不工。属愁吟之未尽，已响动乎疏钟。空长叹而掩袂，踟蹰[50]步于楼东。

太真闻之，诉明皇曰[51]："江妃庸贱，以庾词[52]宣言怨望，愿赐死。"上默然。会岭表[53]使归，妃问左右："何处驿使[54]来，非梅使

270

耶？"对曰："庶邦[55]贡杨妃荔实使来。"妃悲咽泣下。上在花萼楼[56]，会夷使[57]至，命封珍珠一斛密赐妃。妃不受，以诗付使者，曰："为我进御前也。"曰：

> 柳叶双眉久不描，残妆和泪湿红绡。长门自是无梳洗，何必珍珠慰寂寥。

上览诗，怅然不乐。令乐府[58]以新声度[59]之，号《一斛珠》，曲名始此也。后禄山犯阙[60]，上西幸，太真死。及东归，寻妃所在，不可得。上悲谓兵火之后，流落他处。诏有得之，官二秩[61]、钱百万。搜访不知所在。上又命方士飞神御气，潜经天地，亦不可得。有宦者进其画真[62]，上言似甚，但不活耳。诗题于上，曰：

> 忆昔娇妃在紫宸[63]，铅华不御得天真。霜绡虽似当时态，争奈娇波不顾人。

读之泣下，命模象刊石。后上暑月昼寝，仿佛见妃隔竹间泣，含涕障袂，如花朦雾露状。妃曰："昔陛下蒙尘[64]，妾死乱兵之手，哀妾者埋骨池东梅株傍。"上骇然流汗而寤。登时令往太液池发视之，不获。上益不乐。忽悟温泉池侧有梅十馀株，岂在是乎？上自命驾，令发视。才数株，得尸，裹以锦裀，盛以酒槽[65]，附土三尺许。上大恸，左右莫能仰视。视其所伤，胁下有刀痕。上自制文诔[66]之，以妃礼易葬焉。

赞曰："明皇自为潞州别驾[67]，以豪伟闻，驰骋犬马鄠、杜之间[68]，与侠少游。用此起支庶，践尊位[69]。五十馀年，享天下之奉，穷极奢侈，子孙百数。其阅万方美色众矣，晚得杨氏，变易三纲[70]，浊乱四海，身废国辱，思之不少悔。是固有以中其心、满其欲矣。江妃者，后先其间，以色为所深嫉，则其当人主[71]者，又可知矣。议者谓或覆宗，或非命[72]，均其媢忌[73]自取。殊不知明皇耄而怯愎忍[74]，至一日杀三子[75]，如轻断蝼蚁之命。奔窜而归，受制昏逆[76]，四顾嫔嫱，斩亡俱尽，穷独苟活，天下哀之。《传》曰：'以其所不爱及其所爱。'[77]盖天所以酬之[78]也。报复之理，毫发不差，是岂特两女子之罪哉？"

汉兴，尊《春秋》，诸儒持《公》《谷》角胜负，《左传》独隐而不宣，最后乃出[79]。盖古书历久始传者极众。今世图画美人把[80]梅者，号梅妃，泛言唐明皇时人，而莫详所自也。盖明皇失邦，咎归杨氏，故词人喜传之。梅妃特嫔御擅美，显晦不同，理应尔也。此传得自万卷朱遵度[81]家，大中[82]二年七月所书，字亦媚好。其言时有涉俗者。惜乎史逸[83]其说。略加脩润[84]而曲循旧语，惧没其实也。惟叶少蕴[85]与余得之，后世之传，或在此本。又记其所从来如此。

注释

[1]作者生平无可考。清陈莲塘《唐人说荟》曾指为唐人曹邺作，但文中提到叶少蕴，叶为北宋末期人，可证此篇应是宋人所作。

这是一篇描写唐玄宗两个妃子争宠互妒的故事，反映了封建时代宫庭生活腐化的一斑。文末对玄宗的骄奢淫佚，作了有力的抨击，可见作者用意所在。

明人吴世美曾据此篇作《惊鸿记》杂剧。

[2]莆（pú）田：唐县名，在今福建莆田县东南。

[3]《二南》：指《诗经·国风》里的《周南》和《召南》两篇，是周南（今陕西、河南间）和召南（今河南、湖北间）的民间歌谣。从前认为，《周南》和《召南》大半是写周文王的后妃和诸侯夫人"修身齐家"的事情。

[4]采蘋：本是《召南》里的章名。从前认为，这一章是写士大夫妻子主持祭祀的事情，所以梅妃的父亲取做女儿的名字，希望她将来会持家。

[5]明皇：就是唐玄宗。唐玄宗死后，谥号里有一个"明"字，所以后世称为"明皇"。

[6]大内：本皇宫通称。唐代长安的大明、兴庆宫，洛阳的上阳宫，都是在原有的皇宫之外另行建筑的，所以这里以大内指原来的皇宫——长安

的太极宫和洛阳的太初宫。

[7]谢女：指谢道韫，东晋时的女诗人。

[8]上榜：上面题着匾额。

[9]夜分：夜半。

[10]萧兰："萧"，贱草。"兰"，香草。古人文中，往往以萧艾和芳草并举，以萧艾喻不肖。

[11]承平：相沿下来的太平岁月。

[12]燕：同"宴"字。

[13]汉邸：王府为"邸"，"汉邸"就指的汉王。

[14]蹑（niè）：踩、践踏。

[15]登时：立刻、马上。

[16]宣：传达皇帝的命令叫做"宣"。

[17]不果前：不能前来。"果"，实现、做到的意思。

[18]斗茶：一种比赛烹茶技术优劣的游戏。古人烹茶，着重火候和水质；唐、宋时所谓"点茶"，更有种种讲究。宋蔡襄《茶录》载："钞茶先注汤，调令极匀，又添注入，环回击拂，汤上盏可四分则止；眂（同'视'字）其面色鲜白，著盏无水痕为绝佳。建安斗试，以水痕先没者为负，耐久者为胜。"宋唐庚著有《斗茶记》。

[19]作《惊鸿舞》：曹植《洛神赋》："翩若惊鸿。"注谓"翩然若鸿雁之惊"。"惊鸿舞"，指美女体态轻盈的舞蹈。

[20]一座光辉：指在座的人看到这种精湛的表演技巧，都感到很光荣。

[21]调和四海，烹饪鼎鼐（nài）："调和"，调味，引申作治理解释。古时称中国海内之地为"四海"，犹如说天下、全国。"鼎"，古烹饪器。"鼐"，大鼎。这里是用烹饪调味来比喻治理国家。

[22]万乘（shèng）：古时皇帝拥有兵车万乘，因而以"万乘"为皇帝的代称。

[23]宪法：法令、法度。

[24]宠爱日夺，上无疏意：虽然宠爱一天天地移到杨贵妃身上，但是唐玄宗对梅妃也还没有疏远的意思。

[25]方之英、皇：比作女英和娥皇。娥皇、女英，古帝尧的二女，舜的后妃。"上尝方之英、皇"：原无"尝"字。似有"尝"字义较胜，据顾本增。

[26]议者谓广狭不类："议者"，批评的人。"广狭"，在这里有优劣、好坏、贤愚一类的意思。"不类"，不同。

[27]亡以胜：没有办法斗过她。"亡"，同"无"字。

[28]小黄门：小宦官。东汉时，以宦官为黄门令、中黄门等官，后来就称宦官为"黄门"。

[29]戏马：赌博用具；这里是用它作为一种信物。

[30]失寤：睡过了头。

[31]届：到临。

[32]放屏（bìng）：驱逐。

[33]视朝：临朝听政。

[34]恶情：发火、动怒。

[35]肥婢：据说杨贵妃生得胖，有"环肥"之称，所以这里骂她为"肥婢"。

[36]寿：送人钱财叫做"寿"。

[37]拟：模仿。

[38]司马相如为《长门赋》："司马相如"，汉代文学家。武帝时，陈皇后失宠，被放逐到长门宫，于是送给司马相如黄金百斤，请他作了一篇《长门赋》，以表达自己悲伤的情绪。武帝看了深受感动，就和她恢复了感情。

[39]欲邀上意：想挽回皇帝对自己的情意。

[40]奉：趋奉、巴结。

[41]这四句的意思是说：因为失宠，情绪低落，不愿装饰打扮，所以镜子长久不用，为灰尘所掩，镜匣也没有香味；头发既不再梳成轻巧玲珑的式样，漂亮的衣服也不高兴再穿着了。"玉鉴"，玉镜。"凤奁"（lián），凤形的镜匣。"殄"（tiǎn），灭绝。"蝉鬓"，见前《莺莺传》篇"低鬟蝉影动"注。"缕衣"，金缕衣，指华贵的衣服。"轻练"，薄绸。

[42]信摽（piǎo）落之梅花，隔长门而不见：上句是用《诗经·摽有梅》的典故，不过《摽有梅》的梅指梅子，这里却借指梅花。"摽"，落的意思。《摽有梅》说："摽有梅，其实七兮。求我庶士，迨其吉兮。"意思是梅子熟透了就要落下来，女子到了一定年龄，有和异性恋爱的要求，不然，就感到年华老大，如同熟透了落下来的梅子一样了。下句见前注。这两句的意思是说：自己悲伤虚度青春，被隔离在冷宫里，看不见皇帝的面。

[43]凤吹（chuì）：指笙箫一类的乐器。

[44]拾翠：唐殿名，在大明宫内。也可能指古时妇女采百草以为娱乐的一种"拾翠"游戏，就是"斗草"。唐代盛行斗草之戏，多于端午节野游时进行，以草的多少、草质的坚韧程度和对草名等等方法来比赛胜负。

[45]嗟青鸾之信修："青鸾"，皇帝车驾上的銮铃，见前《南柯太守传》篇"銮铃"注。"嗟青鸾之信修"，是叹息长久不知道皇帝车驾的消息，也就是皇帝长久不来了的意思。又"青鸾"如指青鸟，亦通，参看前《飞烟传》篇"青鸟"注。

[46]宸蔟：皇帝的住所叫做"宸"，引申称有关皇帝的事物为"宸"，略如"御"字。"蔟"，皇帝戴的帽子前后下垂的玉饰。这里就以"宸蔟"指皇帝。

[47]画鹢："鹢"是一种水鸟。古人把鹢鸟的形状画在船头上，认为能镇压水患。

[48]庸庸：本是形容烦劳的样子，这里引申作紧张、勾心斗角一类的

意思解释。

[49]斥我乎幽宫：把我打进冷宫里。

[50]踌（chóu）躇（chú）：因犹疑、烦闷而走来走去的样子。

[51]诉明皇曰："诉"，原作"谓"。似"诉"字义较胜，据顾本改。

[52]廋（sōu）词：隐语。

[53]岭表：就是岭南，今广东一带地方。

[54]驿使：骑着快马，为官府传递文书和其他物件的人。

[55]庶邦：外地、属地。

[56]花萼楼：即花萼相辉楼，在兴庆宫内。

[57]夷使：外国使节。

[58]乐府：汉代的音乐官署，武帝时设，掌管祭祀朝会所用的乐歌，也肩负采集民间诗歌和乐曲之责。哀帝时罢废。这里是指唐时教坊一类的机构。

[59]度：作曲。

[60]犯阙：封建统治者称起兵反对皇帝、进迫京城的行动为"犯阙"。

[61]官二秩："秩"，品级。"官二秩"，加官两级。

[62]画真：画像。

[63]紫宸：唐殿名，在大明宫内。

[64]蒙尘：皇帝逃亡奔走在外，婉词称为"蒙尘"——蒙受风尘的意思。

[65]酒槽：一种盛酒的器具。

[66]诔（lěi）：旧文体的一种，是叙述、表彰死者德行的哀祭文字。这里作动词用，作诔文的意思。

[67]明皇自为潞州别驾：唐玄宗为临淄郡王时，曾以卫尉少卿兼任潞州别驾。

[68]驰骋（chěng）犬马鄠（hù）、杜之间：指游猎一类的事情。

"鄠、杜"，借用汉武帝故事。鄠、杜县名，都在长安附近，汉武帝常常在这一带射猎，把农民的庄稼都踩坏了。这里引用这一故事，是含有讥讽意味的。

[69]起支庶，践尊位："支庶"，指妾生的儿子。唐玄宗是妃子所生，所以说是"起支庶"。"践尊位"，就是做了皇帝。

[70]变易三纲："纲"，网的大绳，引申有主宰者的含义。封建社会以"君为臣纲，父为子纲，夫为妻纲"，谓之"三纲"，是一种不平等的封建礼教。"变易三纲"，毁弃了所谓"伦常"的意思。这里指唐玄宗强纳儿子李瑁的妃子（即杨贵妃）为己有，是违背伦常的。

[71]当（dàng）人主：合皇帝的心意。

[72]或覆宗，或非命："覆宗"，毁灭了家族，指杨贵妃全族被害。"非命"，指梅妃被乱兵杀死。

[73]媢（mào）忌：嫉妒。

[74]忮（zhì）忍：忌刻而残忍。

[75]一日杀三子：唐玄宗的三个儿子——太子瑛、鄂王瑶、光王琚，因受武惠妃的谗言，被玄宗废为庶人，后来又在同一天把他们杀死。

[76]奔窜而归，受制昏逆：唐玄宗从四川回到长安后，由于宦官李辅国的离间，肃宗把他由兴庆宫移往西内（太极宫）居住，而且所宠信的王承恩、高力士、陈玄礼等人，也都被迁谪了。玄宗郁郁不乐，不久就死去。见《唐书·李辅国传》。

[77]以其所不爱及其所爱：语出《孟子·尽心》："不仁者，以其所不爱及其所爱。"意思是不仁的人，会使得灾祸由疏远的人及于所亲近的人。这里指唐玄宗荒淫失政，人民遭受苦难，但结果连他自己所爱的两个妃子也牺牲了。原文说出《左传》，误。

[78]酬之：给他的报应。

[79]汉兴，尊《春秋》，诸儒持《公》《谷》角胜负，《左传》独隐而不宣，最后乃出：《公》，《公羊传》，周朝公羊高传述，他的玄孙公

羊寿和胡母子都编写成书。《谷》，《谷梁传》，周朝谷梁周传述，后来由继承他学说的人编写成书。《公》《谷》和《左传》合称《春秋三传》，都是解释《春秋》的书。汉景帝、武帝时，儒家公孙弘、董仲舒、瑕丘江公、荣广等，或精《公羊》之学，或精《谷梁》之学，都曾风行一个时期；惟有《左传》，因为它对《春秋》里贬损当世君臣之义多所发挥，着重事实方面，和《公羊传》《谷梁传》完全用义理来解释不同，这是触犯时忌的，为了免祸，大家都不愿去研究它，所以"独隐而不宣，最后乃出"。

[80]把：拿着。

[81]万卷朱遵度："朱遵度"，南唐人。好藏书，人称为"朱万卷"。

[82]大中：唐宣宗（李忱）的年号（公元八四七至八五九年）。

[83]逸：散失。

[84]脩润：修改描写。

[85]叶少蕴：名梦得，号石林，少蕴是他的字，宋吴县人。曾任学士、安抚使、节度使等官职。著有《石林春秋传》和诗词集多种。

李师师外传[1]

缺名

　　李师师者，汴京[2]东二厢[3]永庆坊染局匠王寅之女也。寅妻既产女而卒，寅以菽浆代乳乳之[4]，得不死。在襁褓[5]未尝啼。汴俗，凡男女生，父母爱之，必为舍身[6]佛寺。寅怜其女，乃为舍身宝光寺。女时方知孩笑[7]。一老僧目之曰："此何地，尔乃来耶？"女至是忽啼。僧为摩其顶，啼乃止。寅窃喜，曰："是女真佛弟子。"——为佛弟子者，俗呼为"师"，故名之曰师师。师师方四岁，寅犯罪系狱死。师师无所归，有倡籍李姥者收养之。比长，色艺绝伦，遂名冠诸坊曲[8]。徽宗帝[9]即位，好事奢华，而蔡京、章惇、王黼[10]之徒，遂假绍述[11]为名，劝帝复行青苗诸法[12]。长安[13]中粉饰为饶乐[14]气象。市肆酒税，日计万缗，金玉缯帛，充溢府库。于是童贯、朱勔[15]辈复导以声色狗马宫室苑囿之乐。凡海内奇花异石，挼[16]采殆遍。筑离宫[17]于汴城之北，名曰艮岳[18]。帝般乐[19]其中，久而厌之。更思微行，为狎邪游[20]。内押班[21]张迪者，帝所亲幸之寺人[22]也。未宫时[23]为长安狎客，往来诸坊曲，故与李姥善。为帝言陇西氏[24]色艺双绝，帝艳心[25]焉。翼日，命迪出内府[26]紫茸[27]二匹、霞毹[28]二端、瑟瑟珠[29]二颗、白金[30]廿镒[31]，诡云大贾赵乙，愿过庐一顾。姥利金币，喜诺。暮夜，帝易服杂内寺四十馀人中，出东华门，二里许，至镇安坊。——镇安坊者，李姥所居之里也。帝麾止馀人，独与迪翔步[32]而入。堂户卑庳[33]。姥出迎，分庭抗礼[34]，慰问周至。进以时果数种，中有香雪藕、水晶苹婆[35]，而鲜枣大如卵，皆大官所未供者。帝为各尝一枚。姥复款洽[36]良久，独未见师师出拜，帝延伫以待[37]。时迪已辞退，姥乃引帝至一小轩。棐几[38]临窗，缥缃数帙[39]，窗外新篁[40]，参差弄影[41]。帝翛然[42]兀坐，意兴闲适，独未见师师出侍。少顷，姥引帝到后堂。陈列鹿炙、鸡酢、鱼脍、羊签[43]等肴，饭以香子稻米[44]，帝为进一餐。姥侍旁，款语移时，而师师终未出见。帝方疑异，而姥忽复请浴，帝辞之。姥至帝前，耳语[45]曰："儿性好洁，勿忤。"帝不得已，随姥至一小楼下湢室[46]中浴竟。姥复引帝坐后堂，肴核水陆，杯盏新洁，劝帝欢饮，而师师终未一见。良久，姥才执烛引帝至房。帝搴帷而入，一灯荧然，亦绝无师师在。帝益异之，为倚徙几榻间。又良久，见姥拥一姬珊珊[47]而来。淡妆不施脂粉，衣绢素，无艳服。新浴方罢，娇艳如出水芙蓉。见帝意似不屑[48]，貌殊倨，不为礼。姥与帝耳语曰："儿性颇愎[49]，勿怪。"帝于灯下凝睇物色[50]之，幽姿逸韵，闪烁惊眸[51]。问其年，不答。复强之，乃迁坐于他所。姥复附帝耳曰："儿性好静坐。唐突[52]勿罪。"遂为下帷而出。师师乃起，解玄绢褐袄，衣轻绨[53]，卷右袂，援[54]壁间琴，隐几[55]端坐而鼓《平沙落雁》之曲[56]。轻拢慢捻[57]，流韵淡远[58]。帝不觉为之倾耳[59]，遂忘倦。比曲三终，鸡唱矣。帝亟披帷出。姥闻，亦起，为进杏酥饮[60]、枣䭔[61]、怀饦[62]诸点品。帝饮杏酥杯许，旋起去。内侍从行者皆潜候于外，即拥卫还宫。时大观[63]三年八月十七日事也。姥私语师师曰："赵人礼意不薄，汝何落落乃尔[64]？"师师怒曰："彼贾奴耳。我何为者[65]？"姥笑曰："儿强项[66]，可令御史里行[67]也。"而长安人言籍籍[68]，皆知驾幸陇西氏。姥闻大恐，日夕惟涕泣。泣语师师曰："洵是[69]，夷吾族[70]矣！"师师曰："无恐。上肯顾我，岂忍杀我？且畴昔之夜[71]，幸不见逼，上意必怜我。惟是我所窃自悼者，实命不犹[72]，流落下贱，使不洁之名，上累至尊，此则死有余辜[73]耳。若夫天威震怒，横被诛戮，事起佚游[74]，上所深讳，必不至此，可无虑也。"次年正月，帝遣迪赐师师蛇蚹琴[75]。——蛇蚹琴者，琴古而漆黦[76]，则有纹如蛇之蚹，盖大内珍藏宝器也。又赐白金五十两。三月，帝复微行如陇西氏。师师仍淡妆素服，俯伏门阶迎驾。帝喜，为执其手令起。帝见其堂户忽华敞[77]，前所御处[78]，皆以蟠龙锦绣覆其上。又小轩改造杰阁[79]，画栋朱阑，都无幽趣。而李姥见帝至，亦匿避；宣至，则体颤不能起，无复向时调寒送暖情态。帝意不悦，为霁颜[80]，以老娘呼之，谕以一家子无拘畏。姥拜谢，乃引帝至大楼。楼初成，师师伏地叩帝赐额。时楼前杏花盛放，帝为书"醉杏楼"三字赐之。少顷置酒，师师侍侧，姥匍匐传樽为帝寿[81]。帝赐师师隅坐[82]，命鼓所赐蛇蚹琴，为弄《梅花三叠》[83]。帝衔杯[84]饮听，称善者再。然帝见所供肴馔皆龙凤形，或镂或绘，悉如宫中式。因问之，知出自尚食房[85]厨夫手，姥出金钱倩制者。帝亦不怪，谕姥今后悉如前，无矜张显著[86]。遂不终席，驾返。帝尝御画院[87]，出诗句试诸画工，中式者岁间得一二。是年九月，以"金勒马嘶芳草地，玉楼人醉杏花天"名画一幅赐陇西氏。又赐藕丝灯[88]、暖雪灯、芳苡灯[89]、火凤衔珠灯各十盏；鸬鹚杯、琥珀杯、琉璃盏、镂金偏提[90]各十事[91]；月团、凤团、蒙顶等茶[92]百斤；怀饦、寒具[93]、银饺饼[94]数盒。又赐黄白金各千两。时宫中已盛传其事，郑后[95]闻而谏曰："妓流下贱，不宜上接圣躬。且暮夜微行，亦恐事生叵测[96]。愿陛下[97]自爱。"帝颔之。阅岁者再[98]，不复出；然通问赏赐，未尝绝也。宣和[99]二年，帝复幸陇西氏。见悬所赐画于醉杏楼，观玩久之。忽回顾见师师，戏语曰："画中人乃呼之竟出耶？"即日赐师师辟寒[100]金钿、映月珠环、舞鸾青镜、金虬香鼎。次日，又赐师师端溪、凤味砚[101]，李廷珪墨[102]，玉管宣毫笔[103]，剡溪绫纹纸[104]。又赐李姥钱百千缗。迪私言于上曰："帝幸陇西，必易服夜行，故不能常继。今艮岳离宫东偏有官地袤延二三里，直接镇安坊。若于此处为潜道[105]，帝驾往还殊便。"帝曰："汝图之。"于是迪等疏言："离宫宿卫人向多露处[106]。臣等愿捐赀若干，于官地营室数百楹，广筑围墙，以便宿卫。"帝可其奏。于是羽林巡军[107]

等，布列至镇安坊止，而行人为之屏迹[108]矣。四年三月，帝始从潜道幸陇西，赐藏阄、双陆[109]等具。又赐片玉棋盘、碧白二色玉棋子、画院宫扇[110]、九折五花之簟[111]、鳞文蓐叶之席[112]、湘竹绮帘[113]、五彩珊瑚钩。是日，帝与师师双陆不胜，围棋又不胜，赐白金二千两。嗣后师师生辰，又赐珠钿、金条脱[114]各二事，玑珧[115]一篚，氍锦数端、鹭毛缯、翠羽缎百匹，白金千两。后又以灭辽庆贺，大赉州郡，加恩宫府[116]。乃赐师师紫绡绢幕、五彩流苏[117]、冰蚕[118]神锦被、却尘锦褥[119]、麸金千两，良酝[120]则有桂露、流霞、香蜜等名。又赐李姥大府[121]钱万缗。计前后赐金银钱、缯帛、器用、食物等，不下十万。帝尝于宫中集宫眷等宴坐，韦妃[122]私问曰："何物李家儿[123]，陛下悦之如此？"帝曰："无他，但令尔等百人，改艳妆，服玄素，令此娃杂处其中，迥然自别。其一种幽姿逸韵，要在色容之外耳。"无何，帝禅位，自号为道君教主[124]，退处太乙宫[125]。佚游之兴，于是衰矣。师师语姥曰："吾母子嬉嬉[126]，不知祸之将及。"姥曰："然则奈何？"师师曰："汝第勿与知，唯我所欲[127]。"时金人方启衅，河北告急[128]。师师乃集前后所赐金钱，呈牒开封尹[129]，愿入官[130]，助河北饷。复略迪等代请于上皇，愿弃家为女冠。上皇许之，赐北郭慈云观居之。未几，金人破汴[131]。主帅闼嫩索师师，云："金主[132]知其名，必欲生得之。"乃索之累日不得。张邦昌[133]等为踪迹[134]之，以献金营。师师骂曰："吾以贱妓，蒙皇帝眷，宁一死无他志。若辈高爵厚禄，朝廷何负于汝[135]，乃事事为斩灭宗社计[136]？今又北面事丑虏[137]，冀得一当[138]，为呈身之地。吾岂作若辈羔雁贽[139]耶？"乃脱金簪自刺其喉，不死；折而吞之，乃死。道君帝在五国城[140]，知师师死状，犹不自禁其涕泣之汍澜[141]也。

论曰：李师师以娼妓下流，猥蒙异数[142]，所谓处非其据[143]矣。然观其晚节[144]，烈烈有侠士风，不可谓非庸中佼佼[145]者也。道君奢侈无度，卒召北辕之祸[146]，宜哉。

注释

[1]宋徽宗和李师师的故事，屡见于他书记载，并不完全出于虚构。文中反映昏君穷奢极欲，荒淫无耻，奸臣逢迎希宠，剥削人民，具有一定的批判意义。

李师师是一妓女，却不肯在入侵者之前低头。她慷慨捐躯，骂贼而死，颇有民族气节。作者显然借此以讽刺那些屈膝媚敌、腼颜偷生的封建统治阶级投降派。

宋人传奇，多因袭模仿唐人之作，而且写的大都是前代故事。此篇却是本朝事迹，文字也较雅洁，是宋人传奇中较好的一篇。

[2]汴京：北宋的京城，今河南开封市。

[3]厢：宋代划分京城地区为若干厢，略如今日的区。

[4]以菽浆代乳乳之：用豆浆代替人奶去喂她。"菽浆"，豆浆。上一"乳"字是名词，下一"乳"字是动词。

[5]在襁褓："襁褓"，包裹婴儿的衣被。"在襁褓"，指婴儿时代。

[6]舍身：古时信佛的人，把自身舍到庙里为奴，甚至烧臂焚身，割肉自杀，认为这样就是对佛的供养，叫做"舍身"。

[7]孩笑：小孩的笑。小儿笑为"孩"。

[8]名冠（guàn）诸坊曲："坊曲"，指曲巷，就是妓院。参看前《任氏传》篇"狭斜"注。"名冠诸坊曲"，色艺在各妓院里首屈一指的意思。

[9]徽宗帝：名赵佶（jí），北宋末期一位昏庸的皇帝。宣和七年（公元一一二五年）传位给儿子钦宗（赵桓）。靖康元年（公元一一二六年）秋，金人攻陷开封，大肆屠杀劫掠，次年把徽宗、钦宗和赵氏宗室、后妃、公主等，都俘掳北去。后来徽宗死于五国城，高宗（赵构）在临安（今杭州）即位，从此成为南宋偏安的局面。

[10]蔡京、章惇（dūn）、王黼（fǔ）：当时的几个奸臣。"蔡京"字元长，仙游（今福建仙游）人。徽宗时曾任尚书右仆射兼中书侍郎，前后四为宰相。"章惇"字元厚，浦城（今福建浦城）人。哲宗（赵煦）时

曾知枢密院事，任尚书左仆射兼门下侍郎，徽宗时为特进，封中国公。"王黼"字将明，祥符（今河南开封）人。徽宗时曾任左谏议大夫，特进少宰。他们把持国政，结党营私，北宋之亡，他们要负很大责任；尤其是蔡京，奸恶最著，当时号为"六贼之首"。章惇于徽宗初年被贬死，蔡京、王黼于钦宗时被贬、被杀。

[11]绍述：宋哲宗和宋徽宗继续推行宋神宗（赵顼）的新法，历史家称为"绍述之政"。"绍述"，继续遵行的意思。蔡京等主张推行新法，其目的却在挟制皇帝，排斥异己，所以说是"假绍述为名"。

[12]青苗诸法：宋神宗时，王安石做宰相，创行青苗、农田水利、均输、保甲等新法。"青苗法"是由政府办理平籴（dí），借钱给人民：春天借出，夏天归还；夏天借出，秋天归还；收取二分利息。王安石新法在当时是一种以"富国"为目的的政治改良运动，对促进生产力发展起了一定的作用，但却遭到保守派和异党的猛烈反对。

[13]长安：首都的通称，指汴京。

[14]饶乐：富足安乐。

[15]童贯、朱勔（miǎn）：当时的两个奸臣。"童贯"字道辅，开封（今河南开封）人，本是宦官，曾领枢密院事，封广阳郡王。"朱勔"，苏州（今苏州市）人，曾任防御使，是以"花石纲"骚扰民间的主持人。两人都于钦宗时被杀。

[16]搜：同"搜"字。

[17]离宫：就是行宫，皇帝出巡时休息的地方。

[18]艮（gèn）岳：宋徽宗政和元年（公元一一一七年），在开封兴建万岁山，以供游乐。因为山在京城东北方，所以也称"艮岳"（"艮"，本《易经》卦名，其方位在东北）。地周围十馀里，有山有水，建筑楼台亭馆无数，都穷极工妙。并积十馀年之力，向民间大肆搜括，所有花竹奇石，珍禽异兽，莫不充塞其中。这是当时劳民伤财的一大弊政，国力为之日竭。

284

[19]般乐：游乐。"般"，同"盘"字，也是乐的意思。

[20]狎邪游："邪"，音义同"斜"字。"狎邪游"，指狎妓。参看前《任氏传》篇"狭斜"注。

[21]内押班：官名。宋代设内侍省或入内内侍省押班，是皇帝贴身的内侍官。

[22]寺人：宦官、太监。下文"内寺"，义同。

[23]未宫时：还未被阉割成为宦官时。

[24]陇西氏：汉代李广是陇西人，汉、唐以来，李姓世为陇西的大族，后来就以"陇西氏"指姓李的人。

[25]艳心：心里羡慕。

[26]内府：皇家的内库。

[27]紫茸：一种珍贵的细毛皮筒。

[28]霞氎（dié）：一种有光彩的棉布。

[29]瑟瑟珠：于阗（今新疆和田县）出产的有名的碧珠。古时也称玉为珠，碧珠就是一种青玉。

[30]白金：银子。

[31]镒：古衡名，二十四两为一镒。

[32]翔步：两手微张地走着，形容随随便便的样子。

[33]堂户卑庳（bì）：家里很卑陋狭隘。

[34]分庭抗礼："抗"，对抗。"分庭抗礼"，处在庭中，相对为礼，就是行彼此平等的礼节。语出《庄子·渔父》。

[35]苹婆：也作"频婆"，就是苹果。

[36]款洽：亲切周到的应酬。下文"款语"，指亲密的说话。

[37]延伫以待：久久地站在那里等待着。

[38]棐几：榧木（一种干高数丈的常绿乔木）做的几。"棐"，同"榧"字。

[39]缥（piǎo）缃（xiāng）数帙（zhì）："缥"，淡青色或月白色的

丝织物。"缃"，浅黄色的丝织物。古书为卷轴写本，多以缥缃囊盛，或作为书衣，后来就以"缥缃"为书卷的代称。"帙"，书衣、书函。

[40]篁：竹子的通称。

[41]参（cēn）差（cī）弄影：在阳光照耀下，竹子的枝叶被风吹动，其阴影映射地面，细碎而摇曳不定，所以称为"弄影"。这里是借对景物的描写，以烘托出环境的幽静。

[42]翛（xiāo）然：无牵无挂，没有拘束的样子。

[43]鹿炙、鸡酢（zuò）、鱼脍、羊签："鹿炙"，烤鹿肉。"鱼脍"，鱼羹。"酢"和"签"都是菜名，制法不详。当时有"鸡酢""鹅酢""羊头签""羊舌签"一类供剥削阶级享受的"名肴"。

[44]香子稻米：一种珍贵的稻米。据说把少量的这种稻米和在普通米里，煮出饭来，就十分芬芳甘美。见《谷谱》。

[45]耳语：凑着别人耳朵旁小声说话。

[46]湢（bī）室：浴室。

[47]珊珊：身上佩带着玉饰的响声。

[48]不屑：瞧不起。

[49]愎（bì）：倔强、顽梗。

[50]物色：本指形貌，这里是仔细瞧看的意思。

[51]闪烁惊眸："闪烁"，光芒不定的样子，形容光彩照人。"惊眸"，犹如说眼睛看花了。

[52]唐突：冒犯。

[53]解玄绢褐袄，衣（yì）轻绨（tí）：脱下了黑绸短袄，里面只穿着一件绸衣。

[54]捵：取下。

[55]隐（yìn）几：倚几、凭几。

[56]《平沙落雁》之曲：古琴曲名，又名《雁落平沙》，是描写群雁在沙滩上起落情景的一种流传很广的古典乐曲。

[57]轻拢慢捻（niǎn）："拢"，击的意思。"捻"，手捏。"轻拢慢捻"，都是弹琴时的手法。

[58]流韵淡远：音韵淡雅而传布悠远。

[59]倾耳：犹如说拉长了耳朵听。

[60]杏酥饮：疑即现在杏仁茶一类的东西。

[61]糕：同"糕"字。

[62]怀（bó）饦（tuō）：汤饼、水煮的面食。

[63]大观：宋徽宗（赵佶）的年号（公元一一〇七至一一一〇年）。

[64]落落乃尔："落落"，形容对人冷淡、不随和的样子。"乃尔"，竟到如此的程度。

[65]我何为者：意思是我为什么要敷衍他。

[66]强（jiàng）项：硬着脖子，形容态度倔强的样子。东汉时，董宣为洛阳令。当时湖阳公主家的仆人白昼杀人，吏役不敢到公主家里逮捕他。后来公主乘车出行，这个仆人跟随着，董宣就当街拦住，把他拉下来杀了。公主向光武帝（刘秀）控诉。光武帝把董宣叫去，命小宦官挟持着，要他向公主叩头谢罪。董宣用两手支撑在地下，始终不肯屈服。光武帝只好说：强项令出去吧。见《后汉书·董宣传》。

[67]御史里行：官名，办御史的事，但不算正官，犹如后来某官上行走、某官上办事之类的官职。

[68]籍籍：形容彼此私下谈论的声音。

[69]洵是：如果是这样。

[70]夷吾族：杀掉我的全家。"夷"，杀灭的意思。封建最高统治者为了镇压人民，对于犯了所谓"谋反""大逆"一类罪名的人，有夷三族（父母、兄弟、妻子）和夷九族（从高祖到玄孙）的残酷刑法。

[71]畴昔之夜：那一天夜里。"畴昔"，日前、昔日。

[72]实命不犹：实在是命不如人。"犹"，如、同。语出《诗经·召南·小星》。

287

[73]死有余辜：死了还有余罪，极言罪恶之甚。"辜"，罪的意思。

[74]佚游：无节制的游乐。

[75]蛇跗（fū）琴："跗"，蛇腹下的横鳞。"蛇跗琴"，一种漆面有断纹、形如蛇腹下鳞纹一样的古琴。

[76]漆黝（yù）：黄黑色、黑纹。

[77]华敞：华丽而宽敞。"帝见其堂户忽华敞"："敞"，原作"厂"，应形似误刻，改。

[78]前所御处：从前所曾用过、接触过的东西。

[79]杰阁：伟丽的楼阁。

[80]霁颜：雨过天晴叫做"霁"。"霁颜"，指内心恼怒而表面装成和颜悦色的样子。

[81]匍匐传樽为帝寿："匍匐"，伏在地下。"传樽"，把杯子递来递去。"传樽为帝寿"，向皇帝祝酒的意思。

[82]隅坐：坐在一旁。

[83]《梅花三叠》：即《梅花三弄》，古琴曲名。最早见于《神奇秘谱》，据说是根据晋代伊桓的笛曲所改编。《三叠》，指曲调反复三次，就是泛音三段，异徽同弦。

[84]衔杯：把酒杯放在嘴边，要饮不饮的样子。

[85]尚食房：就是尚食局，是主管皇帝膳食的官署。

[86]无矜张显著：不要过分地炫耀铺张。

[87]御画院："御"，降临。"画院"，指翰林图画院，北宋时设，是皇帝御用的绘画机构，罗致画家，按才艺高下，授以待诏、祗候、艺学、画学正、学生、供奉等职衔。宣和年间，更将绘画列入科举，在画院内建立"画学"，并规定肄业和考绩制度。

[88]藕丝灯：一种彩色的灯。"藕丝"，彩色名。

[89]芳苡灯：《洞冥记》："招仙阁燃芳苡灯，光色紫。有白凤、黑龙、異（读如zhù，后左脚白色的马）足来戏于阁。"这只是一种神话，

288

这里所指的芳苡灯是什么式样不详。

[90]偏提：一种扁形的酒壶，俗称"酒鳖"。

[91]十事：十件、十样。

[92]月团、凤团、蒙顶等茶："月团"，一种形如团月的片茶，出湖南衡山。"凤团"，一种印有凤纹的茶饼，八饼重一斤，出福建建溪。"蒙顶"，四川蒙山最高峰上所产的茶叶，产量极少。以上几种茶叶都非常珍贵，当时是专供皇帝饮用的贡品。

[93]寒具：一种油炸的面食，就是馓子一类的东西。

[94]银馓（dān）饼：一种乳酪和肉类制成的饼。

[95]郑后：就是显肃皇后，有贤名，随宋徽宗北去，也死于五国城。

[96]叵（pǒ）测：不测。

[97]陛下：对皇帝的敬称。

[98]阅岁者再：经过了两年。"阅"，经历、经过。

[99]宣和：宋徽宗（赵佶）的年号（公元一一一九至一一二五年）。

[100]辟寒：避寒。

[101]端溪、凤味（zhòu）砚："端溪"，溪名，在今广东肇庆西江羚羊峡东口的烂柯山麓，入山数里，有坑洞，产石可以制砚，以质地温润细腻著名，世称"端砚"。据近人研究，端石是一种泥质变质岩，形成于泥盆纪或更早的地质年代，经过高温和重压而成，故宜于制砚。"味"，鸟口。据说福建北苑龙焙山的形势有如凤凰饮水模样；正当凤嘴的地方，有一块石头，苍黑而坚致如玉。宋代王颐采取这种石头制成砚台，苏轼给它取名为"凤味砚"。

[102]李廷珪墨：当时一种最名贵的墨。"李廷珪"，南唐的墨工，所制墨最为精妙，据说其坚如玉，有纹如犀，浸在水中，三年不坏，一锭墨可以用五六十年之久。

[103]宣毫笔：宣州（今安徽宣城）出产的名笔。

[104]剡溪绫纹纸：用剡溪水制成的一种名贵的纸。参看前《飞烟传》

篇"剡溪玉叶纸"注。

[105]潜道：地道。

[106]露处（chǔ）：露宿。

[107]羽林巡军：皇帝禁卫军的专称。宋代不设羽林军，这里只是泛指禁卫军。

[108]屏（bǐng）迹：绝迹。

[109]藏阄（jiū）、双陆："藏阄"，就是古藏钩之戏。游戏者分为两队，甲队把东西藏在某一人手里，叫乙队的人猜在何人手中。这里指藏阄所用的戏具。"双陆"，博戏名。据说南北朝时由天竺传入，因局如棋盘而长，左右各有六路，故名"双陆"。马作椎形，黑白各十五枚，两人相戏，用骰子掷采行马，白马从右到左，黑马从左到右，先出完的为胜。详细玩法已失传。

[110]宫扇：就是团扇。古代皇宫里多用这种扇子，故名。

[111]九折五花之簟：一种可以折成若干层、有五彩花纹的簟子。

[112]鳞文蓐叶之席："鳞文"，疑应作"麟文"。古代有一种麟文席，把宝饰镶嵌在席上，成为麟凤云雾的形状。也可能指像鱼鳞一样花纹的席子。"蓐叶"，不详。

[113]湘竹绮帘：用湘妃竹编织花纹的帘子。"湘竹"，湘妃竹，一种上有斑纹的竹子，就是斑竹。传说舜死后，他的后妃娥皇、女英哭泣甚哀，泪染于竹，斑斑点点像泪痕一样，因称这种竹子为湘妃竹。产湖南、广西一带。

[114]条脱：腕钏、手镯。

[115]玑琲（bèi）：珠子一百粒（一说五百粒）为"琲"。这里指珠圈、珠串之类的东西。

[116]灭辽庆贺，大赉（lài）州郡，加恩宫府："赉"，赏赐。宋徽宗宣和五年（公元一一二三年），金国把攻取的辽国都城燕京（今北京）和涿、易、檀、顺、景、蓟（今北京附近一带地方）等地归还宋朝。当时派

童贯等到燕京去接收，大吹大擂地认为是灭了辽国，收复失地了，于是对中央和州郡官员，大加赏赐，封官进爵，以示庆贺。

[117]五彩流苏：用五彩线结成球形，下面垂着须络的一种装饰品。

[118]冰蚕：《拾遗记》：员峤山出冰蚕，是一种七寸长、有角有鳞的黑色的虫。它在冰雪下面结五彩的茧；用这种茧织成文锦，可以不怕水火。

[119]却尘锦褥：《杜阳杂编》：唐代元载为宠姬薛瑶英备却尘之褥，出句骊国，是却尘之兽毛所为，其色殷鲜，光软无比。《物类相感志》也有同样记载，说剥其皮毛为褥，则尘埃无犯。

[120]良酝（yùn）：美酒。

[121]大府：指皇家府库。

[122]韦妃：宋高宗的母亲，也被金兵掳去；高宗即位后，遥尊为宣和皇后，后经交涉放回。

[123]何物李家儿：姓李的妇女是什么样一个人。

[124]道君教主：道家以所谓"三清九宫仙人"的高等僚属为"道君"。宋徽宗信奉道教，想以道教之主自尊，因自称为"道君教主"。

[125]太乙宫："太乙"，星名。宋时崇祀太乙，认为太乙所在，兵疫不兴，人民丰乐，因而先后兴建东太乙宫、西太乙宫、中太乙宫。

[126]嘻嘻：喜笑自得的样子。

[127]汝第勿与知，唯我所欲：你只不要过问，听从我怎么做。

[128]时金人方启衅，河北告急：宋徽宗宣和七年，也就是宋钦宗靖康元年，金兵攻下了相州、濬州、滑州等地，渡过黄河，河北一带，形势危急。"河北"，宋路名，包括今河北大清河以南和河南、山东境内黄河以北的地区。

[129]开封尹：宋时设开封府尹，就是京兆尹的地位。

[130]入官：捐给政府。

[131]金人破汴：靖康元年，金将斡（wò）离不和粘罕，分两路侵犯开封，于闰十一月攻陷。参看前"徽宗帝"注。

[132]金主：指金太宗完颜晟（shèng）。

[133]张邦昌：字子能，东光（宋时属永静军，在今河北境内）人，当时的大汉奸。曾任太宰兼门下侍郎，却和金国私通。金兵攻陷汴京后，立为"楚帝"。由于人心不附，没有多久就下了台。宋高宗为帝后，把他贬在潭州，处死。

[134]踪迹：寻找。

[135]朝廷何负于汝："廷"，原作"庭"，应形似误刻，改。

[136]为斩灭宗社计：做颠覆国家的打算。"宗"，宗庙，指皇帝的祖庙。"社"，社稷：社，土神；稷，谷神。皇帝例须祭祀社稷；如果国家亡了，社稷也就随之而变置。因此，"宗社"就成为国家的象征词。

[137]北面事丑虏：皇帝的坐位朝南，臣僚要面北朝见，所以"北面"就是称臣的意思。"丑"，众、群。"虏"，骂敌人的话，犹如说"贼"。"北面事丑虏"，指投降了敌人。

[138]冀得一当（dàng）：希望获得一个机会。

[139]贽：见面的礼物。

[140]五国城：辽代有剖阿里等五国归附，当时设节度使管辖他们；这五国分住各城，即今黑龙江依兰县以东至乌苏里江口的松花江两岸一带，称为"五国城"。依兰县为"五国头城"，宋徽宗被掳北去，就囚死在这里。

[141]汍（wán）澜：流泪的样子。

[142]猥（wěi）蒙异数："猥"，含有胡乱地、马马虎虎地一类的意思。"猥蒙异数"，指不应获得而获得的不比寻常的待遇。

[143]处（chǔ）非其据：所处的地位，不是她所应得的。

[144]晚节：晚年的节操。

[145]庸中佼（jiǎo）佼："佼佼"，超越一般的样子。"庸"，本作"佣"，佣工的意思。"庸中佼佼"，指普通人里的特出人物。

[146]北辕之祸："北辕"，犹如说北行。"北辕之祸"，指宋徽宗被掳往五国城的事。